신재용 지음

공자 가라사대
예수 가라사대

도서출판

이유

공자
예수

ⓒ 신재용, 2022

지은이 | 신재용
펴낸이 | 정숙미

1판 1쇄 인쇄 | 2022년 12월 15일
1판 1쇄 발행 | 2022년 12월 24일

기획·편집 책임 | 정숙미
디자인 | 이애정
마케팅 | 김남용

주소 | 서울특별시 동작구 동작대로23길 15, 미광빌딩 2층
전화 | 02-812-7217 · **팩스** | 02-812-7218
E-mail | verna213@naver.com
출판등록 | 2000. 1. 4 제20-358호

ISBN | 979-11-86127-25-4 (03810)

공자 가라사대
예수 가라사대

성현들의 사랑이야기와 예수님의 사랑이야기!

흠경완미(欽敬玩味)

(1) 외눈박이 물고기 사랑

得成比目何辭死 願作鴛鴦不羨仙
(득성비목하사사 원작원앙불선선)

'비목어 된다면 어이 죽음을 마다하랴. 원컨대 원앙 되어 신선 부러워 않으리.' 이 시는 당나라 초 노조린(盧照鄰)의 시 <장안고의(長安古意)>의 한 구절이에요. 비목어는 외눈박이 물고기여서 암수 한 쌍이 함께 망망대해를 헤엄쳐 다닌대요. 원앙도 수컷 원(鴛)과 암컷 앙(鴦)이 같이 헤엄쳐 다니는 새지요. 그런 물고기, 그런 새처럼 사랑할 수 있다면 죽어도 좋고 불로불사의 신선도 부럽지 않을 거래요. 그런데 지금 난 휘장 안 액자에 수놓아진 방울새 한 마리처럼 외로움에 떨고 있대요. 홀로 병고에 시달리다 강물에 빠져 죽은 시인 노조린의 심정이 이랬을 거예요.
아, 사랑! 사랑은 생명의 빛인가 봐요.

(2) 푸른 밤의 사랑

'너에게로 가지 않으려고 미친 듯 걸었던 / 그 무수한 길도 / 실은 네게로 향한 것이었다.'
나희덕의 시 <푸른 밤>은 이렇게 시작해요. 가지 않으려고 '사랑에서 치욕으로' 미친 듯 돌아 걷다가도, '다시 치욕에서 사랑으로' 미친 듯 다가서며 걷던 그 무수한 길이 실은 다 네게로 향한 거였더래요.

'나의 생애는 / 모든 지름길을 돌아서 / 네게로 난 단 하나의 에움길이었다.'
이 시는 이렇게 끝나요. 어제도 오늘도 온통 지름길 놔두고 굽이굽이 에움길 돌아가는 생애래요. 이 길만이 '수만의 길' 중 나에게는, 나에게만은, 네게로 난 단 하나의 길이래요.
아, 사랑은 무수한 길을 온통 도려내지 못하는 에움길, 눈물길인가 봐요.

(3) 구멍 난 사랑

'사랑이란 / 또 다른 길을 찾아 두리번거리지 않고 / 그리고 혼자서는 가지 않는 것 / 지치고 상처입고 구멍 난 삶을 데리고 / 그대에게 가고 싶다.'
안도현의 시 <그대에게 가고 싶다>예요. 오롯이 그대 향해 난 길만 가겠대요. 멍에 메고 그대에게 가고 싶대요. '맑은 사람이 되어', '금방 헹구어낸 햇살이 되어', '한 마리 튼튼하고 착한 양이 되어' 그대에게 가고 싶대요. 진정 내가 그대에게 가까이 다가가는 만큼 이 세상이 아름다워질 거래요.
아, 사랑은 두려움이나 괴로움일랑 다 빗질하고 오롯이 그대에게 달려가는 용기인가 봐요.

(4) 별애(別愛)와 겸애(兼愛)

덕망과 학식 있는 스승을 '자(子)'라고 경칭하지요. 공자, 맹자, 노자, 장자처럼이요. 고대 중국 춘추전국시대에 많은 사상가들이 나와 학파를 이루었지요. 이들을 제자백가(諸子百家)라 하지요. 그 중에는 '세상에 이로움이 될지라도 내 털 하나 뽑아주지 않겠다.'고 한 양자(楊子, 楊朱) 같은 위아(爲我)주의자가 있었는가 하면, '자신을 대하듯 남을 대하며 사랑하라.'고 한 묵자(墨子, 墨翟) 같은 겸애(兼愛)주의자도 있었고, 피붙이부터 내 사람만 사랑하겠다면서 편 가르기 사랑을 한 별애(別愛)주의자도 있었고, 사랑은 어짊에서 비롯된다고도 하고 측은지심에서 사랑이 비롯된다고 하고, 그야말로 아우성치며 백가쟁명(百家爭鳴)했대요.

아, 사랑은 '사랑한다.'는 말 다 믿을 수 없는 건가 봐요.

(5) 예수님 사랑

예수님께서는 "누가 저의 이웃입니까?"라고 묻지 말고 내가 누구의 이웃이냐고 물으라 하셨어요. '비목어'처럼, 외눈박이 물고기처럼, 그렇게 사랑하라는 말씀이지요. 갈래길에서 방황하지 말고 사랑 하나로 당신께로 난 단 하나의 에움길로 오라 하셨지요. "내 멍에를 메고 나를 따르라." 하셨지요. 당신의 구멍 난 사랑의 상처처럼 구멍 난 상처 지고 '맑은 사람이 되어', '한 마리 착한 양이 되어' 따르라 하셨지요.

'라뿌니(스승님)'이신 예수님께서는 율법에 얽매여 백가쟁명(百家爭鳴)하는 이들에게, 안식일에도 사람을 살리는 게 사랑이라고 하시며 측은지심으로 병을 고쳐주셨지요. "율법에서 가장 큰 계명은 무엇입니까?"하는 질문에 하느님을 사랑하라, 자신을 사랑하라, 이웃을 사랑하라, 짐승도 제 새끼를 사랑하는데 사람이 제 새끼만 사랑한다면 짐승과 다를 게 뭐 있느냐 하시며 편파적 별애(別愛)를 경계하셨으며, "남이 너희에게 해 주기를 바라는 그대로 너희도 남에게 해 주어라." 하시며 겸애(兼愛)를 가르쳐 주셨지요.

더구나 십자가에 못 박혀 돌아가시는 순간에도 "아버지, 저들을 용서해 주십시오. 저들은 자기들이 무슨 일을 하는지 모릅니다." 하시며 우리를 용서하시고 사랑하셨어요.

(6) 잠언(箴言)과 성화(聖畵)

나는 성현이신 '자(子, 스승님)'의 사랑이야기와 진정 '라뿌니(스승님)'이신 예수님의 사랑이야기를 엮어 잠언으로 삼고 싶었어요. 이 사랑이야기를 가슴에 새기어 부끄럼 없이 살고, 썩은 고삐 말 몰듯이, 마른 가지 더위잡듯, 나아갈 땐 물러섬 같이, 그렇게 매사 삼가며 살고 싶어서 이 사랑이야기를 책으로 엮게 된 거예요. 그러면서 성령의 깊은 감도(感導) 속에 그려진 성화를 곁들임으로써 주님의 한없는 아름다움을 느끼고 싶어 각 이야기마다 성화를 붙였어요.

흠경완미(欽敬玩味)라는 말이 있어요. 글, 그림, 글씨 등에 진심으로 감동을 받은 마음을 표현하는 말이에요. 사랑이야기를 읽으시고 성화를 보시며 흠경완미의 마음을 가지신다면 이 책을 엮은 보람이 있을 거예요. 그러시기를 간절히 바라며, 이 책을 당신께 바쳐요.

2022년 성탄절 전날 밤에
신재영 프란치스코 올려요.

< 차례 >

제4장 사랑법칙

제6장 사랑의 십자가

고전 명구(古典 名句) 주요 인용 문헌 해설

『고문진보(古文眞寶)』

전국시대부터 송나라 때까지의 시와 산문을 총 20권으로 모은 것으로 송나라 황견(黃堅)의 편찬으로 알려져 있다. 기교보다 질박하고 고아하여 참다운 보배 같은 글들을 엮었다 하여 '고문진보' 라 하였다. 전집은 송나라 진종(眞宗) 황제의 <권학문>으로 시작하고, 후집은 제갈공명의 <출사표>로 끝맺도록 하여, 문장을 익히되 먼저 학문에 힘쓰고, 그 학문을 근간으로 충효의 대의를 실천해야 한다는 의도로 편집한 것이다.

고문진보

『근사록(近思錄)』

주자

송나라 주자(朱子, 朱熹)가 여조겸(呂祖謙, 呂東萊)과 공동 찬술한 성리학의 정수를 모아 해설한 책이다. 서명은 『논어(論語)』「자장편(子張編)」의 "(배우기를 널리하고 뜻을 독실하게 하며) 진실하게 묻고 가까이 생각하면 어짊이 그 가운데 있다(切問而近思仁在其中矣)"는 구절의 '근사(近思)'에서 취한 것이다. 인간들이 날마다 쓰는 것, 일상에 필요한 항목을 가려 뽑아 편찬한 것이다.

『노자(老子)』

『도덕경(道德經)』이라 불린다. 노자(老子, 李耳, 李聃)가 서행 길에 함곡관(函谷關)에서 죽간(竹簡)에 5,000자를 써서 남겼다고도 하고, 전한(前漢) 말 유향(劉向)이 편찬했다고도 하고, 훗날 도가 유파들이 편집한 것이라는 설도 있다. 상편은 37장으로 만물의 근원인 도에 대해 풀이한 '도경(道經)'이며, 하편은 44장으로 덕의 쓰임에 대해 말한 '덕경(德經)'으로, 총 81장이다. 사상의 핵심은 무위자연(無僞自然)이다.

노자

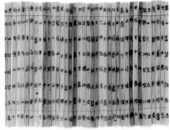

죽간본 도덕경

『논어(論語)』

춘추시대 노(魯)나라의 사람으로 유가(儒家)의 시조인 공자(孔子, 孔丘, 孔仲尼)의 언행록이다. 공자가 제자 및 여러 사람들과 의논[論]하고 대답한 말[語]을 문하생 증자(曾子)나 학통 계승자들의 손으로 간결평이한 문장으로 엮은 것이다. 상론은 '배움'에서 시작하는 10편이, 하론은 '지명(知命, 하늘의 뜻을 아는 것)'으로 끝나는 10편이 기록되어 있다. 사상의 핵심은 "어짊[仁]"이며, "어짊"은 '지(知)'와 '용(勇)'을 포괄한다.

공자

『대학(大學)』

유교의 기본경전으로 삼강오륜을 덕목으로 하는 사서삼경(四書三經) 중 사서 『대학』, 『논어』, 『맹자』, 『중용』의 하나로 사서의 입문서이다. 『예기(禮記)』 중 제42편을 따로 떼

고전 명구(古典 名句) 주요 인용 문헌 해설

어 단행본으로 한 것이다. 주자(朱子, 朱熹)는 경(經) 1장, 전(傳) 10장으로 나누어 '경(經)'은 공자의 말을 증자(曾子)가 기술한 것이고, '전(傳)'은 증자의 말을 그의 제자가 기록한 것이라고 하였다. 정심(正心), 성의(誠意), 격물(格物), 치지(致知) 등 여덟 조목을 논한다.

대학

『동의보감(東醫寶鑑)』

조선조 선조(宣祖) 때 태의(太醫) 허준(許浚)이 왕명으로 우리나라 의서는 물론 중국에서 수입된 의서까지 모두 활용해서 편찬하여 1610년(광해군 2)에 완성하고, 1613년 훈련도감에서 간행한 25권 25책의 방대한 조선 최고

허준

의 의학서이다. 서명은 조선의 의학 전통을 계승하여 보배스러운 거울처럼 의학의 표준을 세운다는 뜻을 담고 있다. 의학서이면서 건강하고 참된 삶의 귀감(龜鑑)이 되는 금언이 실린 뜻깊은 책이다.

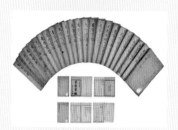

『맹자(孟子)』

맹자(孟子, 孟軻)가 제자인 공손추(公孫丑), 만장(萬章), 고자(告子) 등과 학문을 논의한 내용 등 맹자의 언행을 기록한 7권의 책이다. '맹모삼천(孟母三遷)'으로 잘 알려진 맹자는 공자의 손자 자사(子思)에게 배워 공자 다음의 아성(亞聖)으로 불리는 사상가다. 사상의 핵심은 '성선설(性善說)'로 인간 본성(사단(四端) : 측은지심(惻隱之心)·수오지심(羞惡之心)·사양지심(辭讓之心)·시비지심(是非之心))을 발달시키면 인간 최대의 덕목인 인(仁), 의(義),

맹자

예(禮), 지(智)에 이를 수 있다고 주창했다.

> **맹자(孟子)의 4단 4덕(四端四德)**
> - 측은지심(惻隱之心) : 타인의 불행을 아파할 줄 아는 마음, 인(仁)
> - 수오지심(羞惡之心) : 부끄럽게 여기고, 수치스럽게 여길 수 있는 마음, 의(義)
> - 사양지심(辭讓之心) : 타인에게 양보할 수 있는 마음, 예(禮)
> - 시비지심(是非之心) : 선악시비를 판별할 수 있는 마음, 지(智)

『묵자(墨子)』

묵자

춘추시대 노(魯)나라 묵자(墨子, 墨翟)의 정치, 윤리, 종교적 사상과 그의 제자들을 비롯한 묵가(墨家) 학설을 집대성한 책으로 묵자 후세들이 편찬한 것이다. 원래 71편 중 53편밖에 남아 있지 않은데, 묵자의 사상 핵심은 '겸애교상리(兼愛交相利)'다. '겸애'는 보편적 사랑, 즉 자신을 대하듯 남을 대하는 사랑이며, '교상리'는 이런 사랑을 바탕으로 서로 이익을 나누어 차별 없는 세상을 이뤄야 한다는 주장이다.

『문장궤범(文章軌範)』

송나라 사방득(謝枋得)이 편찬한 총 7권의 산문선집이다. 초학자가 궤범(규범과 법도)으로 삼아야 할 문장 69편을 가려 뽑아 편찬한 것으로, 과거시험을 위한 수험 참고서 같은 책이다. 초학자는 처음에는 대담하게, 나중에는 소심하게 해야 한다는 생각에서 방담(放膽)한 글과 소심(小心)한 글로 나누어 싣고, 문장마다 비평·주석·권점을 달아 놓았다. 당·송 시대의 문장가 한퇴지, 구양수, 소동파 등 명문가의 글이 실려 있다.

『사기(史記)』

한나라 태사령(太史令)이었던 사마천(司馬遷)이 흉노족에 투항한 이릉을 변호

했다는 죄목으로 궁형(宮刑)을 받고 분개하여 참된 역사를 후대에 남기려는 소망으로 저술한 장장 52만 6,500여 자에 달하는 역사서다. 신화시대 황제(黃帝) 때부터 한나라 무제(武帝)에 이르는 3,000여 년의 제왕의 흥망과 예악, 제도, 인물 열전 등을 본기(本記), 서(書), 표(表), 세가(世家), 열전(列傳) 5

사마천

부로 나누어 기록하면서 자신의 예리한 논평을 첨가한 대작이다.

『서경(書經)』

가장 이상적인 제왕으로 추숭되는 이제(二帝 : 요(堯), 순(舜))와 3왕(三王 : 우(禹), 탕(湯), 문무(文武))으로부터 진(秦)나라 목공(穆公)까지의 정치와 종교 관련을 사관(史官)들이 서술한 3,000여 편의 것인데, 공자가 100편으로 정리했다는 설이 있다. 현재 58편이 전해지는데, 교훈적 내용과 격언, 애민(愛民) 사상의 명구들이 많이 담겨 있다. 5경(五經) 중 하나로 처음에는 '서(書)'라고, 한나라 때는 '상서(尙書)'라고 불리던 것을 송나라 때 이르러 『서경』이라 했다.

『설원(說苑)』

서한(西漢)의 유향(劉向)이 순(舜)임금, 우(禹)임금으로부터 진한(秦漢)에 이르기까지 여러 인물의 언행이나 사건, 일화와 명언 및 다양한 풍물 등을 수집하고, 이를 역사적 인물들의 문답과 대화체로 편찬한 20권의 책이다.

유향

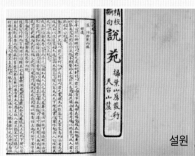

설원

진시황제의 분서갱유(焚書坑儒 ; 중국의 진시황이 학자들의 정치적 비판을 막기
위하여 의약·점복·농업에 관한 것을 제외한 민간의 모든 서적을 불태우고 이듬해
유생들을 생매장한 일)로 소실된 전적과 자료들을 집록하여 고사와 일화를 곁들
여 서술한 유가(儒家)의 통치 이념과 윤리도덕의 관념을 반영한 21편으로 구성된
문헌으로 문헌적, 문학적 가치가 있는 전적이다.

『소학(小學)』

주자(朱子, 朱熹)의 제자 유자징(劉
子澄, 劉淸之)이 주자의 가르침을 받
아 어린이 계몽과 교화를 위해 편찬한
내편 4권, 외편 2권, 전 6권의 유학교육
입문서이다.

소학

8세부터 서당에서 이를 배웠듯이 양
정(養正), 입교(立敎)의 교과서로 중
요시하던 인간교육의 바탕이 되는 책
이다. 『예기』, 『효경』, 『논어』, 『맹자』 등
에서 가려 뽑은 일상의 예의범절과 효(孝)와 경(敬)을 중심으로 수양을 위한 격언
등을 예화를 곁들여 담은 실천 규범집이다.

『손자(孫子)』

춘추시대 말 손자(孫子, 孫武)가 전략
과 전술을 서술한 중국 최초의 병법서
(兵法書)다. 총 82편이었다고 하나, 현
재 전해지는 것은 조조(曹操)가 원본
을 요약하고 해석을 붙인 13편이다. 무
경칠서(武經七書 : 『손자(孫子)』, 『오
자(吳子)』, 『위료자(尉繚子)』, 『육도(六
韜)』, 『삼략(三略)』, 『사마법(司馬法)』,
『이위공문대(李衛公問對)』 중 하나다.

손자

흔히 처세술에 『손자』를 자주 인용하지만, 『손자』는 병법서이지만 군사책략만 논한 것이 아니라 인간의 도리에 대해 교훈이 되는 글귀가 많아 수양에도 도움이 된다.

『송명신언행록(宋名臣言行錄)』

남송(南宋)시대 주자(朱子, 朱熹)가 북송(北宋) 시대의 뛰어난 인물들의 문집과 전기를 발췌하여 그들의 일사(逸事), 가언(嘉言), 선행(善行) 등을 세교(世敎)의 자료로 삼고자 기록한 책 『오조명신언행록(五朝名臣言行錄)』, 『삼조명신언행록(三朝名臣言行錄)』과 주희의 외손자인 이유무(李幼武)가 모아 펴낸 책 『황조명신언행록(皇朝名臣言行續錄)』, 『사조명신언행록(四朝名臣言行錄)』, 『황조도학명신외록(皇朝道學名臣言行外錄)』을 후대에 합본한 것이다. 치국, 치세의 요령과 처세술이 풍부하게 담겨 있다.

『순자(荀子)』

순자

『순자』의 일부분 「대략」편 및 「요문」편 끝부분을 제외하고 32편 대부분이 전국시대 순자(荀子, 荀況)의 편찬이라고 한다. 순자를 당시 사람들이 우러러 순경(荀卿)이라 높여 불렀고, 또 맹자에 버금간다 하여 맹순(孟荀)이라고 불렀다. 맹자의 성선설에 대하여 순자는 성악설(性惡說)을 제창하며, 선한 것은 수양에 의한 것일 뿐이므로 예(禮)와 악(樂)으로 교화시켜 도(道)에 이르게 하고 이상사회를 이루어야 한다고 주장하였다.

『시경(詩經)』

주(周)나라 초부터 전국시대 중엽까지의 시를 모은 중국의 가장 오래된 시가집이다. 원래 3,000여 편이던 것을 공자가 311편으로 정리했는데, 이 중 6편은 제목만 전하기 때문에 총 305편이 전해진다. 공자는 이들 시에 사악함이 없고[思無邪],

즐겁되 음탕하지 않고[낙이불음(樂而不淫)], 슬프되 상심하지 않다[애이불상(哀而不傷)]고 했다. 풍(風-國風이며 지방 민요), 아(雅-귀족풍이며 조정의 아악), 송(頌-종묘 제사의 樂歌 및 壽詞)의 3부로 이뤄져 있다.

『십팔사략(十八史略)』

원(元) 나라 증선지(曾先之)가 신화시대 천황씨(天皇氏)로부터 중국의 정사(正史) 18종을 가려 뽑아 요강을 서술한 2권의 약사(略史)로, 원명은 『고금역대십팔사략(古今歷代十八史略)』이던 것을 명나라 진은(陳殷)이 야사(野史) 등을 포함시키며 음역(音譯)을 만들 때 7권으로 하였다. 쉽고 간명하여 중국 역사의 대요를 알기에 적당한 입문서이기 때문에 조선조 어린이 학습서로 『소학』과 더불어 많이 쓰여 온 책이다.

증선지

『여씨춘추(呂氏春秋)』

일명 『여람(呂覽)』이라 한다. 진시황제 때 승상 여불위(呂不韋)가 자신의 문객들로 하여금 춘추전국시대의 모든 사상, 학설, 사실, 설화 등을 집대성하여 편찬한 총 26권 160편의 백과사전 같은 책이다. 도가(道家)를 비롯해서 유가(儒家), 병가(兵家), 농가(農家), 법가(法家)의 주장과 이론이 섞여 있어 잡가(雜家)로 분류된다. 여불위는 "이 책에서 한 글자라도 고칠 수 있다면 천금을 주겠다[一字千金]"고 자랑했다는 책이다.

여불위

『역경(易經)』

복희(伏羲)가 팔괘(八卦)를 만들고, 신농(神農)이 64괘(卦)로 나누고, 주(周)나라

문왕이 괘에 사(辭)를 붙이고, 문왕의 아들 주공(周公)이 효사(爻辭)를 지어 완성했다고 해서 『주역(周易)』이라 불리며 점서(占筮)로 쓰이던 것을 주자(朱子, 朱熹)가 '역경(易經)'이라 하여 오경(五經) 중 하나로 전적(典籍)이 되면서 처세 지침, 교훈 등을 담게 된다. 공자가 이 책의 끈이 세 번 끊어질 정도로 탐독했다는 삶의 대경대법(大經大法)이 되는 책이다.

복희

신농

『열자(列子)』

주(周)나라 열자(列子, 列禦寇)가 편찬했다고 하지만 후대의 위작이라는 설이 유력한 8권의 책이다. 열자는 관윤자(關尹子), 호구자(壺丘子), 노상씨(老商氏), 지백고자(支伯高子) 등을 스승으로 섬겼다고 하는데 노자, 장자의 학문을 근본으로 하여 천지 변화, 생사 등을 다루고 있어서 『노자(老子)』, 『장자(莊子)』와 함께 '도가 삼대경전'으로 불린다. 우화가 많아 재미있고 명문인 것이 특색이다. 당

열자

나라 현종은 열자를 '충허진인(沖虛眞人)'이라고 극찬하였다.

『예기(禮記)』

고대 중국 삼대(三代 : 하(夏), 은(殷), 주(周)) 이래의 의례, 예절에 관한 이론과 실제를 모아 49편으로 묶은 유교경전이다. 오경(五經)의 하나이지만 『예경』이라 하지 않고 『예기』라 한 것은 예에 관한 기록이기 때문이다. 한나라 때 대대(大戴)라

일컬어지는 대덕(戴德)이 수집한 85편을 대대례(大戴禮)라 하고, 그의 조카이면서 소대(小戴)라 일컬어지는 대성(戴聖)이 49편을 수집한 것을 소대례기(小戴禮記)라 하는데, 이 중 소대례기가 『예기』이다.

『장자(莊子)』

장자

『남화진경(南華眞經)』이라고도 한다. 장자(莊子, 莊周)가 편찬한 33편의 도가 사상서이다. 그러나 내편의 7편만 장자가 저술하고, 외편과 잡편은 그의 제자들이 서술한 것으로 알려져 있다. 『장자』는, 만물은 동일한 가치를 지니며 존재의 근원인 도(道)로써 하나를 이루고 있어서 만물에는 차별이 있을 수 없다고 한다. 따라서 마음 비움과 자기 잊음, 즉 무심(無心)과 무기(無己)를 통해 자연과 하나가 되어 소박한 자유를 누려야 한다고 주장한다.

『좌전(左傳)』

좌구명

공자가 춘추시대 역사를 편년체로 기록한 사관(史官)의 기록을 바탕으로 저술서 『춘추(春秋)』를 해설한 주석서로 '춘추삼전(春秋三傳)' : (곡량적(穀梁赤)의 『춘추곡량전(春秋穀梁傳)』, 공양고(公羊高)의 『춘추공양전(春秋公羊傳)』, 좌구명(左丘明)의 『춘추좌씨전(春秋左氏傳)』'이 있는데, 이 중 공자의 제자 좌구명(左丘明)이 해설한 주석서가 『춘추좌씨전』, 즉 『좌씨춘추(左氏春秋)』이며, 이의 약칭이 『좌전』이다. 물론 한나라의 유흠(劉歆)의 위작(僞作)이라는 설도 있다. 난세를 이겨나간 현인과 명사의 명언이 담겨 있어 삶의 지침이 된다.

『중용(中庸)』

자사

공자의 손자 자사(子思)가 저술한 유교의 기본경전이다. 『대학』과 함께 『예기』 중에 있던 것을 한나라 때부터 단행본으로 하고, 주자(朱子, 朱熹)가 사서(四書)의 하나로 정했다. 중용의 '중(中)'은 치우치지 않음[불편지위중(不偏之謂中)]이며, 성품이 천부본연(天賦本然)의 안정을 이룬 상태이다. 용(庸)은 바뀌지 않음[불역지위용(不易之謂庸)]이며, 일상에 항상 상용됨이며 평상이다. 따라서 중용이란 형식에 얽매이지 않고 현실에 적용되는 지행(知行)이다.

『채근담(菜根譚)』

명나라 홍자성(洪自誠)이 유교, 도교, 불교 사상을 융화시켜 편찬한 짧은 어록의 처세훈을 담은 생활철학서이다. 서명은 송나라 왕신민(汪信民)의 "채근(菜根 ; 나뭇잎사귀나 나무뿌리처럼 변변치 않은 음식)을 씹을 수 있으면 모든 일을 이룰 수 있다"는 말에서 따온 것이다. 채근의 맛은 담백하지만 씹을수록 달듯이 만물의 깊은 뜻을 이해하여 속세를 멀리하고 자연 속에 머물면 삶이 보람되고 안 되는 일이 없다는 내용이다.

『포박자(抱朴子)』

동진(東晋) 시대 갈홍(葛洪)이 저술한 것이다. 내도외유(內道外儒), 즉 내편(內篇) 20편은 초기 도교사상의 핵심을 담고, 외편(外篇) 30편에는 유교사상을 담음으로써 도교와 유학이 결합된 갈홍의 사상적 특징이 반영된 저술로 보고 있다. 위정자의 절검과 애민을 강조하면서 인간관계의 윤리적 원칙의 중요성을 강조하여 개인주의와 쾌락주의를 비판하였다는 평을 받는 명저다. 『동의보감』에도 『포박자』가 인용되고 있다.

『한비자(韓非子)』

한비자

전국시대 말기 신상필벌의 법을 중시한 법치주의자 한비(韓非)의 저술이다. 본래『한자(韓子)』라 했지만 당나라 한유(韓愈)의 저서와 혼동하지 않게『한비자』로 불리게 되었다. 한비는 진시황제의 부름을 받았지만 순자(荀子) 밑에서 동문수학한 이사(李斯)의 간교로 투옥되고 죽임을 당한다. 진시황제는 전국시대를 끝내고 통일제국 진(秦)을 세우고 통치하는 데에 한비의 법가(法家) 사상에 큰 도움을 받는다.

『회남자(淮南子)』

한나라 고조(高祖)의 손자 회남(淮南) 왕 유안(劉安)이 그의 빈객들과 함께 편찬한 백과사전식 저서다. 내편 21권이 전해질 뿐 외편 33편은 전해지지 않는다. 본래 제목은 '홍렬(鴻烈)', 즉 '도를 크게 밝힌다.'하여『회남홍렬(淮南鴻烈)』이라 했는데, 후대에『회남자』로 불리게 된다. 제자백가의 사상을 담고 있지만 노장(老莊) 사상을 승계하는 도가의 계열에 속하는 저서다. 처세훈까지 담겨 있어 삶의 경영에 도움이 되기도 한다.

『효경(孝經)』

증자

공자와 공자의 제자 증자(曾子)가 효도에 관하여 문답한 것을 기록한 유교의 기본 윤리서로, 증자가 지었다고도 하고 증자의 문하인들이 집록했다고 한다. 증자는 "부모를 기리고, 부모를 등한시하지 않으며, 부모를 부양한다."는 효의 3단계로 열거했다. '효'로써 집안의 질서를 세우는 윤리관이 자리 잡은 순기능도 있었지만, 이로써 치국의 근본으로 삼고자 하여 '효'가 '충(忠)'으로 이어지면서 통치사상의 근간을 이룬 역기능도 생겼다.

제1장

은총이 가득한 이

麟之所以爲麟者 以德不以形
(린지소이위린자 이덕불이형)

'기린이 기린인 까닭은 덕이 있어서이지 형체 때문이 아니다'는 말은 『문장궤범』에 나와요. 전설상의 기린은 사슴의 몸에, 소의 꼬리에, 말의 굽에, 외뿔 달린 이마에, 털은 오색찬란한데, 그 형체 때문에 상서롭다는 것이 아니라 갓 돋은 풀이 짓밟히는 걸 불쌍히 여겨 새로 난 풀 위를 걸어 다니지 않는 선한 천품의 덕을 지니고 있기 때문에 상서롭게 여기는 거래요.

하느님께서 보내신 가브리엘 천사는 요셉과 약혼한 처녀 마리아를 찾아가 "은총이 가득한 이여"라고 인사했어요. 마리아는 천사를 만나기 훨씬 전부터 '이미' 은총이 가득한 이인 거예요. 잉태되는 순간부터 '원죄 없는(Immaculata)', 원죄에 물들지 않은, 무염시태(無染始胎)된 이에요. 한없이 고결하시고 한없이 깨끗하신 이에요. 천품이 선하신 덕을 지니신 이에요.

빛이요 사랑이신 당신, 하늘의 성품은 선할진대, 저는 천품을 죄로 얼룩지게 더럽히며 살고 있어요. 허나 죄 많은 곳에 은총을 더 충만히 내리심이 하늘 뜻이라면 죄 많은 저에게 더 큰 사랑 주시리라 믿고 싶어요. 하오니 당신이여, 당신 뜻과 말에 늘 "예"라 하며 따르도록, 당신 성품 닮아 고결하고 깨끗하고 상서롭게 살도록, 당신 사랑으로 저를 지키며 이끌어 주세요.

「무염시태」│(프란시스코 데 수르바란)

무염시태(無染始胎)는 '임마꿀라따(라틴어 : Immaculata)', 즉 마리아께서 원죄 없이 잉태하신 것을 말한다. 그러니까 마리아께서는 어머니의 모태에 잉태된 첫 순간부터 하느님의 은총으로 원죄로부터 완전히 자유로운 깨끗한 분이었다는 것이다. 가브리엘 천사가 하느님의 기쁜 메시지를 전할 때 "은총이 가득한 이여"라 한 것은 이미 원죄 없는 분임을 밝힌 것이다. 이 사실을 그린 그림이 에스파냐 출신의 화가 프란시스코 데 수르바란의 그림 「무염시태」이다.

그의 그림을 보자. 머리 위로 12개의 별이 빛나고 있는 마리아께서 분홍 띠를 두른 흰옷을 입고 계시는데, 겉에 두른 푸른 망토가 바람에 흩날리고 있다. 눈은 위를 응시하시면서 두 팔을 옆으로 벌리고 두 손의 힘을 다 뺀 채 두 손바닥을 위로 향하게 하고 계신다. 모든 것을 하느님께 맡기고 순종하시겠다는 표현이다. 성스러운 그림이다. 그러면서 마리아 치마 속에서 아기천사 다섯이 삐죽하게 머리를 내밀고 있는 모습을 그려 넣음으로써 그림이 무척 귀엽다.

곰곰이 생각하는 이

知事天者 其孔竅虛(지사천자 기공규허)

'하늘을 섬길 줄 아는 자는 공규[이목구비]의 욕망을 절제하여 비워둔다.'는 말은 『한비자』에 나와요. 욕망의 불꽃으로 이글거리는 눈으로, 욕망의 귀지로 막힌 귀로 하늘의 뜻을 어찌 보고 어찌 들을 수 있겠어요? 욕망으로 가득 찬 마음에는 하늘의 뜻이 담길 리 없고, 그런 마음으로는 하늘의 참뜻을 헤아릴 수 없으니 욕망을 떨쳐 버리고 마음을 텅 비우라는 말이에요.

하느님의 천사가 하느님의 뜻을 전하려고 찾아와 인사를 하자, 마리아는 이 인사말이 "무슨 뜻인가 하고 곰곰이 생각"하였대요. 믿기 위해 하느님의 참뜻을 알고자 한 것이 아니라 하느님의 참뜻이 무엇인지 알기 위해 믿음을 바탕으로, 마음을 텅 빈 상태로 곰곰이 생각한 거예요. 그리고 하느님의 뜻을 헤아린 자신의 생각이 올바른 것인지 곰곰이 생각한 거예요.

빛이요 사랑이신 당신, 저는 때로 당신이 저 멀리 계신 줄 여겨져요. 때로 저를 사랑하지 않으시고 내치신 줄 여겨져요. 외롭고 서럽고 힘들고 아플 때면 더더욱 그런 줄 여겨져요. 곰곰이 생각한다며 세속적인 잣대로 머리를 굴린 탓일까요? 세속적 욕망으로 마음을 비우지 못한 탓일까요? 당신이여, 한 말씀만 해주세요. "두려워하지 마라, 나는 너를 총애한단다."라고요.

「성모영보」 | (로렌초 로토)

이탈리아 베네치아 출신 로렌초 로토는 말년에 로레토의 산타 카사 수도원에서 수도사로 생활했던 화가로 그의 「성모영보」는 다른 화가의 그림과 달리 가브리엘 천사와 마리아가 얼굴을 마주보고 있지 않은 것이 특징이다. 성모영보(聖母領報, Annunciatio)는 성모희보(聖母喜報), 수태고지(受胎告知)라고도 하는데, 그의 「성모영보」에는 가브리엘 천사가 손으로 하느님을 가리킴과 동시에 하느님도 손을 뻗으심으로써 이 기쁜 소식이 하느님의 메시지임을 분명히 하고 있다. 천사의 그림자까지 그림으로써 환상이 아니라 생생한 사실임을 강조하고 있다. 마리아께서는 천사의 손에 들린 백합꽃처럼 "은총이 가득한" 순결하신 분이시며, 그림 속에 성경이 펼쳐 있듯이 신심이 굳은 분이시다. 하지만 천사의 돌연한 출현에 화들짝 놀란다. 검은 고양이 한 마리도 놀라기는 마찬가지다. 헌데 마리아께서는 천사의 "주님께서 너와 함께 계시다."는 말이 무슨 뜻인지 곰곰이 생각 중이고, 고양이는 도망치는 중이다.

구멍투성이인 이

日月不能播光於曲穴(일월불능파광어곡혈)

'해나 달은 구부러진 구멍에 빛을 보내지 못한다.'는 말은 『만씨외전』에 나와요. 옳은 이에게만 은혜가 내린다는 뜻이지요. 꼬부라진 마음으로 비뚤어진 삶을 사는 자는 한때 사악한 빛으로 세속적 영광의 빛을 볼지 몰라도 영원한 참된 빛을 누릴 수는 없지만 옳은 자는 비록 한때 환난을 겪더라도 '쥐구멍에도 볕 들 날' 있듯 은혜의 빛이 비칠 거라는 말이에요.

하느님의 천사가 마리아에게 "두려워하지 마라. 마리아여, 너는 하느님의 총애를 받았다. 보라, 이제 네가 잉태하여 아들을 낳을 터"라고 말해요. 이 말씀을 들은 마리아는 "저는 주님의 종입니다."라며 무릎을 꿇으시지요. 이로써 아기예수를 잉태하시지요. 마리아가 하느님의 총애, 하느님의 은총의 빛 가운데 비로소 거룩한 성모님으로 세우심을 받으신 거예요.

빛이요 사랑이신 당신, 햇빛도 달빛도 구부러진 구멍을 비춰주지 못한다지만 당신의 사랑의 빛만은 구부러진 구멍 속속 다 비춰줄 수 있음을 믿으오니, 사랑이신 저의 당신이여, 저를 어여삐 여기신다면 구부러진 구멍투성이 제 삶에 당신 사랑의 빛을 비춰 주세요. 그리하여 제 가슴에 당신 사랑 잉태되게 하시어 꺼지지 않는 뜨거운 불길로 타오르게 해주세요.

　프라 안젤리코의 본명은 귀도니 피에트로이다. '수도자(프라)'로서 '천사(안젤
리코)' 같은 분, '축복받은 천사 같은 사람(일 베아토 안젤리코)'이었다고 한다. 그
의 「수태고지」는 그가 수도원장으로 있던 피에솔레의 산도미니코 성당의 제단화
로 그려진 것으로 지금은 스페인 마드리드 프라도국립박물관에 소장되어 있다.

　가브리엘 천사가 전하는 하느님의 '주님 탄생예고', 즉 '아눈티아레(anuuun
tiare)'를 성경 묵상 중이던 마리아께서 경청하는 모습이 보인다. 기둥에 새겨진
부조 속 하느님 눈빛에는 마리아를 지켜주시겠다는 자비가 담겨 있고, 부활을 뜻
하는 제비와 성령을 뜻하는 비둘기도 그려져 있다.

　또 아담과 하와가 에덴동산에서 쫓겨나는 장면을 그림으로써 신약(新約)에
의한 구원의 약속을 밝히고 있다. '의로운 이'이신 마리아의 삶은 상큼한 삶, 환희
의 삶, 은총의 삶이며, 그래서 하느님께서 보시기에 좋아하시게, 그렇게 사신 분
의 모습이 역력한 그림이다.

용기 있는 이

不可乘喜而輕諾(불가승희이경락)

'기쁨에 들떠서 가벼이 승낙하지 말라'는 말은 『채근담』에 나와요. 마음이 들떠서 가벼이 승낙하면 후회할 때가 많으니 신중해야 한다는 뜻이에요. 기쁨에 들떠서 가벼이 '네'라 해도 안 되지만 두려움에 떨려서 비겁하게 '네'라 해도 안 되고, 이리저리 재느라고 머뭇대며 '네'라 못해도 안 되고, 믿음이 없어서 아예 '네'라 못해도 안 된다는 계교일 거예요.

천사가 "네가 잉태하여 아들을 낳을 터"라 하자 마리아는 "말씀하신 대로 저에게 이루어지기를 바랍니다." 하셨어요. 하느님 총애로 잉태할 것이라는 말씀에 처녀 마리아는 얼마나 두려웠을까? 헌데도 마리아는 "네(Fiat)!"라고 응답해요. 무염의 순결, 무한한 믿음의 표현이요, 순종의 약속이기에 인류역사상 가장 아름다운 말, 가장 용기 있는 말일 거예요.

빛이요 사랑이신 당신, "아버지의 뜻이 하늘에서와 같이 땅에서도 이루어지게 하소서"라고 기도하면서도 막상 저를 부르실 때 "네!"라는 말 못하고 살아온 제 삶의 늘그막에만은 순결과 용기와 순종의 삶이 되게 해주시어 눈감는 날, 죽음의 고통 중에서도 비겁하게 추하게 눈감게 하지 마시고, 내 사랑 당신께 가장 아름다운 고백, 가장 용기 있는 고백하며 눈감게 해주세요.

「수태고지」| (산드로 보티첼리)

산드로 보티첼리 하면 「비너스의 탄생」으로 잘 알려진 화가이다. 본명인 알레
산드로 디 마리아노 필리페피보다 별명인 보티첼리로 익숙한데, 보티첼리는 '작은
술통'이라는 뜻이란다. 워낙 한량인 데다가 호주가여서 붙여진 별명이라는데, 말
년에는 도미니코회 수도사 사보나롤라의 설교에 감동되어 시뇨리아 광장에서 벌
어진 사치품을 불태우는 '허영의 화형식' 때 자신의 '허영' 많은 그림을 불에 태우
고, 전 재산을 성당과 수도원에 기부하고 궁핍하게 지내며, 종교화에 몰두했단다.
그때 그린 작품이 체스텔로 수도원 예배당 제단화로 그려진 이 「수태고지」이다.

　　「수태고지」는 성모영보(聖母領報, Annunciatio)이다. 가브리엘 천사가 마리
아께 나타나 성령으로 잉태할 것이라고 하느님의 말씀을 전하는 그림이다. 그 순
간 마리아께서는 두 손을 내밀며 "말씀하신 대로 저에게 이루어지기를 바랍니
다."라고 순종할 것을 표현하고 있다. 천사와 마리아 뒤, 문 밖의 원경은 빛이 부
드러우면서 찬란하다. 철저한 봉헌에 대한 은혜의 빛이다.

속 좁은 이

'집안 이야기는 내보내지 말고, 바깥 이야기는 들여보내지 말라'는 이 말은 『예기』에 나와요. 사사로운 집안의 속내를 집 밖에 나가서 헤프게 퍼뜨리지 말고, 긴요하지도 않은데 밖의 이야기를 집안으로 함부로 끌어들이지 말라는 계교이지요. 세상에는 드러내지 않아야 할 일들이 있기 마련이고, 드러내지 않아야 참사랑이 드러나고 참된 평화가 드러날 수 있기 때문이지요.

마리아가 처녀로 잉태하자 마리아와 약혼한 요셉은 이 일을 세상에 드러내면 율법에 따라 사람들이 마리아를 돌로 쳐 죽일 것이기 때문에 "남모르게" 파혼하려 할 때, 꿈에 주님의 천사가 나타나 "두려워하지 말고 마리아를 아내로 맞아들여라."고 하였어요. 잠에서 깨어난 요셉은 마리아를 통해 구약의 예언이 성취될 것임을 깨닫고, 주님의 말씀대로 마리아를 아내로 맞아요.

빛이요 사랑이신 당신, 선택 받고 이에 응답하여 바깥에 속내를 드러내지 않고 침묵과 인내로써 성실하고 온유하게 한평생을 헌신하신 요셉을 닮기는커녕 저는 속이 깊지 않고 헤퍼서 내뱉은 말에 후회할 때가 많고, 편협한 사랑에 얽매여 고뇌하는 적이 많아요. 사랑이신 저의 당신이여, 속 좁은 이 마음에 두루사랑, 참된 평화의 큰 물 가득 채울 도랑을 깊게 파주세요.

「요셉의 꿈」 | (가에타노 간돌피)

이탈리아 화가 가에타노 간돌피 집안은 대대로 명작을 남긴 화가 집안이다. 그의 「요셉의 꿈」은 약혼한 마리아가 잉태하자 요셉이 파혼할지를 번뇌하면서 바위에 턱을 괴고 다리를 꼬고 앉은 채 잠자던 중 꿈꾸는 모습의 그림이다. 천사가 나타나 '두려워 말라, 마리아를 아내로 맞으라, 성령으로 잉태한 이 아들을 예수라 하라, 그분은 백성의 죄를 구원하시리라.' 이렇게 들려주는 꿈이다.

요셉은 꿈에 천사가 일러준 하느님 뜻을 그대로 순종함으로써 마리아를 살리고, 베들레헴 출신으로 나자렛에 정착한 다윗의 후손에서 아기예수께서 태어나심으로써 예언자들을 통하여 "그는 나자렛 사람이라고 불릴 것이다." 하신 말씀이 이루어졌다. 또 '나자렛 사람'을 '나조레안(나조라이오스)'이라 하며, 이 말은 '봉헌된' 혹은 '나무줄기에서 돋아난 새순'을 뜻하므로 예수님께서는 다윗 가문의 나무에서 새순처럼 돋아난 봉헌된 이시라는 말씀이 이루어졌다.

제1장 사랑사다리

같이 있는 이

'지혜로운 이는 결코 미혹되지 않는다.'는 말은 『논어』에 나와요. 어진 이는 사욕을 버리고 하늘의 뜻과 하늘의 이치에 따라 살기 때문에 결코 근심치 않는 이이고, 용감한 이는 뜻이 강하고 결단력이 있어서 결코 두려워하지 않는 이래요. 그렇다면 지혜로운 이는 어떤 이일까요? 지혜로운 이는 도리에 투철하므로 마음이 흐려지거나 쉽게 홀리지 않는 이래요.

요셉의 꿈에 주님의 천사가 나타나 말했대요. 마리아가 잉태한 아기는 성령으로 말미암은 것이며, 태어날 아들께서는 "당신 백성을 죄에서 구원하실 것"이라고요. 주님께서 예언자를 통해 "동정녀가 잉태하여 아들을 낳으리니 그 이름을 임마누엘이라고 하리라." 하신 말씀이 이루어지려고 이 모든 일이 일어난 거래요. '하느님께서 우리와 함께 계시겠다.'는 약속이에요.

빛이요 사랑이신 당신, 정녕 당신이 저와 함께 계실 수 있나요? 상상만 해도 놀라운 일이 아닌가요? 당신이 함께 계시는 한 무엇을 근심할 것이며, 무엇을 두려워할 것이며, 무엇에 마음이 흐려질 것이며, 무엇에 홀릴 수 있겠어요. 당신이여, 당신 안에서 새롭게 태어나고 당신과 더불어 살아가며 당신 곁에서 생을 마칠 수 있기를 바라는 제 바람이 이루어지게 해주세요.

「탄생」| (베르나르디노 파솔로)

베르나르디노 파솔로는 '파졸라 다 파비아'로도 불리듯, 이탈리아 북부 롬바르디아 밀라노 인근 도시 파비아 출신의 화가다. "젊은 여인이 잉태하여 아들을 낳고 그 이름을 임마누엘이라 할 것"이라는 예언서(이사 7,14)의 말씀이 이루어진 순간을 그린 것이다. '임마누엘(Immanu-El)'은 '하느님께서 우리와 함께 하신다'는 뜻이다. 우리와 함께 계시며 우리를 지켜주시며 우리를 죄에서 구원하실 분! 이보다 더한 위로, 더한 은총, 더한 기쁨이 어디 있겠는가. 양치기에게 나타난 천사의 말처럼 기쁨 중에서도 가장 "큰 기쁨"이리라. 그래서 화면에는 천사와 아기세례자요한이 하늘의 영광과 땅의 평화를 기뻐하고 있다. 십자가의 사랑과 빛으로 오시는 분께 맞갖게 맞이하며 경배를 올리고 있다.

지금 이 순간에도 임마누엘은 우리 문 밖에서 문을 두드리고 계신다. 문을 열어드리면 더불어 먹고 더불어 계시겠노라고 하신다. "세상 끝 날까지 너희와 항상 함께 있으리라." 하신다.

의로운 이

'의로움은 사람의 바른 길이다.'는 말은『맹자』에 나와요. 의로운 사람은 부끄러워하는 마음을 잃지 않고 사는 이래요. 부끄럽지 않으려면 떳떳하게, 겸손하게, 너그럽게, 그렇게 사람답게 사는 거래요. 인간의 길이 아니라 하늘의 길을 따르며, '하고 싶어 하는 일' 보다 '해야 할 일'에 순종하며, 인간과 인간의 관계, 인간과 하늘의 관계에 충실하고 바르게 맺는 거겠지요.

약혼녀 마리아가 잉태하자 요셉은 그녀를 고발하지 않고 남모르게 파혼하려 할 때 주님의 천사가 요셉에게 마리아는 성령으로 잉태하였으니 아내로 맞으라고 해요. 요셉은 이에 모든 것을 하느님의 섭리에 내맡겨요. 이렇게 요셉이 마리아를 보호하며 그녀와의 인간관계에 충실하였고, 하느님 뜻에 순종하여 하느님과의 관계에 충실하였기에 요셉을 의로운 이라 하지요.

빛이요 사랑이신 당신, '아펠란드라'를 아시나요? 꽃말이 '관용'과 '정절'이라는 식물이래요. 너그러우면서도 의로움을 지키는 게 쉽지 않겠지요? 한없는 관용, 그리고 평생 영적 결합으로 부부로서의 관계를 충실히 지킨 참 의로운 요셉이 아펠란드라 같지 않나요? 당신이여, 이것이 섭리라면, 오! 이것이 섭리라면, 이 섭리에 저를 온통 내맡길게요. 당신이여, 저의 당신이여!

「성 요셉」 | (구에르치노)

구에르치노(게르치노)는 이탈리아 볼로냐 화파의 화가인데, 본명은 조반니 프란체스코 바르비에리이지만 사팔뜨기였기 때문에 '사팔뜨기'라는 뜻의 '게르치노'라 불렸다고 한다. 그의 그림 「성 요셉」을 보자. 성 요셉이 하얀 꽃이 핀 지팡이를 들고 있는 그림이다. 이 하얀 꽃은 나르드꽃이다. 프란치스코 교황의 문장의 방패에 성모님의 상징인 별과 함께 나르드꽃이 그려져 있듯이 나르드꽃은 백합이 핀 나무지팡이와 목수의 도구(톱과 망치 등)와 함께 성 요셉의 상징물이다. 성 요셉은 베들레헴 출신으로 나자렛에서 목수생활을 하던 중 동정녀로 성령에 의해 아들을 잉태한 마리아를 아내로 맞아들인 다윗 가문의 자손이다.

성경에는 성 요셉을 '의로운 사람'(마태), '하느님의 뜻을 따르려는 경건한 사람'(마태), '신심 깊은 사람'(루카)이라 하였는데, 성가정의 가장으로서 복되신 성모님과 아기예수님을 지키시고 부양하시고 돌보시지만 고귀한 사명을 드러내지 않고 묵묵히 수행하신 의로운 분이다.

복되신 이

樂不必尋 去其苦之者而樂自存
(낙불필심 거기고지자이락자존)

'즐거움을 구태여 찾지 말 것이니 그 괴로움을 버리면 즐거움이 절로 있으리라'는 말은 『채근담』에 나와요. 괴로움을 버리면 절로 즐거워질 것을 괴로움을 그냥 안은 채 즐거움을 찾으려 드니 즐거울 리 없다, 그러니 괴로움을 먼저 버리라고 한 말이에요. 헌데 어떻게 하면 괴로움을 버릴 수 있을까요? 간절한 기다림은 괴로움을 버릴 수 있는 유일한 희망이 아닐까요?

잉태하신 마리아의 방문을 받은 즈카르야의 임신한 아내 엘리사벳은 성령으로 가득 차 "당신은 여인들 가운데에서 가장 복되시며 당신 태중의 아기도 복되십니다. 내 주님의 어머니께서 저에게 오시다니 어찌 된 일입니까?" 하며 반겨요. 얼마나 놀라운 환영 인사이며, 얼마나 신비로운 믿음 고백인지요! 그러면서 임신 중인 자신의 "태 안에서 아기가 뛰놀았다"고 해요.

빛이요 사랑이신 당신, 당신께서 와 주시면 그저 "어찌 된 일입니까? 어찌 된 일입니까?" 이 말만 되풀이할 거 같아요. 당신이여, 간절한 기다림은 온갖 괴로움을 떨쳐 버릴 유일한 희망이에요. 당신을 맞을 즐거움, 당신과 함께 있을 즐거움, 이 즐거움으로 벌써 내 가슴에는 꽃이 피고 멧비둘기 노래하고 마냥 쿵쾅쿵쾅 뛰놀아요. 아! 행복할 거예요. 당신께서 와 주시면요.

「마리아의 엘리사벳 방문」 | (로히르 반 데르 바이덴)

바이덴의 그림 「마리아의 엘리사벳 방문」은 예수님을 잉태하신 마리아께서 사촌 되는 엘리사벳이 늙은 나이에도 아들을 잉태했다는 소식을 듣고, 먼 길을 떠나 유다 산골, '포도원의 샘'을 의미하는 '엔 케렘'이라는 곳까지 방문하신, 5월 31일, 그날의 만남을 그린 것이다. 이때 엘리사벳은 성령으로 가득 차 큰 소리로 외쳤다. "당신은 여인들 가운데에서 가장 복되시며 당신 태중의 아기도 복되십니다. 내 주님의 어머니께서 저에게 오시다니 어찌 된 일입니까?" 하고 참으로 놀랍고도 신비로운 신앙 고백을 한다. 헌데 오솔길 끝에 있는 집의 문 앞에 즈카르야가 서 있다. 늙은 아내가 임신하리라는 천사의 말을 믿지 않아 잠시 말 못하게 된 엘리사벳의 남편이다. 그래서 엘리사벳은 더 큰 소리로 마리아께 "행복하십니다, 주님께서 하신 말씀이 이루어지리라고 믿으신 분!"이라 외친다. 그리고 주님 말씀이 이루어지리라 믿으신 마리아의 배를 만진다. 그러자 마리아도 엘리사벳의 배를 만진다. 참 정겨운 만남이다.

비천한 이

'하늘은 높지만 낮은 데 있는 인간계 모든 일을 다 들어 알고 있다.'
는 말은 『십팔사략』에 나와요. 하늘은 비천한 이들을, 굶주린 이들을
다 알아본다는 뜻이지요. 그래서 성경에도 하느님께서는, 비천한 이
를 땅바닥에서 일으켜 세우시고, 가난한 이를 잿더미에서 들어 높이
시며, 배고픈 이들을 더는 굶주리지 않게 하시고, 비틀거리던 이들은
힘차게 일으켜 세우신다 했지요.

마리아 찬가, '장엄한 노래'는 "내 영혼이 주님을 찬송"한다는 '테 데
움' 성가로 시작해요. 그리고 "그분께서 당신 종의 비천함을 굽어" 보
셨다며, 전능하신 분의 권능과 초월의 거룩하심과 자비와 무한한 능
력과 언약하신 바를 반드시 성취하시는 신심하심을 기리고, 영광을
기리며 감사해 하면서, 그 자비가 영원히 함께 하시리라는 강한 확신
으로 노래를 마쳐요.

빛이요 사랑이신 당신, 비천함을 다 굽어보시고 다 아시는 당신께
서 당신 사랑에 굶주리고 괴로워하는 비천한 내 마음까지도 정녕 모
르실 리 없으시리라 믿어요. 당신이여, 오시어 빛으로 밝혀 주시고 빛
으로 감싸 주시고 빛으로 갈 길 알려주세요. 오시어 사랑으로 채워
주시고 사랑으로 다독여 주시며 사랑으로 구원해 주세요. 당신 자비
가 영원히 함께 해주세요, 당신이여!

「마리아의 엘리사벳 방문」| (틴토레토)

이탈리아 베네치아 화가 틴토레토의 본명은 야코포 로부스티인데, 염색공의 아들로 어려서부터 염색 일을 도왔기 때문에 '어린 염색공'이라는 뜻의 '틴토레토'로 불렸던 화가다. 그의 「마리아의 엘리사벳 방문」은 아들을 잉태하신 마리아께서 하느님의 자비로 늙은 나이에 아들을 잉태한 즈카르야의 아내 엘리사벳을 방문한 장면을 그린 것이다. 마리아께서 손을 가슴에 얹고 공손히 인사하고, 엘리사벳은 집 문 밖까지 나와 반갑게 맞으면서 "당신의 인사말 소리가 제 귀에 들리자 저의 태 안에서 아기가 즐거워 뛰놀았습니다." 한다. 태중의 아기요한과 마리아 태중의 아기예수의 첫 만남의 순간이다. 마리아께서 "그분께서 당신 종의 비천함을 굽어" 보셨다 하시며, 전능하신 분을 찬미하시며 거룩하신 분의 자비가 영원히 함께 하시리라며 찬송을 바치신다. "하느님께서는 불가능한 일이 없다."는 말처럼 비천한 종으로 자처하신 마리아의 영혼의 기쁨이 화면 속 하늘의 놀빛처럼 곱다.

섭리를 드러내신 이

天下神器 不可爲也(천하신기 불가위야)

'천하는 하나의 신비로운 그릇이어서 사람의 생각으로는 어떻게 할 수가 없다.'는 말은 『노자』에 나와요. 우주 삼라만상은, 시간과 공간을 초월하며 어떤 것에도 간섭이나 영향을 받지 않는 하늘 뜻의 정해진 방향과 목적에 의해 허술함 없이 깊이 있고 세밀하게 질서 지어지며 돌봐지고 다스려진다는 말이에요. 우연이나 운명으로 보이는 것도 다 하늘 섭리라는 거예요.

마태오 복음은, 예수님께서는 믿음으로 의롭게 된 아브라함의 자손이며 이스라엘 왕 중 가장 위대한 다윗의 자손이라 하였어요. 그러나 족보에는 부끄러운 여인, 죄 많은 여인들이 포함되어 있어요. 이것은 우연이나 운명이 아니라 구원사의 완성을 위한 하느님의 섭리래요. 하느님께서 약속하신 모든 것을 이루시려고 펼치시다가 마침내 예수님 탄생으로 드러내신 섭리래요.

빛이요 사랑이신 당신, 제가 이 꼴, 이 품새로 태어났기 망정이지 안 그랬으면 지금보다 더 크고 더 많은 죄를 짓고 죄에 허우적거릴 거예요. 당신이여, 아우구스티누스의 '늦게야 당신을 사랑했습니다!'는 말처럼 당신을 일찍 만났다면 당신을 알아보지 못하고 '당신으로부터 오는, 당신을 향한 그리고 당신을 위한 기쁨'조차 몰랐을 거예요. 이것이 다 섭리인가요? 그런가요?

「신앙의 계보」| (지거 쾨더)

지거 쾨더의 「신앙의 계보」는 "다윗의 자손이시며 아브라함의 자손이신 예수 그리스도의 족보"를 그린 것이지만 '혈통 계보'가 아니라 '신앙 계보'를 그린 것이다. 그래서 혈통에 없는 모세와 세례자요한도 그려져 있다. 모세는 십계명 돌판을 치켜들고 있고, 세례자요한은 손가락으로 아기예수님을 가리키며 "보라, 세상의 죄를 없애시는 하느님의 어린 양이시다"라고 외치고 있다. 나머지 인물들은 혈통에 속한 이들이다. 신앙의 선조 아브라함은 화면 제일 하단에서 양팔을 벌리고 기도하고, 야곱은 꿈속에 하늘로 이어지는 사다리를 보고, 다윗은 수금을 연주하고 있다. 마리아 남편이신 요셉은 두 손 모으고 성모자를 우러러 보고 있다. 신앙의 불꽃이 활활 타오르는 '신앙 계보'를 강조한 그림이다.

예수님 혈통에는 위대한 분만 있지 않고, 부정하고 죄 많은 이방인 여인이 낳은 이들이 대를 잇기까지 했다. 구원사의 완성을 위해 예수님 탄생에 이르기까지 하느님께서 펼치신 섭리다.

말씀이신 이

'자기가 이루었다고 자랑하지 않는다.'는 말은 『노자』에 나와요. 왜 그럴까요? 자기가 아무리 큰일을 해도 자기만의 힘으로 이룩한 것이 아니라 여기기 때문이에요. 하늘의 은혜요, 부모와 스승의 은혜요, 이웃의 은혜인 것이기에 자랑할 게 아니라 감사해야 하고, 은혜를 입었기에 마땅히 은혜를 베풀어야 함이 도리라는 말이지요. 이것이야말로 참된 덕이라는 가르침이지요.

요한의 거룩한 복음은 "한처음에 말씀이 계셨다."로 시작하면서 "말씀은 하느님이셨다." 하였고, "말씀이 사람이 되시어" 이 땅에 오시어 "우리 가운데 사셨다."고 하였어요. 사람의 신화(神化)를 위해 하느님께서 육화(肉化)하셨다는 거예요. 그러면서 "우리는 그분의 영광을 보았"고, "우리 모두 은총에 은총을 받았다."고 했어요. 놀라운 은총에 감사해야 마땅하겠지요!

빛이요 사랑이신 당신, 당신께서 스스로 낮추시어 횟대로 휜 서까래에 썩어가는 초라한 제 안에 오시어 저를 사람답게, 생기 넘치게, 그렇게 이끄시며 북돋우어 주셔서 감사해요. 당신이여, 당신 없이는 지난날이, 그리고 오늘이 이토록 행복할 수 없었을 거예요! 주신 "은총에 은총", 크신 은총에 감사해요. 이제와 같이 앞날에도 빛으로, 사랑으로 함께 해주세요. 당신이여!

「말씀이 사람이 되셨다」 | (지거 쾨더)

　지거 쾨더의 이 그림은 "한처음에 말씀"이 계셨고, "말씀은 하느님"이셨고, "말씀이 사람이 되시어" 이 땅에 오시어 "우리 가운데 사셨다."는 것이 무엇을 의미하는지를 그린 것이다. 가운데 놓여 있는 성서에 이 내용이 적혀 있는데, 성서의 우측 하단에는 'und wir'라는 글귀가 적혀 있다. '그리고 우리들은'이라는 뜻의 글귀란다. 하느님께서 육화(肉化)하시어 아기예수님으로 태어나신 것은 우리들의 신화(神化)를 위해서라는 뜻이다. 그렇다. 말씀이 사람이 되셨고, 그분 안에 생명이 있었으니, 그 생명은 사람들의 빛이었다. 그 빛이 어둠 속에서 비치고 있지만, 어둠은 그를 깨닫지 못하고, 그를 알아보지 못하고, 그래서 받아들이지도 못하였지만, 이 빛은 더 밝게 비출 것이며, 이 빛은 생명의 빛이기에 우리를 구원하고 신화(神化)시킬 것이다.

　예수님께서는 우리에게 빛을 맞아들이라 하신다. 빛을 맞아들이는 영적 눈을 뜨라 하신다. 은혜에 감사하며, 은혜를 받았으니 은혜를 베풀며 참생명의 영원한 삶을 살라 하신다.

제1장 사랑사다리

길을 준비하는 자

美者自美 吾不知其美也
(미자자미 오부지기미야)

'아름다운 자가 스스로 아름답다 여기면 다른 이의 눈에는 결코 아름답게 여겨지지 않는다.'는 말은 『한비자』에 나와요. 추하고 어리석은 자가 스스로 추하고 어리석다 여기면 결코 추하거나 어리석게 안 보이지만 잘난 자가 스스로 잘났다 하면 결코 잘나 보이지 않는다는 뜻이에요.

엘리사벳이 아들을 낳자 즈카르야는 아들 이름을 요한이라 하고, 성령으로 가득 차 "주 이스라엘의 하느님께서는 찬미받으소서."로 시작하는 노래를 불러요. 메시아 대망에 이어 아들 세례자요한이 "지극히 높으신 분의 예언자라 불리고 주님을 앞서 가 그분의 길을 준비"할 것이라는 예언의 노래를 부르지요. 축복송, 베네딕투스(Benedictus)예요.

빛이요 사랑이신 당신, "길을 준비"하는 자의 아름다움을 닮으면 좋겠건만, 그리고 스스로 아름답다, 잘났다 나대지 않고 저의 부족함, 저의 어리석음, 저의 추악함을 알고 몸을 낮추고 마음을 비우며 살면 좋겠건만 제 몸, 제 마음, 제가 어쩔 수 없어요. 거룩한 님이여, 저의 발을 옳은 길로 이끌어 주세요. 당신 앞에서 거룩하고 의롭게 당신만을 사랑하게 해주세요.

「서판에 요한의 이름을 쓰고 있는 즈카르야」 | (프라 안젤리코)

사제 즈카르야에게 가브리엘 천사가 나타나 "네 아내 엘리사벳이 너에게 아들을 낳아줄 터이니, 그 이름을 요한이라 하여라." 하며 하느님의 뜻을 전한다. 즈카르야는 "제가 그것을 어떻게 알 수 있겠습니까? 저는 늙은이고 제 아내도 나이가 많습니다."라고 말했고, 천사는 "보라, 때가 되면 이루어질 내 말을 믿지 않았으니, 이 일이 일어나는 날까지 너는 벙어리가 되어 말을 못하게 될 것이다."라고 하였다. 정말 엘리사벳은 잉태하여 아들을 낳고 즈카르야는 그때까지 말을 못한다.

프라 안젤리코의 이 그림은 아들 출생을 기뻐하는 이웃과 친척들에 둘러싸여 글 쓰는 판에 "그의 이름은 요한"이라고 쓰는 장면을 그린 것이다. 이후 즈카르야는 입이 열리고 혀가 풀려 "Benedictus Dominus Deus Israhel(찬미하여라, 이스라엘의 주 하느님!)"으로 시작하는 베네딕투스를 부른다. 깊고 고요한 침묵을 통해 터져 나오는 거룩한 축복송이다.

손길

翻手作雲覆手雨(번수작운복수우)

'손을 뒤칠 땐 구름이었다가 손을 엎을 땐 비가 되네.'라는 말은『고문진보』에 나와요. 요리조리, 이랬다저랬다 손바닥 뒤집듯 경박함을 이르는 말이에요. 왜 이렇게 경박할까요? 천명과 천리에 합당하고 옳은가 아니면 부당하고 그른가를 생각하기보다 세속적인 이해타산을 앞세우기 때문이에요. 그러니 인생사를 하늘의 뜻에 어긋나지 말고 하늘의 손길에 맡기라는 말이지요.

세례자요한이 탄생하여 이름을 지을 때 어머니 엘리사벳은 "요한이라고 불러야 합니다." 하였고, 아버지 즈카르야는 서판에 "그의 이름은 요한"이라고 썼대요. 그 순간 벙어리가 된 즈카르야의 혀가 풀리며 말을 하게 되었대요. 이웃들이 두려워하며 "이 아기가 대체 무엇이 될 것인가?" 하면서 "정녕 주님의 손길이 그를 보살피고 계신" 것을 알게 되었대요.

빛이요 사랑이신 당신, 굽은 등에 진 짐 덜어내고 다독여 주시는 부드러운 당신 손길, 죄의 수렁에서 건져내고 감싸시는 따뜻한 당신 손길, 이글거리는 욕망의 불꽃을 꺼주시고 주저앉은 절망의 여정에서 일으켜 주시는 용서와 사랑의 당신 손길, 당신이여, 오! 정녕 당신의 손길이 저를 보살피고 계심에 고마워요. 오늘도 꿈에 당신 손을 어루만져요. 고마워서 자꾸 어루만져요.

「광야에서 외치는 세례자요한」 | (마시모 스탄지오네)

마시모 스탄지오네의 이 그림 속 낙타털 옷에 붉은 천을 두른 이가 세례자요
한이다. 검은 구름이 가득 찬 어둠 속에서 빛으로 오실 분, 성령과 불로 세례를
주실 분, 그분이 오실 터이니 준비하라고 손을 높이 치켜들고 격정적으로 외치
고 있다. 그러면서 "그분은 더욱 커지셔야 하고 나는 작아져야 한다."고 한다. 요
한은 하나의 '소리'이고 예수님은 천지창조 전부터 계신 '말씀'이시기 때문이다.

요한이 태어나자 어머니는 아들을 "요한이라고 불러야 합니다." 하였고, 아버
지는 서판에 "그의 이름은 요한"이라고 썼다. 그 순간 벙어리가 된 즈카르야의 혀
가 풀리며 말을 하게 된다. 이웃들이 두려워하며 "이 아기가 대체 무엇이 될 것인
가?" 하면서 "정녕 주님의 손길이 그를 보살피고 계신" 것을 알게 된다.

그렇다. 예수님이 그러하셨듯이 요한의 탄생과 사명은 이미 하느님의 뜻에 의
하여 하느님의 손길로 보살펴지고 이뤄진다. 우리 삶도 우리 이해력을 초월하는
하느님 손길에 달려 있다.

제1장 사랑사다리

칼에 꿰찔린 영혼

夔憐蚿(기련현)

'발이 하나뿐인 기(夔)라는 놈은 발이 많은 노래기를 부러워한다.' 는 말은 『장자』에 나와요. 노래기는 발 없이도 다니는 뱀을 부러워하고, 뱀은 몸을 안 움직여도 어디든 가는 바람을 부러워하고, 바람은 가만히 멈춘 채 멀리 보는 눈을 부러워하고, 눈은 보지 않고도 저절로 아는 마음을 부러워한대요. 채울 수 없는 부러움은 '탐냄'이며 '집착'이요, 괴로움의 근원이지요.

아기예수님 정결례 날, "의롭고 독실하며 이스라엘이 위로받을 때를 기다리는" 시메온은 아기예수님을 두 팔에 받아 안고 하느님을 찬미하였대요. "제 눈이 당신의 구원을 본 것"이라며 하느님을 찬미하면서 마리아에게 이 아기는 "반대를 받는 표징"이 되도록 정해져 있기에 "당신의 영혼이 칼에 꿰찔리는" 비통함을 겪을 것이라고 하였대요.

빛이요 사랑이신 당신, 부러울 것 없는 삶이 어디 있겠어요. 채워도 끝내 채울 수 없는 것이 부러움일 테니, 내 영혼이 칼에 꿰찔리는 고통마저 더 부러울 것 없다 하며 그저 만족해 하며 감사하며 감내하며 순종해야겠지요. 당신이여, 당신을 사랑하며 당신 따르는 길이 바로 영혼이 칼에 찔리는 가시밭길임을 알면서도 사랑하고 따름으로써 당신의 구원을 보게 해주세요.

「성전에서 아기예수님을 봉헌함」 | (렘브란트)

　렘브란트의 이 그림은 아기예수님을 예루살렘 성전에서 하느님께 봉헌하는 장면을 그린 것이다. 렘브란트 작품의 특징 중 하나가 키아로스쿠로(chiaroscuro), 즉 '빛과 어둠'을 단계적으로 변화시켜서 입체감과 원근감을 극적으로 표현하는 화법인데, 이 작품에서도 사제들과 많은 이들이 오가는 계단참은 온통 어둠에 갇혀 있는 반면 오로지 눈부신 빛이 아기예수님을 중심으로 마리아와 요셉, 시메온과 한나에게만 밝게 그려져 있다. 그런데 이 빛은 하늘에서 흘러들어오는 빛이 아니다. 아기예수님에게서 뻗어 나오는 빛이다. 이 빛은 희망과 구원과 영광과 위로의 빛이며, 이 빛은 시메온의 말처럼 "다른 민족들에게는 계시의 빛이며, 당신 백성 이스라엘에게는 영광"의 빛이며, 한편으로는 마리아의 "영혼이 칼에 꿰찔리는" 비통의 빛이다.

　시메온은 이 빛을 통해 하느님의 구원을 본 것처럼 우리도 세속적인 부러움을 떨쳐 버리고 육안이 아니라 심안(心眼)으로 예수님을 가슴에 담음으로써 하느님의 구원을 보아야 할 것이다.

하늘의 소리 없는 소리

未聞天籟(미문천뢰)

'아직 천뢰(하늘이 내는 가락)를 듣지 못했다'는 말은 『장자』에 나와요. 자연 속에는 저절로 일어나는 수많은 소리가 있지만, 들리지 않는 소리, 즉 소리 없는 소리도 넘치고 있대요. 하늘의 소리, '천뢰'예요. 모든 분별을 넘어서서 모든 존재를 있는 그대로 긍정함으로써 모든 존재와 하나가 된 자, 즉 망아(忘我)에 다다른 자만이 이 소리 없는 소리를 들을 수 있대요.

예수님께서는 요한에게 세례를 받으시려고 갈릴래아에서 요르단으로 찾아가셨대요. 그리고는 세례를 받으시고 기도를 하실 때, 하늘이 열리며 성령께서 비둘기 같은 형체로 그분 위에 내리시고, 하늘에서 소리가 들려왔대요. 예수님을 "내가 사랑하는 아들, 내 마음에 드는 아들"이라 부르는 소리였대요. 다른 이는 듣지 못하는 소리 없는 소리 '천뢰'를 들으신 거겠지요?

빛이요 사랑이신 당신, 사람이 내는 가락, 즉 인뢰(人籟)를 인뢰로써 듣고 대지가 내는 가락, 즉 지뢰(地籟)를 지뢰로써 듣는 것이 천뢰(天籟)래요. 자기본위의 분별지심에서 벗어나 일체의 존재와 하나가 된 무한한 자유인만이 들을 수 있는 소리래요. 당신이여, 무뢰한인 저도 당신께서 속삭여 주시는 사랑의 천뢰를 듣게끔 당신 마음에 드는 자유인으로 태어나게 해주세요.

「그리스도의 세례」| (피에로 델라 프란체스카)

피에로 델라 프란체스카의 이 그림은 예수님의 세례 장면을 그린 것이다. 물이 굽이쳐 돌며 예수님 발목에서 찰랑이는 요르단 강의 얕은 여울에 두 손을 모으시고 서 계신 예수님 머리 위에 비둘기 한 마리가 나래를 활짝 펴고 있다. "곧 하늘이 갈라지며 성령께서 비둘기처럼 당신께 내려오시는 것"을 묘사한 것이다. 이때 하늘에서 소리가 들려온다. "너는 내가 사랑하는 아들, 내 마음에 드는 아들이다."라는 소리. 헌데 둘레에 있는 의관을 갖춘 사제들이나 세례를 받으려고 옷 벗고 있는 사람들은 성령의 비둘기를 보지 못하고, 하늘에서 울려오는 소리조차 듣지 못하고 있다. 오직 화면 왼쪽의 세 천사만이 예수님께 씌워드릴 화관을 든 채 비둘기를 보고, 또 하늘의 소리를 듣고 있을 뿐이다. 그래서 그림은 우리에게 말하고 있다. 우리도 성령의 비둘기를 볼 줄 알아야 하고 하늘의 소리를 들을 수 있어야 한다고. 주님만을 응시하며, 주님 말씀만을 듣는 주님의 자녀로서 사랑의 거룩한 고백을 하며 살아야 한다고 말이다.

내 안의 악마 똬리

不怵乎好 不迫乎惡(불출호호 불박호오)

'좋아하는 것에 유혹되지 말고 싫어하는 것에 억눌리지 말라'는 말은 『관자』에 나와요. 옳은가 그른가를 따지지 않고 좋아하는 것을 좋아하고, 옳은가 그른가를 따지지 않고 싫어하는 것을 싫어하는 것이 인지상정이 아닐까 싶어요. 싫어하는 것에 억눌리면 좋아하는 것을 잃게 되고, 좋아하는 것에 유혹되면 싫어하는 것을 잃기 마련이니, 이는 도가 아니라는 말이에요.

세례 후 성령으로 가득 차 돌아오신 예수님께서 성령에 이끌려 광야에 가시어 악마의 유혹을 받으셨대요. 악마는 "돌더러 빵이 되라"고 해 보라 하고, "저 나라들의 모든 권세와 영광"을 줄 테니 자기를 경배하라 하고, 성전 꼭대기에 세우고 "하느님의 아들이라면 여기에서 밑으로 몸을 던져 보라" 하였대요. 모든 유혹이 실패하자 악마는 "다음 기회를 노리며" 물러갔대요.

빛이요 사랑이신 당신, 악마가 제 안에 있어요. 제 안의 악마는, 좋아하는 것에 유혹되게 하고 싫어하는 것에 억눌리게 하며 저를 부단히 시험해요. 떠난 줄 알았는데 제 안에 여전히 똬리 틀고 앉아 "다음 기회를 노리며" 여전히 엿보고 있어요. 당신이여, 당신만 따르면 이겨 낼 수 있으련만, 당신 사랑한다면서 제 마음이 순간순간 요사스러워 뒤집히니 어쩌면 좋아요?

「그리스도 유혹」 | (산드로 보티첼리)

보티첼리의 이 그림 상단은 악마가 예수님을 유혹하는 장면이다. 왼쪽은 악마가 돌을 빵이 되게 해보라는 유혹이고, 상단 중앙은 성전 꼭대기에서 밑으로 몸을 던져보라는 유혹이고, 상단 오른쪽은 원경의 화려한 도시를 줄 테니 자기를 경배하라는 유혹이다. 실패한 악마는 옷을 거의 벗은 흉측한 몸매에 허리를 감은 뱀이 혀를 날름거리고 악마의 발톱이 드러난 채 꼬리마저 흔들며 황급히 도망친다. 악마가 도망치자 예수님 뒤편에 서 있는 천사 셋이 성찬을 준비한다. 성찬 다음 단계는 무엇일까? 화면 중앙의 성전 제단에서 대사제가 어린 양의 피를 봉헌받고 있는 것을 보아 성찬 후 예수님의 희생제사가 이루어질 것을 예시하고 있다.

우리는 이 그림을 통해 내 영혼이 하느님 없이 내 뜻대로 살 수 있다는 내 깊숙한 속 악마의 유혹을 떨쳐 버리지 못하는 죄를 반복함을 통회하게 된다. 예수님께서는 하느님 뜻을 이루려고 목숨까지 바치셨는데, 우리는 하느님과 하나 되는 삶을 왜 살지 못하는지 통탄하게 된다.

깊은 곳 그곳

魚在于渚 或潛在淵(어재우저 혹잠재연)

'작은 물고기는 물가에 노닐지만 큰 고기는 깊은 물에 잠겨 있다'는 말은 『시경』에 나와요. 우물 안 개구리는 우물이 우주이고, 물가에 노니는 작은 물고기는 얕은 여울이 세상 전부인 듯 살지요. 그러니 잔챙이처럼 살지 말고 깊은 물, 큰물에서 큰 고기처럼 세속을 초탈하며 큰 꿈을 품고 넓은 포용력으로 살라는 말이에요.

예수님께서 시몬(베드로)에게 "깊은 데로 저어 나가서 그물을 내려 고기를 잡아라." 하셨대요. 그들은 밤새껏 한 마리도 잡지 못했지만 예수님 말씀대로 하자 그물이 찢어질 만큼 물고기가 잡혔고, 놀란 시몬이 저는 죄 많은 사람이니 저에게서 떠나 달라 하자 예수님께서 "이제부터 너는 사람을 낚을 것이다." 하셨대요. 그러자 그들은 모든 것을 버리고 예수님을 따랐대요.

빛이요 사랑이신 당신, 얕은 물가에서 허우적대고 발버둥 치면서도 깊은 물로 나아가지 못하는 건 두려워서이지요. 제 무능을 처절히 깨우쳐도 그냥 그럭저럭 안주할 이곳을 떠나기 두려워서이지요. 당신이여, '같이 가자' 말씀해 주시면 두려워 않고 당신 따라갈게요. 모든 걸 포용하면서도 세속을 초탈한 깊은 그곳, 인간답게 사는 그곳까지요. 당신이 같이 가자시면요.

「고기잡이 기적」 | (라파엘로 산치오)

이탈리아 우르비노 출신 라파엘로의 이 그림은 예수님께서 시몬(베드로)의 배에 오르시어 "깊은 데로 나아가 그물을 내리라" 하시자 밤새껏 한 마리도 못 잡던 그들이 그 말씀에 순종하고, 그러자 그물이 찢어지게 물고기를 잡았다는 성경 말씀을 주제로 한 그림이다. 예수님 앞에 안드레아가 두 팔을 벌리고 놀라워한다. 시몬은 예수님 무릎 앞에 꿇어앉아 저에게서 떠나시라고, 저는 죄 많은 사람이라고 고백한다. 예수님께서는 "이제부터 너는 사람을 낚을 것이다." 라고 말씀하신다. 오른쪽 원경 뭍에 북적이는 사람들이 장차 이들이 낚을 사람들이다. 다른 한 척의 배에서는 제베대오와 그의 아들 야고보와 요한이 고기가 잔뜩 잡힌 그물을 끌어올리느라 애를 쓰고 있다. 기적을 겪은 이들은 모든 것을 버리고 예수님을 따른다.

오늘도 내 마음속 겐네사렛 호숫가에서 예수님께서 말씀하신다. 예수님을 따라 깊은 데로 가자. 사랑과 희망을 찢어지게 풍요롭게 건질 그곳으로, 기쁨과 빛과 영원한 생명의 그곳으로.

제1장 사랑사다리

쇠똥이나 찌르는 창

以狐父之戈 钃牛矢也(이호부지과 촉우시야)

'호부(狐父)의 창으로 쇠똥을 찌른다.'는 말은 『순자』에 나와요. '호부'라는 지역에서 만든 창은 훌륭하다고 알려진 창인데, 그런 창으로 쇠똥이나 찌른다면 어찌 어리석다 하지 않겠느냐, 그러니 귀한 것을 하찮은 일에 쓰지 말라는 뜻이에요. 하늘의 사명을 띠고 태어난 귀한 존재가 세속의 행복만을 좇으면서 쇠똥이나 찌르며 살지 말고 하늘의 섭리에 따르라는 말이에요.

요한이 잡힌 뒤에 예수님께서는 갈릴래아에 가시어 "때가 차서 하느님의 나라가 가까이 왔다."고 하시며, "회개하고" 그리고 "복음을 믿어라." 하셨어요. 그리고는 호숫가 어부 넷에게 "나를 따라오너라." 하시며 제자로 부르셨대요. 그러자 그들은 "곧바로" 모든 것을 버려두고 따라나섰대요. "사람 낚는 어부가 되게 하겠다." 하신 성소(聖召)에 순명한 거예요.

빛이요 사랑이신 당신, 때가 차서 더 이상 미루지 말고 정녕 "사람"다운 존재의 삶을 살아야 할 텐데 쇠똥이나 찌르는 창을 버리지 못하고 여전히 소유의 삶을 살 뿐이니 자신의 완전한 변신이란 이토록 어려운 건가요? 당신이여, "나를 따라오너라." 불러주세요. 당신께서 이끄시는 대로 따르면 참사랑의 기쁨을 얻을 터이기에 당신께 기꺼이 낚이겠어요. 저를 낚아주실래요?

「성베드로와 코르넬리우스 백인대장」 | (베르나르도 카발리노)

카발리노의 이 그림에는 카이사리아 항구에 주둔한 제2 이탈리카(II Italica) 군대의 백인대장인 코르넬리우스가 베드로 앞에 엎드리듯 몸을 숙이고 있고, 그런 그를 일으키고 있는 베드로가 그려져 있다. 한껏 몸을 낮춘 채 '마음으로 따르며 맞아들이어 뵙는' 영알(迎謁)의 순간이다. 그는 하느님의 천사가 베드로를 만나라는 환시를 보았고, 그 시각쯤 베드로는 무아경에 빠지면서 "하느님께서 깨끗하게 만드신 것을 속되다고 하지 마라."는 소리를 듣는다. 이렇게 해서 이들은 만나게 되고, 베드로는 자신이 본 환상이 이방인도 하느님께서 만드신 거룩한 자손이라는 의미임을 깨닫고, 그에게 세례를 준다. 이로써 코르넬리우스는 첫 이방인 세례자가 된다. 그는 거룩하게 변신하였고, "사람 낚는 어부"가 되어 많은 이들을 세례 받게 한다.

예수님께서는 우리에게 "나를 따라오너라." 하신다. 믿음으로써 자신을 낮추고 모든 것을 버린 채 당신께 전적으로 의탁하여 "사람 낚는 어부"가 되고 "하느님의 나라"에 살라고 하신다.

사랑사다리

'무릇 귀로 듣는 것은 눈으로 직접 보느니만 못하다'는 말은 『설원』에 나와요. '백문불여일견'과 같은 말이에요. 소문만 듣고 판단하려 들지 말고 직접 보고 확인하라는 말이에요. 허나 편견이나 선입견으로 보려 말고, 어리석고 얕은 식견으로 보려 말고, 대롱구멍으로 보려거나 스쳐 보려 말고, 옳게 보고 꿰뚫어 보고 곰곰이 따져본 후, 본 바를 실천하는 것이 중요하겠지요.

소문만으로 "나자렛에서 무슨 좋은 것이 나올 수 있겠소?" 하지 말고 "와서 보시오." 권유하는 필립보를 따라 나타나엘이 예수님께 나갈 때, 예수님께서 "필립보가 너를 부르기 전에…… 내가 보았다." 하시며, 꿰뚫어 보고 꿰뚫어 다 안다 하시면서 "하늘이 열리고 하느님의 천사들이 사람의 아들 위에서 오르내리는 것을 보게 될 것이다." 하시며 나를 따르라 하셨어요.

빛이요 사랑이신 당신, 저 멀찌감치 비를 품은 듯 검회색 구름이, 그리고 태양 가까이엔 빛을 품어 눈부신 새하얀 구름이, 이렇게 다 보이건만 두 손을 둥글게 오그려 눈에 대고 보면 대롱구멍으로 보듯이 보려는 하늘만 보일뿐이에요. 당신이여, 당신께서 "와서 보시오." 부르시면 대롱일랑 동댕이치고 사랑사다리 타고 당신께 달려갈게요. 맑은 마음 하나만으로, 당신에게요.

「야곱의 꿈」| (바르톨로메 에스테반 무리요)

　무리요의 이 그림은 야곱이 에서 형을 피해 삼촌 라반이 살고 있는 하란으로 가던 중 돌베개를 베고 잠을 자다가 꿈에 땅에서 하늘까지 닿는 사다리로 천사들이 오르내리는 것을 본 성경이야기를 소재로 그린 것이다. 이때 하느님은 야곱에게 "이 땅을 너에게 주겠다. 네 후손은 땅의 먼지처럼 많아질 것이다." 약속하시고, 야곱은 돌베개로 기념기둥을 세우고, 기름을 붓고는 그곳을 '베텔'이라 부른다. '하느님의 집'이라는 뜻이다.

　예수님께서는 나타나엘에게 "하늘이 열리고 하느님의 천사들이 사람의 아들 위에서 오르내리는 것을 보게 될 것이다."이라고 말씀하셨다. 예수님께서 바로 하늘나라와 잇는 사다리, 하느님과 통교하는 사다리, 용서와 은총의 사다리, 라고 말씀하신 것이다. 야곱에게 땅과 후손의 은총을 주셨듯이 하느님의 은총을 받는 통로로써의 사다리가 예수님이심을 밝히신 것이다. 그러기에 당신을 따르라고 하신 것이다. 오늘도 "와서 보라"고, 어서 오라고 우리를 초대하신다.

제1장 사랑사다리

얼음도 녹이는 사랑의 눈물

氷水爲之 而寒於水 (빙수위지 이한어수)

'얼음은 물로 된 것이지만 물보다 더 차다'는 말은 『순자』에 나와요. '청출어람'과 같은 뜻의 말이에요. 헌데 저는 이 말에서 비약하여 '얼음은 얼음을 녹일 수 없다.'는 신부님 말씀이 생각나요. 차디찬 얼음 같은 마음이 어찌 누군가의 얼음 같은 마음을 녹일 수 있을까요? 사랑의 따뜻한 눈물만이 누군가의 얼음 같은 마음을 녹일 유일한 힘이 될 수 있는 게 아닐까요?

예수님께서는 갈릴래아 호숫가에서 베드로라는 시몬과 그의 동생 안드레아에게 "나를 따라오너라. 내가 너희를 사람 낚는 어부로 만들겠다." 하셨대요. 그러자 그들은 곧바로 그물을 버리고 예수님을 따랐대요. 예수님 말씀이 그들의 얼음처럼 차디찬 마음을 녹이고, 그들 가슴에 뜨거운 갈망을 일으켜 그들은 모든 것을 버리고 지체 없이 예수님 부름을 따른 거예요.

빛이요 사랑이신 당신, 안데르센의 『눈의 여왕』은 얼음처럼 차디찬 마음을 녹일 수 있는 건 오직 사랑의 뜨거운 눈물이라는 것을 가르쳐 주는 동화예요. 당신이여, "내 영혼이 당신을 목말라 하나이다." 그리고 "이 몸은 당신이 그립나이다." 하오니, 사랑의 눈물로 제 목을 축여 주시고 제 몸을 녹여 주시며 "나를 따라오너라." 말씀해 주세요. 곧바로 달려가 따를게요. 당신만을!

「십자가에 매달리는 성 안드레아」| (마티아 프레티)

　마티아 프레티의 이 그림은 예수님의 첫 제자인 안드레아가 X자 십자가에 매달려 순교하는 장면을 그린 것이다. X자 십자가 처형이 얼마나 고통스러운지 알면서도 그리스어로 X는 '그리스도'라는 단어의 첫 글자이기 때문에 성인은 X자 십자가를 택하였다고 한다. 보라! 집행인들이 성인의 양팔은 팔대로, 양다리는 다리대로 밧줄로 묶어 찢어질 듯 팽팽히 당겨 묶고 있는 것을! 이 엄청난 고통의 순간을! 헌데 성인은 하늘을 우러르며 자신을 온전히 내맡기고 있다. 이 순간 하늘로부터 종려나무 가지와 금장식의 관을 든 아기천사가 내려오고 있다. 전승에 의하면 성인은 십자가에 매달린 극심한 고통 중에도 이틀 동안 군중들에게 설교하였다고 한다. 성인의 진정한 사랑의 설교로 수많은 군중들의 얼음처럼 찬 마음이 감화되었다고 한다.

　예수님께서는 안드레아를 부르시듯 오늘도 우리를 부르신다. 세속적인 것일랑 단호히 모두 버리고 참되고 영원한 것을 따르라고. 진정한 사랑만이 얼음처럼 찬 마음을 녹일 수 있다고.

제1장 사랑사다리

병든 이와 죄인

'검소한 까닭에 널리 퍼진다.'는 말은 『노자』에 나와요. 부드러운 사랑[자애, 慈愛]에서 진정 큰 용기가 솟고, 감히 나대지 않음[불감, 不敢]으로 능히 큰 그릇이 되고, 욕심 없이 겸허함[검약, 儉約]으로 진정 유유자적하게 되어 세상에 부러울 것도 부끄러워할 것도 없이 능히 마음이 드넓어진다고 했어요. 이것이 올바르게 살기 위해 꼭 지켜야 할 세 가지 보물이라고 하였어요.

예수님께서 세관원인 마태오를 보시고 "나를 따라라." 하셨대요. 마태오는 주저 없이 당장 일어나 따라나섰대요. 탐욕에서 얻는 풍요로움보다 진리가 진정 자유로운 삶의 풍요를 이루리라는 믿음이었지요. 예수님께서는 병든 이들, 죄인들처럼 감히 나댈 수 없는 이들에게 생명을 주심으로써 진정 승리의 삶을 주시겠다고 하시며, 자비야말로 진정 큰 용기라고 하셨지요.

빛이요 사랑이신 당신, 병든 주제에 병든 이를 내치는 더 병 큰 자, 죄인인 주제에 죄인을 꺼리는 더 죄 큰 자, 이런 제게 진정 참된 의사가 필요하지 않을까요? 당신이여, 당신이야말로 저를 치유해 주시고 구원해 주실 참된 의사이세요. 참사랑의 알약을 주실 유일하신 분이신 당신이여, 유유자적한 무욕의 약으로 참삶의 기쁨을 주실 참된 의사이신 당신이여, 나의 당신이여!

「마태를 부르시는 예수」 | (카라바조)

카라바조의 이 그림은 민족의 배신자, 탐욕의 죄인, 속물로 천대받던 세리인 마태오가 예수님의 부르심을 받는 극적인 순간을 그린 것이다. 빛이 비쳐드는 곳에 베드로와 함께 서 계신 예수님께서 손을 뻗어 어둠 속을 가리키시며 "나를 따르라."고 하신다. 예수님 손에 빛이 가득하다. 어둠을 가르는 구원의 빛이다. '천지창조' 때 하느님이 손가락을 내밀어 아담이 내민 손가락에 생명의 숨을 불어넣어 주시자 흙에서 아담이 태어나듯, 예수님의 손가락에서 죄인인 마태오가 새 피조물로 태어난다. 마태오는 당장! 일어나 예수님을 따른다.

어둠 속 다섯 사람 중 누가 마태오인지 구태여 알 필요가 없다. 이 다섯 모습 모두가 마태오의 일상생활의 위선적인 각기 다른 모습일 수 있고, 바로 세속에 도취해 사는 우리 모습일 수 있기 때문이다. 의인이 아니라 죄인을 부르러 오신 예수님께서는 오늘도 우리를 부르고 계시다. 우리도 마태오처럼 당장! 일어나 따라나서서 예수님과 '하나'되어 '함께' 해야 할 것이다.

제1장 사랑사다리

자애자중

愛以身爲天下者 乃可以託天下
(애이신위천하자 내가이탁천하)

'자신을 천하와도 바꿀 수 없을 만큼 사랑하는 자라면 천하를 맡길 만 하다.'는 말은 『노자』에 나와요. 스스로 아끼고 존귀하게 여겨야 마음이 넓고 굳건하며 바르고 신중하며 지혜로워지기에 다른 이도 존 귀하게 여기며 둘레를 널리 사랑하며, 긍정적인 강한 자신감으로 두려움 없이 인내하며 정의와 겸허로써 난관을 헤쳐 나갈 수 있으니 자애자중(自愛自重) 하라는 말이에요.

예수님께서는 끈으로 채찍을 만드시어 성전에서 소와 양과 비둘기를 파는 자들과 환전꾼들을 쫓아내셨대요. 그러면서 "이 성전을 허물어라. 그러면 내가 사흘 안에 다시 세우겠다." 시며, 당신께서 허물어지지 않는 "성전"으로 우리 안에 계실 것임을 선포하셨지요. 그러니 스스로 귀하고 거룩한 존재임을 깨닫고 늘 찬미와 감사와 자애자중하며 살라 하신 거지요.

빛이요 사랑이신 당신, 만산홍엽 아름다움이 고스러지듯 이 몸도 고스러지고 있지만 만물이 그렇듯 이 몸도 거룩한 존재이니 스스로 몸을 튼튼하게 세우고, 스스로 맘을 맑게 정화하라 하셨지요? 당신이여, 제 안에 여태 우글거리는 장사꾼들과 환전꾼들을 채찍질하여 쫓아내고 자애자중하며 둘레를 애지중지하고 당신을 영광스럽게 사랑하며 당신의 도구로 살아갈게요.

「성전에서 상인과 환전상을 몰아내는 그리스도」 | (야코프 요르단스)

　야코프 요르단스의 이 그림은 예수님께서 예루살렘 성전 이방인의 뜰에서 소와 양과 비둘기를 파는 자들과 환전꾼들을 쫓아내시고 성전을 정화하는 내용을 다룬 것으로 높이가 거의 3미터에 이르고 넓이가 4.5미터에 가까운 대작이란다. 예수님께서 채찍을 휘두르며 발로 환전상의 상을 뒤엎자 사람들이 쓰러지고 두려워하고 놀라서 멍하니 보기도 하고 채찍을 피해 몸을 숨기거나 나뒹구는 물건을 움켜쥐려 하거나 달아나려는 짐승들을 붙들며 야단법석이다. 반면에 화면 위쪽에 앉은 성직자들 표정은 불만과 분노가 가득하다. 예수님께서는 장사꾼들과 결탁하여 돈벌이하던 성직자들의 추악한 부정부패, 교만과 위선을 혹독하게 꾸짖고 계시고 있다.

　예수님께서는 "이 성전을 허물어라. 그러면 내가 사흘 안에 다시 세우겠다." 하시며, 당신께서 "성전"으로 우리 안에 계실 것임을 선포하셨다. 이로써 너희도 귀하고 거룩한 성전임을 깨닫고 스스로 채찍질하여 맘을 정화하며 자애자중하고 늘 주님을 찬미하라 하신다.

날강도

怒者常情 笑者不可測也
(노자상정 소자불가측야)

'성을 내는 것은 사람의 보편적인 감정이어서 별로 무섭지 않으나 웃는 자는 가히 헤아릴 수 없다.'는 말은 『십팔사략』에 나와요. 화날 때 성내는 것보다 화나는데도 오히려 웃으면 성인군자인지 간악한지 도통 그 진심을 헤아릴 수 없어 더 무섭다는 말이에요. 강도보다 더 악랄한 날강도는 웃으면서 생명을 위협하거나 재물을 탈취하기에 더 무서운 것과 같은 거예요.

예수님께서는 성전에서 물건 파는 이들을 쫓아내시며 "나의 집은 기도의 집"이어야 하는데, "강도들의 소굴"로 만들었다 하시며 화를 내셨어요. 그러자 성전을 소굴 삼아 환전과 제물 판매로 날강도 짓을 일삼으며 많은 수입을 얻고 있던 수석 사제들과 율법 학자들과 백성의 지도자들은 예수님을 없애려고 해요. 그들은 하느님께서 찾아오신 때를 알지 못하였던 거예요.

빛이요 사랑이신 당신, 우리 몸이 성전이라 하셨지요? 그러니 오염시키지 말라 하셨지요? 헌데 어쩌지요? 저는 탐욕과 아집과 교만의 날강도 소굴이니 어쩌지요? 당신께서 이런 소굴에 저랑 함께 살 리 없으시지요? 당신이여, 저를 송두리째 정화시키시어 인간 사랑과 인간 존엄의 실천으로 당신께 부끄럽지 않게 해주실래요? 당신 말씀 다 따를게요, 잘 따를게요, 네?

「그가 그로 인해 우시다」 | (엔리케 시모네 롬바르도)

엔리케 시모네 롬바르도의 이 그림은 예수님께서 예루살렘 도성이 내려다보이는 올리브 산에서 두 팔을 치켜드시고 우시며 눈물 흘리시는 모습을 그린 것이다. '에클라우센', 그러니까 소리 내어, 목 놓아, 엉엉 우시면서 눈물을 흘리신다. 예루살렘 도성이 파괴될 것이 고통스러우시며, "평화를 가져다주는 것이 무엇인지" 알지 못하는 것이 아쉬우시며, "하느님께서 너를 찾아오신 때를 네가 알지 못하였기 때문"에 슬퍼하신다. 그런데 예수님 주위의 그 누구도 예루살렘의 슬픔을 통찰하지 못하고 있다. 그래서 그림에는 눈물 흘리시는 예수님 머리 위로 별똥별이 떨어지고 웅장하고 아름다운 성전 뒤로 둥근 해가 어두운 구름에 싸여 지고 있다!

예수님께서는 예루살렘 성전에 이르셔서 장사꾼들을 내쫓고 "강도들의 소굴"이 되었다며 화를 내셨다. 오늘도 하느님 성전인 우리 몸이 더럽혀지는 것이 슬프셔서 비통에 북받쳐 눈물을 흘리고 계신다. 우주를 아우르는 사랑의 눈물, 나를 위하여 흘리시는 눈물이다.

제2장

사랑의

머저리

아끼는 사랑, 공경하는 사랑

愛而不敬 獸畜之也(애이불경 수축지야)

'사랑하더라도 공경하지 않으면 한낱 짐승을 기르는 것과 다름없다'는 말은 『맹자』에 나와요. 너를 사랑하듯 강아지를 사랑하지만 강아지를 공경하지 않듯 너를 공경하지 않으면 그 사랑은 한낱 강아지를 기르는 것과 다를 바 없다는 말이에요. 그러니 그저 아끼는 사랑이 아니라 공경하는 사랑을 통해 진정 감동 주는 참사랑을 서로가 서로에게 하라는 말이에요.

예수님께서는 요한이 잡혔다는 말을 들으시고 보잘것없고 척박한 땅, 가난과 고통의 땅에 가시어 "회개하여라. 하늘나라가 가까이 왔다." 하시며, "회당에서 가르치시고 하늘나라의 복음을 선포" 하시며, "병자와 허약한 이들을 모두 고쳐" 주시며, 하느님 사랑과 이웃 사랑을 온전히 드러내심으로써 죽음의 그림자가 드리운 땅의 이들에게 사랑의 빛이 되어주셨대요.

빛이요 사랑이신 당신, 사랑하는 사람 맘 안에는 '나'는 없고 오로지 '너'밖에 없대요. 그래서 '너'로 인해 살게 되니까 행복해진대요. 그저 아끼는 사랑이 아니라 한없이 공경하는 사랑으로 '너'를 기쁘게 해주려고 끝없이 회심하며 살게 되니까 하늘나라에 가까이 다가선 듯 행복해지겠지요? 당신이여, 행복해지면 절로 신명나서 세상 모든 걸 사랑하는 빛이 되지 않을까요?

「세례자 성 요한과 함께 계신 침묵의 마돈나」 | (안니발레 카라치)

이탈리아 볼로냐의 미술계 명문인 카라치 가문 출신인 안니발레의 이 그림은 잠든 아기예수님을 안고 계신 성모님께서 아기예수님 다리를 만지고 있는 아기 요한에게 조용히 하라시면서 손가락을 입술에 대시고 '쉿!' 하고 계신 모습을 그린 것이다. 그림이 어찌나 따뜻하고 포근한지 아기예수님께서 깨지 않으시고 단잠을 주무실 것 같은 그림이다. 이제 두 아기는 자라서 공생활을 한다. 요한은 '광야의 소리'로 회개하라 외치며 세례를 주면서 예수님 앞길을 닦는다. 그러다가 붙잡혀 갇힌다. 그러자 예수님께서는 나자렛을 떠나 즈불룬과 납탈리 지방 호숫가에 있는 카파르나움으로 가시어 "회개하여라. 하늘나라가 가까이 왔다."고 선포하신다. 그러면서 회당에서 가르치시며 복음을 선포함과 아울러 병든 자와 허약한 자들을 고쳐주신다.

예수님께서는 당신께서 그러하셨듯이 우리에게도 하느님의 사랑과 이웃 사랑을 통하여 어둠 속에 앉아 있는 사람들, 죽음의 그림자가 드리운 땅에 있는 이들에게 빛이 되라고 하신다.

사랑의 머저리

削足而適履 殺頭而便冠
(삭족이적리 살두이편관)

'발을 깎아 신에 맞추고 머리 깎아 모자에 맞춘다.'는 말은 일의 본말을 그르치는 어리석은 짓이라는 뜻인데 『회남자』에 나와요. 설마 신에 맞추려고 발을 깎으려 하고 모자에 맞추려고 머리를 깎으려는 자가 있을까요? 헌데 자신을 깎고 또 깎아 한없이 작아지고 한없이 낮아지면서까지 사랑하는 이에 맞추려는 자가 있는 건 어인 일일까요? 사랑하면 머저리가 되는 걸까요?

예수님께서는 "당신께서 원하시는 이들을 부르시어" 사도로 세우시고 "당신과 함께 지내게" 하셨대요. "당신께서 원하시는 이들"은 어떤 이들일까요? 세속적 헛된 똑똑이가 아니라 믿음으로써 순종하며 사명을 다할 머저리들이에요. 또 왜 "당신과 함께 지내게" 하셨을까요? 당신과의 깊은 사귐을 통해 당신 사랑을 닮고 실천하는 사랑의 머저리로 키우시려 하신 거예요.

빛이요 사랑이신 당신, "당신께서 원하시는 이"는 바탕이 그른 저 같지 않을 테지요. 정녕 지금의 저 같은 이런 게 아닐 테지요. 당신이여, 저를 "당신과 함께 지내게" 해주시어 당신과의 사랑이 더욱 깊어짐으로써 제 온갖 헛됨이 깎이고 또 깎이어 얼뜨게 작아지고 투미하게 낮아지면서 오롯이 당신만 사랑하며 당신 뜻만 따르는 사랑의 머저리가 되게 해주세요.

「사라이와 상의하는 아브람」| (제임스 티소)

티소는 '아브람'이 두 손까지 써가며 뭔가를 이야기하며 설득하려 애쓰고, '사라이'는 한 손으로 턱까지 괴고 곰곰이 듣고 있는 모습을 그렸다. 장소는 아브람이 기근이 들어 나그네살이를 하려고 이집트로 가는 길에서 쉬던 장막 안이다. 때는 이집트에 가까이 이르렀을 때이다. 아내 사라이가 너무 예뻐 아브람은 이집트인들이 탐이 나서 아내를 뺏고 자기는 죽이리라 두려워 "그러니 당신은 내 누이라고 하시오. 그래서 당신 덕분에 내가 잘 되고, 또 당신 덕택에 내 목숨을 지킬 수 있게 해주시오."라고 간곡히 설득 중이다. 후일담은 생략하겠지만 훗날 하느님은 이토록 비겁하고 치사하고 나약한 아브람을 축복하시며 '아브라함' 이름을 주시고, 아이를 못 낳던 사라이가 아흔 살에 아이를 갖게 하시며 '사라'라는 이름을 주신다. 왜 그리하셨을까?

예수님께서 "당신께서 원하시는 이들을 부르시어" 사도로 세우실 때 그리하셨듯이 하느님께서 사람을 택하실 때 당신 사랑을 닮고 실천할 줄 아는 사랑의 머저리를 원하시기 때문이다.

제2장 사랑의 머저리

저를 뽑아 세워 주시고

雖有智慧 不如乘勢(수유지혜 불여승세)

'비록 지혜가 있다 하더라도 기세를 타지 않으면 안 된다.'는 말은 『맹자』에 나와요. 기세는 하늘의 때[天時], 지상의 흐름[地利], 사람과의 조화[人和]가 두루 갖추어진 힘이에요. 설령 천운을 얻었다손 치더라도 세상의 올바른 흐름과 맞지 않으면 성취되지 못하고, 그 흐름에 맞아 떨어진다손 치더라도 인화가 이뤄지지 않으면 비록 지혜로워도 성공할 수 없다는 말이에요.

예수님께서는 산으로 나가시어 밤을 새우며 하느님께 기도하신 후 날이 새자 "제자들 가운데에서 열둘을 뽑아 사도라고 부르셨다."고 해요. 우리 일상에서의 선택도 기도로써 하느님 안에서 이뤄져야 함을 몸소 보여주신 거예요. '파견된 자'로서의 천부소명을 잊지 말고, 지상사명의 방향을 잃지 말고, 모퉁잇돌을 중심으로 인화를 이루라고 하신 거예요.

빛이요 사랑이신 당신, 맘이 훈훈한 것도, 몸이 건실한 것도, 얼굴이 잘난 것도, 재주가 뛰어난 것도 아닌 하찮고 하찮은 제가 어찌 당신을 사랑한다 말할 수 있겠어요? 허나 그저 "내가 너를 뽑아 세웠다." 하시며 받아 주시고 사랑해 주실 수 없을까요? 당신이여, 당신만 따르며 당신과 일치하며 당신께 누되지 않게 사랑으로 살 테니 저를 뽑아 세워 주실 수 없을까요, 네?

「사도 성 마티아」| (루벤스)

루벤스의 이 그림은 열세 번째 사도인 마티아를 그린 것이다. 예수님의 72명 제자 중 하나였던 그가 사도가 되어 예수님께서 생전에 말씀하신 "너희는 가서 모든 민족들을 제자로 삼아, 아버지와 아들과 성령의 이름으로 세례를 주고, 내가 너희에게 명령한 모든 것을 가르쳐 지키게 하여라." 하신 말씀에 순종하여 여러 지역을 다니며 선교하다가 참수형을 당했다는 전승에 따라 목을 베는 낫을 들고 있다. 마티아는 열두 사도 중 배반자 유다의 자리를 메우려고 예수님 승천 후 뽑힌 것인데, 베드로는 "주님께서 뽑으신 한 사람을 가리키시어" 보여 달라고 기도드린 후 제비뽑기를 하여 뽑았다. 예수님께서 열두 사도를 뽑으실 때 날이 새도록 기도하며 하느님 뜻을 여쭸던 것처럼 이들도 기도로써 하느님 뜻을 묻고 그 뜻에 따른 것이다.

예수님께서 우리도 뽑아 세워 주셨음을 잊어서는 안 되고, 또 우리도 무슨 일을 하든지 예수님께서 그렇게 하셨듯이 기도로써 하느님의 뜻을 여쭤야 할 것을 일러주는 그림이다.

무성한 나무, 깊은 물

山林茂而禽獸歸之(산림무이금수귀지)

'산에 나무가 무성하면 새나 짐승들이 저절로 모여든다.'는 말은 『순자』에 나와요. 물이 깊으면 물고기가 저절로 모여들고, 사람도 무성함과 깊음이 있으면 사람들이 저절로 모여들요. 어짊이 무성하고 덕이 깊으면 어질고 덕스런 이들이 모여들고, 부귀가 무성하고 탐욕이 깊으면 거머리 같은 이들이 달라붙고 똥파리나 날벌레 같은 이들이 우글대다가 흩어졌다가 하지요.

예수님과 열두 제자의 복음 선포 여정에 몇몇 여자도 함께 다녔는데, 예수님으로부터 죄를 용서받고 악령과 병의 시달림에서 구원받은 이들이래요. 예수님 말씀을 통해 세상에서 가장 가치 있는 보화를 찾은 이들이래요. 예수님 은혜에 저절로 모여든 이들은 머리 둘 곳도 없는 예수님 일행을 자기들의 재산과 재능으로 시중들며 예수님 곁을 떠나지 않고 늘 함께 다녔대요.

빛이요 사랑이신 당신, 돈에는 똥파리가 꾀고 권력에는 날벌레가 달라붙고 이득에는 거머리가 빌붙는데도, 이 세속의 것들에서 헤어나지 못하는 것이 인간 속성이겠지요. 당신이여, 당신은 무성한 나무, 당신은 깊은 물, 당신은 가장 참된 가치, 당신은 가장 참된 빛, 당신만 좇겠어요. '의로움과 믿음과 사랑과 인내와 온유를 추구' 하라 하셨으니 그렇게 당신을 따르겠어요.

「막달라 마리아의 회심」|(파올로 베로네세)

파올로 베로네세의 이 그림은 일곱 마귀에 시달리던 막달레나 마리아가 예수님으로부터 고침을 받고 회개하는 순간을 그린 것이다. 막달레나(막달라)는 갈릴래아 호수 서쪽 연안의 도시로 부유한 만큼 부패하고 타락한 곳이기에 이곳 출신인 마리아도 부패하고 타락한 여인이라 한다. 그러나 회개하여 새롭게 태어난 이 여인은 예수님 복음 선포 여정을 열두 제자와 함께 한다. 물론 악령과 병의 시달림에서 구원받은 여인 등 몇몇 여인들도 함께 한다. 예수님께서는 버림받은 이들을 거둬 주셨고, 차별받는 이들을 이끌어 주셨고, 학대받는 이들을 위로해 주셨고, 스스로 모여든 이 여인들을 열두 제자와 동등하게 대하시며 여정을 함께 하신 것이다.

예수님께서는 오늘 우리에게도 이 여인들을 대하셨듯이 거둬 주시고, 이끌어 주시고, 위로해 주시며, 스스로 당신 곁에 오는 우리를 동등하게, 그렇게 대해 주신다. 이것이 오늘 우리에게 주시는 예수님의 희망 메시지이다. 버림받고 차별받고 학대받는 중에도 희망이 될 메시지이다.

고만큼만이라도

'의기(물을 담는 그릇의 일종)에 물을 가득 채우면 엎질러진다.'는 말은 『채근담』에 나와요. '의기(歃器)'라는 그릇은 속이 비면 한쪽으로 기울어지고, 물을 반쯤 채우면 바로 서며, 물이 가득 차면 뒤집어지는 그릇이래요. 너무 쪽잘거려도 안 좋지만 너무 흔흔하면 더욱 안 좋고, 너무 부족함도 안 좋지만 너무 과한 것은 더욱 안 좋다는 귀한 가르침을 주는 그릇이지요.

예수님께서는 "하느님의 나라를 선포하고 병자들을 고쳐 주라"고 제자들을 파견하시면서, 아무것도 지니지 말고 아무것도 염려하지 말고 오직 열정만 지니고 철저히 주님만 의지하며 떠나라, 하셨대요. 또 머물 때는 한 곳에 머물고, 받아들이지 않아 떠날 때는 애착하지 말고 발의 먼지를 털어 버리고 자유롭게 떠나라고 하셨어요. 세상 것에 의지하지 말라는 말씀이지요.

빛이요 사랑이신 당신, 9월 23일은 비오 성인께서 선종하신 날이래요. 비오 성인께서 받으신 오상(五傷)에서 흘러나온 피에서 꽃향기가 났다고 하지요? 당신이여, 비우면 채워 주신다 하셨지요? 텅 비울 테니 채워 주세요. 당신 사랑으로 채워 주세요. 엎질러지지 않게 가득 채우지 마시고 꽃피고 꽃향기가 날만큼, 고만큼만 채워 주세요. 고만큼도 욕심일까요, 네?

「제자들을 파견하시는 예수님」 | (에기노 바이너트)

　베네딕토회 수사인 독일의 에기노 바이너트는 스테인드글라스 장인이며 칠 보기법이 특기인 화가다. 이 작품은 복음사역과 함께 치유사역을 통해 직접적이면서도 가시적 기쁨을 구현하기 위해 예수님께서 제자들을 둘씩 짝지어 파견하시는 장면을 표현한 것이다. 아무것도 지니지 말고 떠나라는 예수님 말씀대로 이들은 맨몸으로 떠나고 있다. 다만 지팡이만 짚은 채이다. 이들에게 예수님께서 손을 들어 축복해 주신다. 사역을 도우시고, 사역을 완성시켜 주실 테니, 염려 말고 열정으로 하라, 하시는 축복이다.

　작가 에기노는 25살 때 부비트랩 사고로 오른팔을 잃었건만, 로마 바티칸박물관에서도 그의 작품을 볼 수 있을 정도의 유명한 작가로 주님께서 만들어 주셨다. 인생길에 어찌 부비트랩이 없겠는가! 그러나 그 길에 가장 화사한 꽃이 피어나게 해주시겠다고 오늘도 맨몸으로 인생길, 그 여정을 떠나는 우리를 위해 아무 염려 말라시며 축복해 주시고 계신 분이 주님이시다.

제2장 사랑의 머저리

그저 곁에만 있어 주셔도

立不敎 坐不講(입불교 좌불강)

'서 있어도 별로 가르치지 않고 앉아 있어도 무엇을 의논하지 않는 다.'는 말은 『장자』에 나와요. 도대체 가르치거나 의논하는 바가 없는데도 뭔가 가득 안겨주는 분, 말없이 오직 그 모습과 그 언행 하나하나로 본보기가 되는 분, 무언지교(無言之敎)의 이런 분이 참된 스승이라는 뜻이지요. 아무 말 없이 그저 곁에만 있어 주어도 평안을 주는 분이 참된 목자라는 말이지요.

예수님께서 열두 제자에게 당신의 권능과 치유능력을 주시고 "길 잃은 양들에게 가라." 하시며 하느님 구원의 능력을 선포하고 양들을 돌보도록 파견하셨어요. 그러시면서 "나는 이제 양들을 이리떼 가운데로 보내는 것처럼 너희를 보낸다." 하셨어요. 양들 같은 제자들을 게걸 든 이리떼 득실대는 데로 보내는 마음의 안타까움을 이렇게 말씀하신 거예요.

빛이요 사랑이신 당신, 길 잃고 두려워 울부짖으며 우왕좌왕 어쩔 줄 몰라 하는 양들에게는 목자가 곁에만 있어 주어도, 아무 말 없이 그저 곁에만 있어 주어도 평안을 얻겠지요. 당신이여, 제 곁에 있어 주세요. '그대와 함께라면 어디든 천국'이라는 노래처럼 당신께서 함께해주시면 이리떼 득실대는 이생의 순간순간도 다 천국일 거예요. 나의 목자이신 당신만 따르겠어요.

「천주의 어린 양」| (프란치스코 데 수르바란)

프라도 미술관에 소장된 수르바란의 이 그림이 바로 불후의 걸작인 [Agnus Dei(천주의 어린 양)]이다. 검은 배경에 대비되어 유난히 하얀색이 돋보이는 어린 양 한 마리가 묶여 있다. 네 발이 다 꽁꽁 묶인 채 제단 위에 올려져 있다. 곧 도살되어 희생 제물로 바쳐질 터인데도 어린 양의 표정은 평온하다. 어린 양은 예수님이시다. 유난히 하얀색이 돋보임은 죄 없으신 예수님의 방증이다. 제단에 올려 놓임은 예수님의 대속 제물로서의 희생을 뜻한다. 평온한 표정의 어린 양은 우리를 위해 십자가에 달리시어 피를 흘리며 죽으실 예수님께서 우리에게 주실 평화의 표상이다. 예수님께서 제자들에게 "길 잃은 양들에게 가라." 파견하신 것은 우리를 길 잃고 두려워 울부짖는 어린 양으로 가엽게 여기신 것이며, 또 제자들에게 "나는 이제 양들을 이리떼 가운데로 보내는 것처럼 너희를 보낸다." 하신 것은 제자들을 양처럼 안타깝게 여기신 것이다. 이런 사랑으로 예수님께서는 양들을 돌보시는 목자로서 우리 곁에 계시며 평안을 주시겠다고 하셨다.

제2장 사랑의 머저리

마중물

轍鮒之急(철부지급)

'수레바퀴자국에 생긴 물웅덩이의 붕어는 당장 물이 말라 죽을 위급한 처지다.'는 말은 『장자』에 나와요. 이런 상황의 붕어에게는 한 방울의 물일망정 당장 필요한데 훗날 바닷물처럼 많은 물이 뭔 소용이냐는 말이지요. 『한비자』에도 '먼 데 물은 가까운 데의 불을 끄는 데 도움이 안 된다[遠水不救近火也]'는 말이 있어요. 자비는 당장 한 바가지 마중물 붓듯 하라는 뜻이에요.

예수님께서 열한 제자에게 "너희는 온 세상에 가서 모든 피조물에게 복음을 선포하여라." 이르셨어요. 사랑으로 행동하는 믿음으로 "온 세상"에 가라고요. "모든 피조물"에게 하느님은 사랑이시라는 걸 보여주라고요. 그러려면 너희가 먼저 세상의 빛이 되고 먼저 세상의 마중물이 되어, 그 빛과 그 마중물로 그들을 변혁시키고 살려서 너희 아버지를 찬양하게 하라고요.

빛이요 사랑이신 당신, 펌프물이 말라 안 나올 때 한 바가지 마중물을 부으면, 마중물은 자신을 희생하여 물을 끌어올려 온 세상사람, 꽃이랑 길짐승, 날짐승, 모든 피조물을 키우고 살리지요. 당신이여, 사랑의 마중물 단 한 바가지만 부어 주시어 나 중심의 폐쇄된 썩은 물일랑 퍼 올려 버리시고 맑은 물 쏟아지게 해주시어 저도 당신 닮아 사랑의 마중물 되게 해주세요, 네?

「바울의 개종」 | (카라바조)

    카라바조의 이 그림은 그리스도인을 죽일 작정으로 잡아들이던 사울이 다마스쿠스에 있는 사람들도 결박하여 예루살렘으로 끌고 와 처벌받게 하려고 살기를 내뿜으며 가던 길에 갑자기 하늘에서 큰 빛이 번쩍이는 순간 말에서 떨어지는 것을 그린 것이다. 눈이 멀어 볼 수 없고, 오직 예수님의 "사울아, 사울아, 왜 나를 박해하느냐?" 하시는 음성만 듣는다. 사울과 동행하던 시종도 소리는 들었지만 아무것도 볼 수 없어 말고삐만 잡은 채 멍하니 서 있다. 화가는 칼이랑 투구랑 함께 바닥에 널브러진 사울보다 말이 더 돋보이게 그림으로써 사울은 짐승보다 못한 존재임을 강조하고 있다.

    허나 이 사건으로 사울은 회심하여 예수님을 따르는 바오로(바울)가 된다. 눈에서 비늘 같은 것이 떨어지면서 다시 보게 되고, "예수님은 하느님의 아드님이시라고 선포" 하며, 온 세상 모든 피조물에게서 사랑의 맑은 물이 쏟아지게 하는 십자가 붉은 핏물 같은 마중물이 된다.

사랑의 일꾼

明明德(명명덕)

'명덕을 밝고 맑게 해야 한다.'는 말은 『대학』에 나와요. '명덕'은 하늘로부터 받은 깨끗한 덕성이에요. 이 덕성이 흐려지지 않게 하려면 나날이 자기수양을 해야 한대요. 여기에 머물지 말고 세상사람 덕성도 나날이 밝혀 나아가 지고지선의 경지에 이르게 해야 한대요. 하늘의 깨끗한 덕성으로써 이웃을 위로하고 그들의 상처를 어루만져 주는 사랑의 일꾼이 되어야 한대요.

주님께서는 일흔두 명을 지명하시어, 몸소 가시려는 모든 고을과 고장으로 당신에 앞서 둘씩 보내시며, "수확할 것은 많은데 일꾼은 적다. 그러니 수확할 밭의 주인님께 일꾼들을 보내 주십사고 청하여라." 하고 말씀하셨어요. 스스로 추수 일꾼이 되고, 아울러 많은 이들이 추수를 거드는 일꾼이 되게 하라는 말씀이에요. 부르심을 받은 사랑의 일꾼으로 살라 하신 거예요.

빛이요 사랑이신 당신, 자기수양이나 자기안위에만 머물지 말고 상처받은 아픔에 마음을 열고 다가가 사랑의 일꾼으로서 서로를 수확하고, 함께 추수를 거들며 하늘의 참 평화를 선물로 받으라고 하셨지요? 당신이여, 당신 사랑으로 저를 수확해 주시고, 그 사랑 제 안에 품고 하늘에서 주신 깨끗한 덕성 잃지 말고 추수를 거드는 사랑의 일꾼이 되어 참 평화를 얻게 해주세요.

「마을의 가난한 여인」| (구스타브 쿠르베)

쿠르베의 이 그림의 배경은 그의 고향 오르낭의 근교이리라 생각된다. 그는 고향 풍경을 많이 그렸기 때문이다. 눈이 많이 온 날이다. 사위가 온통 눈으로 뒤덮였는데, 하늘은 눈을 더 쏟아낼 듯 검은 구름으로 을씨년스럽다. 그래서 더 스산하고, 그림자가 길게 드리운 걸 보니 해질녘인 듯싶어 더 추워 보인다. 어린 딸을 걸리며 염소 한 마리 줄에 매어 끌며 등 굽은 여인이 나뭇짐을 메고 집으로 간다. 가까이 집 두 채 외에는 먼 산 밑에 띄엄띄엄 집 몇 채 있는 한적한 시골인 걸 보니 여인의 집도 한참 외떨어져 있을 것 같은데, 여인은 이미 지쳐 있다. 짐이라야 나뭇가지를 얽히고설키게 묶었을 뿐인데 무척 힘겨워한다. 가난의 멍에다. 엄마가 그랬듯 어린 딸도 짊어질지 모르는 고단의 십자가이다. 쿠르베는 시작도 끝도 없는 삶의 비참한 실체를 그리면서 우리에게 가난한 이들을 품어 안을 사랑의 일꾼이 되자고 말하는 것 같다.

예수님께서는 "수확할 것은 많은데 일꾼은 적다." 하시며, 우리가 사랑의 일꾼이 되라 하신다.

원숭이 마음

往者不追 來者不拒(왕자불추 내자불거)

‘떠나는 사람 쫓지 않고 오는 사람 내치지 않는다.’는 말은 『맹자』에 나와요. 내 곁을 떠날 자는 어차피 떠날 테니 미련 없이 떠나보내고, 가르침을 구하고자 오는 자는 오려고 각오한 사람이니 그 자의 과거를 묻지 말고 맞아들이라는 말이에요. 마찬가지로 너희를 받아들이지 않으려는 자에게서는 미련 없이 떠나고, 맞아들이려는 자는 평화와 함께 머물라는 거예요.

예수님께서 제자들을 파견하시며 두 가지 큰 수칙을 일러주셨어요. 첫째는 "누구든지 너희를 받아들이지 않고 너희 말도 듣지 않거든" 미련 없이 겸손히 떠나라고 하셨어요. 둘째는 맞아들일 집에는 평화와 함께 "떠날 때까지 거기에 머물러라." 하시며, "그 집에 평화를 받을 사람이 있으면 너희의 평화가 그 사람 위에 머무르고" 복음의 기쁨이 커질 거라 하셨어요.

빛이요 사랑이신 당신, 제 마음은 이 나무 저 나무 쉴 새 없이 옮겨타는 원숭이 마음처럼 이랬다저랬다 쉴 새 없이 널뛰기해요. 머물 나무라면 움켜 붙잡고 평화를 누리고, 머물 나무가 아니라면 미련 없이 털어 버려야 하는데, 욕망과 위선과 거짓의 나무인지 뻔히 알면서도 놓지 못해요. 당신이여, 당신의 손길로 저를 이끄시어 우상의 숲에서 벗어날 지혜와 용기를 주세요.

「기타를 든 젊은 여인」 | (마리 로랑생)

　'아내가 마리 로랑생의 그림엽서를 일본 지인에게 선물했다.'는 친구의 글을 읽고 비로소 알게 된 로랑생의 그림을 보며 참 '여성스러운 화가'이구나 느꼈다. 그림이 우아하다. 부드럽다. 몽환적이다. 감미롭다. 그런데 우수가 깃들어 있다. 그림 속 기타는 로랑생이 연인 기욤 아폴리네르가 죽은 후 그의 어머니에게서 받은 것이라 한다. 그래서 더 우수에 젖어 있나 보다. 로랑생은 죽을 때 관에 장미와 함께 아폴리네르로부터 받은 편지를 넣어달라고 했단다, 그렇게 사랑했단다. 그래서 실연하자 '죽은 여자보다 / 더 불쌍한 여자는 / 잊혀진 여자'라는 시를 썼단다. 아폴리네르도 로랑생을 잊지 못하고 실연의 아픔을 시 <미라보 다리>에서 '지나간 시간도 / 사랑도 돌아오지 않네 / 미라보 다리 아래 센 강이 흐르고'라고 읊었다. 예수님과 함께 하지 못해 로랑생은 우울 속에 죽고, 아폴리네르도 센 강가에서 그토록 울다 죽었나 보다.

　예수님께서는 당신을 받아들이고 함께 하면 "평화와 함께 머물" 것이라고 굳게 약속하셨다.

사랑열매

報怨以德(보원이덕)

'원한을 덕으로 갚는다.'는 말은 『노자』에 나와요. 원한을 원한으로 대하면 끝없이 원한이 되풀이되면서 원한만 서른 배, 예순 배, 백 배 맺히지만 원한을 덕으로 대하면 끝내는 감화되어 콩 심은 데 콩 나듯 사랑 심은 데 사랑 열리듯 콩 한 톨이 서른 배의 콩을, 덕 한 톨이 예순 배의 덕을, 사랑 한 톨이 백 배의 사랑열매를 주렁주렁 맺는다는 말이지요.

예수님께서 뿌리시는 말씀의 씨앗을 우리가 어떻게 받아들이느냐에 따라 빼앗길 수도, 말라 버릴 수도, 세상 걱정과 재물의 유혹과 욕심으로 숨이 막혀 열매를 못 맺을 수도 있지만, 믿음으로써 씨를 받아 품고 틔우고 키우면 열매를 주렁주렁 맺게 된다고 하셨어요. 우리의 받아들임과 순종과 오롯한 사랑의 실천만이 사랑열매를 주렁주렁 맺게 한다는 말씀이에요.

빛이요 사랑이신 당신, 성 베르나르도는 '사랑의 열매는 사랑하는 것, 바로 그것입니다.'라고 하였다지요? 당신이여, 내 안의 가시덤불과 자갈을 걷어내시고 온통 갈아엎으셔서 당신이 주시는 사랑의 씨를 고이 품을 옥토로 바꿔 주세요. 사랑만이 사랑열매 맺음을 알게 해주시고 당신의 살가운 사랑 한 톨이 사랑열매를 주렁주렁 맺게끔 나를 사랑, 그 자체가 되게 해주세요.

「씨 뿌리는 사람」 | (빈센트 반 고흐)

고흐의 이 그림 속 '씨 뿌리는 사람' 뒤로 남프랑스 아를의 5월 태양이 이글이글 타오른다. 하늘이 온통 빈틈 하나 없이 찬란하다. 밀밭도 온통 농익은 황금빛이다. 저 멀리 작은 숲과 오두막 한 채만 보일뿐인데도, 황량하기는커녕 더없이 풍요로워 보인다. 그렇다. '씨 뿌리는 사람'은 끝없이 펼쳐진 척박한 땅에 씨를 뿌리며 이 땅이 풍요로워질 기대로 일렁이고 있다. 그래서 작열하는 햇빛을 아랑곳 아니하고 앞으로 또 앞으로 홀로 나아가며 씨를 뿌리고 있다. 이 자는 말씀의 씨앗, 곧 하느님 복음의 선포를 뿌리시는 예수님이실까? 아니면 이 땅이 새로워지고 풍요로워지기를 희망하는 고흐 자신일까? 아니면 원한과 미움과 증오의 씨가 아니라 희망의 씨, 사랑의 씨, 진리를 씨를 뿌리는 자가 되라고 고흐가 말하고픈 우리 모습일까?

예수님께서는 말씀의 씨앗을 품고 틔우고 키워 열매를 서른 배, 예순 배, 백배 맺으라고 하시면서 나아가 우리도 '씨 뿌리는 자'가 되어 사랑열매를 주렁주렁 맺으라 하시지 않으셨던가!

제2장 사랑의 머저리

사랑의 겨자씨

'안 된다는 것은 하지 않기 때문이다. 무엇이나 하려고 마음먹으면 안 되는 것이 없다.'는 이 말은 『맹자』에 나와요. 양사언의 「태산가」처럼 높다 한들 하늘 아래 뫼인데 오르고 오르면 오를 수 있겠지요. 즈믄 세월 길다 한들 하늘 아래 찰나일 뿐인데 바라고 바라면 하늘 뜻 이루어 주시겠지요. 한 발짝 내딛고 한 마음 간구하면 하늘 아래 세상사인데 안 될 리 없다는 말이겠지요.

예수님께서 하느님의 나라는 "겨자씨와 같다." 하셨어요. "자라서 나무가 되어 하늘의 새들이 그 가지에 깃들였다." 하셨어요. 비록 작고 보잘 것 없고 초라하기 짝이 없는 것도 알게 모르게 은밀하게 주님께서 키워 주시고 부풀려 주실 터이니 아무것도 걱정하지 말고 희망을 품고 주님께 맡기면 사람의 모든 이해를 초월한 커다란 것을 이루어 주실 것이라는 말씀이에요.

빛이요 사랑이신 당신, 까마득히 멀다 한들 사랑의 겨자씨 하나 마음에 심으면 자라고 자라서 언젠간 다다르겠지요. 그리 되리라 희망하면 기어이 그리 되겠지요. 헌데 사랑의 겨자씨 자라 나무로 키워 주실 분 오직 당신뿐이시니, 당신이여, 키워 주시고 무성케 해주시어 작은 새 보금자리 삼아 깃들 듯 제 안에 깃들게 해주시지 않으실래요? 제 삶이 영원을 얻을 수 있게요.

「자, 입을 벌려요」 | (밀레)

밀레의 이 그림「자, 입을 벌려요」는 엄마가 딸에게 먹을 것을 떠먹이고 있는 그림이다. 어미 새가 새끼 새에게 먹이를 주듯이, 하늘 아래 모든 생명체가 지닌 원초적 사랑의 본능이 따뜻하게 담겨 있는 그림이다. 그림 속 암탉이 병아리를 날개 안에 품듯, 가난이 을씨년스럽게 드러나는 집 문턱에 졸망졸망 나란히 앉아 있는 세 딸 앞에 엄마가 앉아 '자, 입을 벌려요' 한다. 그러자 막내딸이 목을 한껏 뽑고 입을 한껏 벌리고 받아 먹으려 한다. 둘째딸은 다음이 내 차례야 하며 엄마의 숟가락만 빤히 보고 있다. 인형 안고 있는 큰딸은 짐짓 의젓한 체 하고 있다. 그림 속 엄마는 밀레가 사별 후 재혼한 부인 카드리느 루메트이다. 루메트는 정애(情愛) 가득한 엄마였던 모양이다. 이 정애는 딸아이들 가슴에서 무성하게 자랄 것이고, 대를 이어갈 것이다.

예수님께서 우리 마음에 사랑의 겨자씨를 심으라 하셨다. 그러면 새들이 깃들도록 무성하게 자라게 해주시겠다고 하셨다. 사랑만이 이 땅에 하느님 나라를 완성시킬 수 있다고 하셨다.

오로지 당신만이

蜂房不容鵲卵(봉방불용작란)

'벌집 구멍에 까치 알은 들어가지 않는다.'는 말은 『회남자』에 나와요. 작은 것은 큰 것을 포용할 수 없다는 뜻이에요. 작은 그릇이 어찌 많은 것을 담겠어요? 옹졸한 작은 마음이 어찌 너그러울 수 있겠어요? 치졸한 작은 꿈만 꾸는데 어찌 큰일을 도모하며 성취할 수 있겠어요? 낡고 진부한 잣대로 어찌 새롭고 신선한 것을 가름할 수 있겠어요?

바리사이들과 율법 학자들이 예수님께 왜 당신의 제자들은 먹고 마시기만 하는가 묻자 예수님께서 그들에게 이르셨대요. 신랑을 빼앗길 날에는 단식할 거라고요. 그러면서 아무도 새 옷에서 조각을 찢어 내어 헌 옷에 꿰매지 않고, 아무도 새 포도주를 헌 가죽부대에 담지 않는다고 하셨어요. 사랑의 새 복음을 묵고 묵은 틀이나 닳고 닳은 사고에 얽매면 안 된다는 뜻이지요.

빛이요 사랑이신 당신, 새로움이 가득한 삶, 이웃과 너그러움으로 함께 하는 삶, 높고도 넓은 참가치의 삶, 고요와 평화의 삶을 바라건만 워낙 그릇이 작고 마음이 옹졸하고 꿈이 치졸하고 잣대가 진부하여 제 바람이 이루어지지 않아요. 그러니 당신이여, 오세요. 저에게요. 당신만이 반복되는 제 일상을 새롭게 해주고, 절 사람답게 해줄 수 있어요. 오로지 당신, 당신만이요.

「포도주 잔을 든 성모 마리아」| (마티외 르 냉)

　마티외 르 냉은 형인 앙투안 르 냉, 루이 르 냉과 함께 프랑스 사실주의 화풍을 이끈 화가다. 농촌 라옹 출신인 삼형제는 모두 결혼하지 않은 채 돈독한 형제애로 '소박한 농가의 삶을 통해 인간적인 진실을 추구한 화가'로 불린다. 마티외의 이 그림은 어둡고 침울하다. 성모님께서 슬픈 눈빛으로 포도주 잔을 보고 계시기 때문이다. 포도주 잔은 최후의 만찬 때 예수님께서 "이는 죄를 용서해 주려고 많은 사람을 위하여 흘리는 내 계약의 피"라 하셨듯이 예수님 죽음을 상징한다. 그렇지만 절망 뒤에 올 희망을 그리는 것을 빠뜨리지 않고 있다. 아기예수님 뒤로 두 소년이 석류 바구니를 들고 있는데, 석류는 예수님 부활을 상징하기 때문이다.
　포도주를 "내 피로 맺는 새 계약"이라 하신 말씀은 새 복음, 새 계약에 의한 구원과 삶의 기쁨과 풍요가 묵고 또 묵고, 닳고 또 닳은 율법 그릇에 담기거나 얽매일 수 없다는 뜻이다. 오늘도 예수님께서는 새 포도주를 헌 가죽부대에 담지 말고 자기혁신을 하라고 당부하신다.

그때이때

'그때는 그때, 이때는 이때다.'는 말은 『맹자』에 나오는 말로써 삶 안의 이런저런 때를 바르고 충실히 살려면 그때는 그때대로, 이때는 이때대로, 때에 따라 가장 적절한 길을 따라야 한다는 뜻이에요. 틀에 얽매이지도, 옛것을 고집하지도, 그렇다고 유속(流俗)에 흔들리지도 말고 즐거우면 즐겁게 슬프면 슬프게, 마치 "새 포도주는 새 부대에 담아야 한다."는 말 같이 살래요.

사람들이 예수님께 왜 다들 단식하는데 당신들은 어찌하여 먹보처럼 게걸스럽게 먹어대느냐고 따지자 예수님께서는 혼인잔치에서 단식할 수 없지 않느냐 하시며, "새 포도주는 새 부대에 담아야 한다." 하셨어요. 율법이나 형식에 매이지도, 수단과 목적을 혼동하지도 말고 '새 마음, 열린 마음, 순수한 마음'으로 때에 따라 새로운 변화를 꾀하며 바른 길을 따르라는 말씀이에요.

빛이요 사랑이신 당신, 제 심장에 두른 보루는 낡고 초라하여 쓸모 없는 고루(古壘)에 불과한데도, 무너지면 민낯 드러날까 두려워 마지막 보루인 양 껴안고 있어요. 당신이여, 묵은 심장 도려내시고 낡은 보루 허무시며 새 천 깁은 헌옷 벗겨주시고 새 심장, 새 보루, 새 옷으로 저를 새롭게 하시어 새 포도주 가득 담으시고, 그때이때 맨날 잔칫날 같은 새날 맞게 해주실래요?

「출범(出帆)」| (파울 클레)

파울 클레의 이 그림은 항해에 나선 배들을 그린 것이다. 태양일까 보름달일까, 때가 모호하다. 하늘과 바다 경계도 모호하다. 클레는 느낌표, 별, 그리고 화살표 같은 추상적 기호를 작품에 많이 그렸듯이, 이 그림에도 화살표가 그려져 있지만 배의 향방이 화살표 방향인지도 모호하다. 한마디로 시공을 초월한 그림이니 당연히 향방마저 초월한 것이다. '나의 주제는 외모의 특징을 잡는 것이 아니라 내면 깊숙한 곳으로 들어가 겉모습을 넘어선 정서의 변화를 표현하는 것이다.'라 했던 클레의 말처럼 특유의 초월성 작풍이 돋보이는 그림이다. 클레는 '이제 때가 되었다.'는 말을 남기고 죽는다. 색과 일체되어 살다가 때에 이르자 그가 말했듯 '열매처럼 무르익어 저절로 떨어지고' 생사일체를 이루며 초월의 존재로 새롭게 출범(出帆)한 것이다.

예수님께서는 율법이나 형식을 초월하며 '새 마음, 열린 마음, 순수한 마음'으로 새 포도주는 새 부대에 담듯 그때이때 때 맞춰 새 변화를 꾀하며 초월의 삶으로 새 출범하라 말씀하신다.

엉덩이에 뿔 난 송아지

是非之心 智之端也(시비지심 지지단야)

'옳고 그름을 변별할 줄 아는 마음은 지혜의 실마리이다.'는 말은 『맹자』에 나와요. 지혜는 옳고 그름, 굽고 곧음, 선하고 악함을 하늘의 기틀에 의거하여 하늘의 이치에 합당하게 햇살에 드러나듯 명료하게 변별하여 깨달아 '앎'과 더불어 변별한 바를 절도 있고 정확하게 '행' 하는 능력이라는 말이에요. 이로써 인간 존엄, 공공의 행복, 평화를 이루는 것이 지혜라는 거예요.

예수님께서는, 요한의 회개 외침도 예수님의 복음 선포도 아랑곳하지 않고 편협한 지식과 교만과 독선으로 요한은 "마귀가 들렸다." 하고 예수는 "먹보요 술꾼"이라고 비난하는 것을 두고, "지혜가 옳다는 것은 그 지혜가 이룬 일로 드러났다."고 하셨어요. 요한이나 예수님께서 하신 일이 사랑의 놀라운 지혜의 일이셨고, 이는 용서와 회개와 믿음과 구원으로 드러났다 하신 거예요.

빛이요 사랑이신 당신, 엉덩이에 뿔 난 송아지 보셨나요? 옳으니 그르니 다툼하고, 고집부리며 옥신각신 실랑이하고, 트집 잡아 딴죽 걸며, 못된 시비만 일삼는 제 모습이에요. 당신이여, 엉킨 죄의 실타래를 풀 실마리는 당신께만 있사오니 오시어 이 "죄인의 친구" 되어 주세요. 참된 시비지심의 지혜를 주시어 "평화가 강물"처럼, "의로움이 바다 물결"처럼 넘실대게 해주세요.

「세례자요한의 설교」| (피터르 브뤼헐)

피터르 브뤼헐 작품에는 워낙 등장인물이 많은 것이 특징인데, 이 그림에도 사람들이 엄청 많다. 심지어 나무 위에도 올라가 있다. 사람들의 시선이 모아진 화면 중앙에 갈색 옷을 입은 이가 세례자요한이다. 그만큼 요한의 인기가 대단했다는 방증이다. 그러나 그림 속의 요한은 왼손을 뻗어 군중에 파묻힌 푸른 옷을 입은 이를 가리키고 있다. 예수님이시다. 아마 이분이 세상 죄를 지고 가는 "하느님의 어린 양"이라 말하는 듯하다. 화가가 활동하던 때는 스페인 펠리페2세가 파견한 알바공에 의해 네덜란드의 급진적 종교개혁파가 탄압 당하던 때이다. 이 그림은 요한 설교를 빗대어 급진개혁파들이 순회설교하며 세력을 모으는 것을 그린 그림으로, 편협한 지식과 교만과 독선으로 진리를 왜곡하고 종교와 자유를 탄압하는 잔인함을 경고한 것이다.

예수님께서는, 피리를 불어 주어도 춤추지 않고 곡을 하여도 가슴을 치지 않으며 진리를 왜곡하는 이 세대를 탓하시며, 사랑의 놀라운 지혜를 펼치셨다. 우리도 그 뜻을 따라야 하지 않을까?

기쁨에 춤추고 슬픔에 가슴 치며

人之生也柔弱(인지생야유약)

'사람이 날 때는 야들하다'는 말은 '사람이 죽으면 뻣뻣하게 굳는다.'
는 말과 함께 『노자』에 나와요. 부드러운 유약(柔弱)은 삶의 길이며, 딱
딱한 견강(堅强)은 죽음의 길이라는 뜻이에요. 주관이 뚜렷하되 포용
하며 유연하게 사는 것은 사는 것 같이 사는 것이고, 주관이 옳다 혼
자 우기며 소통 없이 고집불통 뻣뻣하게 사는 것은 죽은 것과 다를 바
없이 사는 거라는 말이에요.

예수님께서는 장터에서 노는 고집 센 아이들의 비유로 들려줘요.
"우리가 피리를 불어 주어도 너희는 춤추지 않고 우리가 곡을 하여
도 너희는 울지 않았다."고요. 이는 마치 세례자요한의 회개의 외침
에 뉘우치며 울기는커녕 '저 자는 마귀가 들렸다.' 하고, 사람의 아들
의 복음 선포에 기뻐 춤추기는커녕 '저 자는 먹보요 술꾼이다.' 하는
것 같다 하신 거예요.

빛이요 사랑이신 당신, 장터의 아이들처럼 어깃장 부리며 사는 절
보세요. 이러쿵저러쿵 세간의 많은 말들에 휘말려 줏대 없이 흔들리
며 사는 절 보세요. 나만 옳다 하며 줏대 꺾지 않고 고집불통 마음 안
열며 사는 절 보세요. 당신이여, 세속과 아집에서 벗어나 오로지 당신
뜻만 헤아리며 함께 기뻐 춤추고, 함께 슬퍼하며 진리와 평화의 기둥
으로 빛 곱게 살게 해주세요.

「위험의 부지」 | (세이무어 조셉 가이)

세이무어 조셉 가이는 영국 출신으로 미국에서 활동한 화가다. 어린이생활을 정겹게 담은 많은 그림을 남겼는데, 이 작품도 그 중 하나다. 한 소년이 절벽에 서 있다. 소녀가 두려워 멀찍이 서서 손을 뻗어 위험하다며 말린다. 막상 소년은 뒷짐을 진 채 까마득한 절벽 아래를 내려다보며 의연하다. 무지(無知)인가, 부지(不知)인가, 화가는 '부지(Unconscious)'라고 하는데, 어찌 보면 소녀 앞에서 용감한 척 허세 부리는 것 같기도 하고 제 뜻대로 막나가는 고집쟁이 같아 보이기도 하여 귀엽기까지 하다. 어쨌건 피리를 불면 곡하고, 곡을 하면 춤추며 어깃장 부리는 아이들은 귀엽다. 그래서 이 그림은 정겹고 따뜻하고 귀여운 그림으로 보인다.

허나 다 큰 이들이 편견과 고집만으로 진리를 외면하며 자기 합리화를 시키며 위태로운 절벽에 멈춰 있으면 추하다. 그래서 이 그림은 그림 속 소년처럼 독선과 아집을 절벽 아래로 떨어뜨려 부서뜨리라고 한다. 그림 속 소녀처럼 배려와 화해와 용서 안에서 더불어 살라고 한다.

독화살

'교활한 지혜를 가진 자는 자기의 악을 꾸미며 선으로 보일 수 있을 정도의 재능을 지녔다.'는 말은 『설원(說苑)』에 나와요. 옳은 일에 앞장 선 의로운 이들, 진리와 참사랑의 구현에 목숨을 바친 이들, 불의한 역사에 속절없이 희생당한 힘없던 선한 이들, 이들을 추앙하는 듯 기리는 듯 꾸미며 자신이 의롭고 어질고 참한 존재인 양 가식하는 교활한 지혜를 경고한 명언이지요.

예수님께서는 조상들의 악행에 죽임을 당한 예언자들을 애도하며 기리는 듯 꾸미며, 자신들이라면 그런 짓을 저지르지 않았을 것이라고 하면서, 실은 교활한 악마의 독화살에 찔린 듯 조상들의 악행에 동조하며 여전히 참된 예언자를 옭아매려고 노리고 음모하는 자들에게 "세상 창조 이래 쏟아진 모든 예언자의 피에 대한 책임을 이 세대가 져야 할 것"이라고 하셨어요.

빛이요 사랑이신 당신, 홀로 참된 듯, 홀로 의로운 듯, 홀로 선한 듯하며 실은 왜곡된 참과 의와 선을 마치 진실한 참과 의와 선인 양 자행하며, 진리의 문 열쇠마저 잃어버린 제 모습이 저 자신을 슬프게 해요. 당신이여, 교활한 악마의 독화살을 제 가슴에서 뽑아 주시고 당신의 참사랑의 독을 먹인 화살, 그 독화살, 그 불화살을 찔러 주세요. 제 영혼이 당신과 하나가 될 수 있도록요.

「성녀 테레사의 환희」 | (베르니니)

베르니니의 이 조각은 스페인 아빌랴 출신의 성녀 테레사의 환희를 새긴 것이다. 어린 천사가 참사랑의 독을 먹인 황금화살, 그 뜨거운 불화살로 성녀의 심장을 찌른다. 하느님께서 인간에 임재하시는 순간이다. 그 순간 성녀의 옷은 격한 파도처럼 출렁이며 견딜 수 없는 고통과 함께 견딜 수 없는 황홀에 온몸이 불처럼 타오르고 온몸이 전율하며 혼미에 빠져든다. 보라! 엑스터시에 빠져 자신마저 잊은 '망아'의 성녀 모습을! 질식할 듯 숨 막히는 황홀경의 모습을! 성녀는 이렇게 하느님과의 완벽한 일치 안에서 사신 것이다. 그 일치는 기도로 이루어졌기에 성녀는 기도를 '거대한 은총의 문'이라 하였다.

성녀는 또 말하였다. "여러분에게 청합니다. 이성을 가지고 그분에 대해 생각하지 마십시오. 많은 개념들도 끄집어내지 마십시오. 대단하고 복잡한 명상도 하지 마십시오. 그분을 바라보는 것 외에 나는 아무것도 청하지 않습니다." 바로 예수님께서 우리에게 바라는 말씀이다.

경정걸음

'걸음걸이가 높으면 마음이 꿋꿋치 못하다.'는 말은 투백비(鬪伯比)가 한 말로『좌전』에 나와요. 발꿈치를 높이 들어올리면서 경정경정 걸으면 이미 마음이 흔들리고 들떠 있는 증거이며 오만해질 징조라는 말이에요. 오만하면 편견에 사로잡히고, 위선과 면치레의 어리석음을 떨쳐 버리지 못하고, 감사하는 마음과 사랑하는 사람의 소중함을 깨닫지 못하게 되지요.

예수님께서 말씀하셨어요. "여자에게서 태어난 이들", 즉 구약시대 사람들 중 요한보다 더 큰 인물은 나오지 않았다고요. "엘리야의 영과 힘을 지니고" 주님보다 먼저 와서 경정걸음 걷지 않고 자신을 한껏 낮춘 채 오로지 주님의 길을 준비한 예언자이기 때문이래요. 그러시면서 구원을 희망하고 기다리던 구약시대보다 구원이 실현되는 신약시대가 더 위대하다고 하셨어요.

빛이요 사랑이신 당신, 제 안은 온통 광야예요. 스산한 바람 휘몰아치는 외롭고 거친 황무지예요. 허나 이 기갈의 불모지에도 샘이 솟고 한 떨기 꽃피는 영화를 뵈리라 희망해요. 당신이여, "세상 끝 날까지" 곁에 있어 주시겠다 속삭여 주세요. 당신 사랑만이 오만의 경정걸음에서 저를 벗어나게 하시고, 저의 희망을 이뤄 주실 테니까요. 속삭여 주세요, 희망의 속삭임을.

「조개껍질을 가지고 노는 아이들」| (바르톨로메 에스테반 무리요)

바르톨로메 에스테반 무리요의 이 그림 속 앙증맞은 두 어린이 중 오른쪽이 "엘리야의 영과 힘을 지니고" 예수보다 여섯 달 먼저 "여자에게서 태어난" 어린 요한이고, 왼쪽이 성령으로 태어난 어린 예수다. 요한에게 물을 건네주는 예수 얼굴에는 다정다감함이 넘실거리고, 건네주는 그 물에는 요한을 아끼는 예수의 사랑이 찰랑거린다. 물을 마시는 요한의 얼굴도 평화와 기쁨으로 차 있다. 들고 있는 갈대십자가에는 "하느님의 어린 양(Ecce Agnus Dei)"이라 적힌 종이가 감겨 있다. 붉은 천으로 아래를 가린 예수 앞의 어린 양은 인류를 죄에서 구원하기 위해 속죄 제물로 한 몸을 온전히 바치신 예수의 상징이고, 붉은색은 예수의 희생과 수난을 의미한다. 하늘의 천사들이 두 어린이를 내려다보며 기뻐하고 있다. 참 따뜻한 그림이다!

예수님께서는 오늘도 우리에게 물을 건네주신다. 참 생명의 물이요, 영원한 생명과 은혜를 상징하는 물이다. 참 따뜻하고 아름다운 사랑의 물, 구원을 소망하라고 주시는 물이다!

생명의 힘

智料隱匿者有殃(지료은닉자유앙)

'많이 앎은 좋으나 사람의 비밀까지 알아내려 하면 화가 미친다.'는 말은 『열자』에 나와요. 『예기』에도 불규밀(不窺密), 즉 '숨기는 일을 엿보지 말라.'고 했어요. 남이 싫어하거나 감추고 싶어하는 일들을 미주알고주알 캐묻거나 입김을 불어 머리카락을 헤치며 흉터를 들추어내어 까발리거나 이를 빌미로 남을 궁지에 몰려 하면, 그 화가 오히려 자기 자신에게 미친다는 말이에요.

예수님께서 안식일에 병자를 고쳐 주시면 고발하려고 지켜보던 사람들의 완고한 마음을 몹시 슬퍼하시면서 그들에게 "안식일에 목숨을 구하는 것이 합당하냐? 죽이는 것이 합당하냐?"고 말씀하시며 손이 오그라든 병자를 치유해 주셨어요. 예수님께서는 몸소 치유와 선행으로써 참된 생명의 힘이 무언지 알려주셨건만, 오히려 그들은 예수님을 어떻게 없앨까 모의하였대요.

빛이요 사랑이신 당신, 전 왜 이렇대요? 온통 호시탐탐 어떻게 잡아먹을까 부릅뜬 눈뿐이에요. 온통 어떻게 더 가질까 소유욕에 불타는 눈뿐이에요. 온통 남의 속 훑으며 흉허물 까발릴까 오그라든 마음뿐이에요. 헌데도 온통 언죽번죽 날뛰는 방자함뿐이에요. 당신이여, 당신 사랑의 손 내미시어 절 이끄시고 당신의 참된 생명의 힘 따라 저도 사랑의 손 내밀며 살게 해주세요.

「아브라함과 멜키세덱의 만남」 | (페테르 루벤스)

　루벤스의 이 그림은 아브람이 여러 임금을 무찌르고 돌아오자 살렘의 임금이
며 "지극히 높으신 하느님의 사제"인 멜키체덱(멜키세덱)이 빵과 포도주를 들고
나와 환대하며 아브람을 축복하며 "하늘과 땅의 소유주이신 지극히 높으신 하느
님의 아브람을 복 주시옵소서. 너의 원수들을 네 손에 넘겨주신 지극히 높으신 하
느님을 송축하라." 하니, 아브람은 멜키체덱에게 모든 전리품 중의 "십분의 일"을
드리고 있다. 멜키체덱은 "정의의 임금"이며, "평화의 임금"이며, "불멸하는 생명
의 힘"으로 하느님의 아들을 닮아 "영원한 사제"가 된 분으로, 예수 그리스도의
예표이며, 빵과 포도주로써 주의 만찬을 예시하고, "축복"의 능력을 지닌 분이다.
　예수님께서 "사람의 아들이 안식일의 주인"이라 하시며, "안식일에 좋은 일
을 하는 것이 합당하냐? 남을 해치는 일을 하는 것이 합당하냐?" 물으시면서 안
식일에 손이 오그라든 사람을 치유하심으로써 '참된 생명의 힘'이 무언지, 우리
가 안식일에 무엇을 해야 하는지 알려주셨다.

제2장 사랑의 머저리

매임에서의 품

'인자한 자는 인자함을 편히 여기고 지혜로운 자는 인자한 것을 이롭게 여긴다.'는 말은『논어』에 나와요. 어짊 안에서 비로소 마음의 안정을 얻는 이가 진정 인자한 자요, 어짊 안에서 비로소 참된 깨달음을 얻는 이가 진정 지혜로운 자라는 말이에요. 이들의 어짊은 매임 없는 순수한 사랑이요, 이들의 지혜는 품의 통찰력을 아는 순수한 슬기라는 말이겠지요.

예수님께서 안식일에 허리가 굽어 몸을 조금도 펼 수가 없는 여자를 "가까이 부르시어, "너는 병에서 풀려났다." 하시고, 손을 얹으시어 낫게 해주셨대요. 그러시면서 안식일에도 소나 나귀를 "구유에서 풀어" 물을 먹이듯, 존귀한 존재인 "아브라함의 딸"을 "속박에서 풀어" 주는 것은 마땅하다 하셨어요. 매임에서 풀어 주님과의 만남, 주님과의 일치가 중요하다 하신 거예요.

빛이요 사랑이신 당신, 허리가 굽어 몸을 조금도 펼 수가 없는 여자가 어떻게 회당까지 갔대요? 그런 여자를 어찌 가까이 나오라 부르셨대요? 여자는 짐승처럼 기어나갔겠지요? 당신이여, 굽은 허리보다 더 딱딱하게 굳은 제 마음 내려놓고 당신께 기어갈게요. 당신이 부르시면 짐승처럼 기어갈게요. 당신 손으로 속됨에 매인 저를 풀어 주시어 당신 빛 안에 품어 주세요.

「하느님은 고통 곁에 계신다」 | (제임스 티소)

티소의 이 그림은 괴로움에 매인 한 사내를 예수님께서 끌어안고 연민의 속 삭임을 정겹게 들려주는 그림이다. 예수님께서는 괴로운 이들 곁에, 슬픈 이들 곁에, 병든 이들 곁에, 늘 곁에 계심을 알려주는 그림이다. 곁에 계셔주는 것만으로 괴로운 이들, 슬픈 이들, 병든 이들이 기적의 은혜를 받는다. 그래서 이 기적을 표적(表蹟)이라 한다. 메시아이심과 하느님의 나라가 임했다는 것을 표현하는 징표이다. 이 표적은 인간을 창조하신 분으로부터 나오는 사랑이기에 모든 인간에게 차별 없이 주어지는 사랑의 징표이다. 율법의 정죄를 받을 자들마저 그 정죄의 매임에서 풀어 주시는 놀라운 은혜의 징표이다.

예수님께서는 우리를 존귀한 존재로 여기시어 "아브라함의 딸, 아브라함의 아들"이라 부르시며 소나 나귀를 "구유에서 풀어" 주듯 존귀한 존재인 우리를 더 큰 속박, 괴로움과 슬픔과 병고의 속박, 아니 그보다 더 많은 온갖 속박에서 풀어 주신다. "가까이 부르시어" 풀어 주신다.

색안경

吹毛而求小疵(취모이구소자)

'터럭을 입으로 불어서 숨겨진 흉터를 찾는다.'는 말은 『한비자』에 나와요. 남의 작은 허물까지 들춰내려고 모질고 냉정하게 헤치며 뒤지는 행위를 나무라는 말이에요. 더구나 색안경까지 끼고 죽기 살기로 악의를 품은 채 흠집 찾기에만 몰두하면 흠집 아닌 것도 흠집으로 보이거나 흠집이라 우기며 몰아넣을 수 있고, 당연함을 뻔히 알면서 부당하다 억지 부릴 수도 있지요.

율법 학자들과 바리사이들은 예수님을 고발할 구실을 찾으려고, 예수님께서 안식일에 병을 고쳐주시나 지켜보는 중에, 예수님께서는 그들에게 안식일의 규정에 얽매어 좋은 일을 하지 못하는 것이 합당하냐고 물으신 후 손이 오그라든 이에게 "일어나 가운데에 서라." 이르시고 "손을 뻗어라." 하시며 고쳐주셨대요. 율법의 속박으로부터 사랑과 정의를 드러내신 거예요.

빛이요 사랑이신 당신, 남의 흠집만 파헤치려 하고 세속의 잣대로 남을 속박하려는 자들처럼 되지 말라 말씀해 주세요. 색안경 벗어던지고 일어나 가운데 나와 서서 완고함, 오만함, 옹졸함으로 오그라든 손과 오그라든 마음을 펴라, 말씀해 주세요. 온유와 사랑과 어짊을 담아 당신과 함께 하자, 말씀해 주세요. 이 마음 그대로 당신이랑 함께 이 세상 예쁘게 살자, 말씀해 주세요.

「이스탄불 코라 성당 모자이크」

'코라(Chora)'는 '시골'이라는 뜻이란다. 그러니까 '코라 성당'은 이스탄불(옛 콘스탄티노플) 교외에 있다는 말이다. 동로마제국 때 세워진 정교회인데, 오스만 제국의 점령 후 이슬람사원이 되었고, 현재는 '카리예박물관'으로 쓰인다. 하지만 최근 튀르키예(터키)는 이곳을 모스크로 전환하겠다는 대통령령을 반포했다. 안타까운 일이다. 여하간 이 성당에는 그리스도와 성모님 일생을 담은 모자이크 등 뛰어난 작품이 많은데, 이 작품도 그 중 하나다. 예수님께서 손이 오그라든 이에게 "일어나 가운데에 서라" 하시고 "손을 뻗어라." 하시며 율법의 속박으로부터 해방시켜 주시는 장면을 담은 작품이다. 그러자 바리사이들과 율법 학자들은 골이 잔뜩 나서 마음을 더욱 오그라뜨린 채 예수님을 고발할 구실을 찾는데 더 골몰하게 된다.

오늘 지금도 예수님께서는 우리를 부르고 계신다. "일어나 가운데에 서라"고. 집착과 아집과 편견과 자만을 버리고 "손을 뻗어라"고. 눈물겹게 부르고 계신다. 이제 우리가 응답할 차례다.

제2장 사랑의 머저리

희망의 닻

若烹小鮮(약팽소선)

'마치 작은 생선 익히는 듯이 하다'는 말은『노자』에 나와요. 작은 생선을 익힐 때 공연히 뒤적거리면 살이 다 뭉크러지니 들쑤셔대지 말라는 말이지요. 삶도 이 같으니 일상의 낱낱을 원리원칙의 잣대로 들쑤시지 말고 자비로써 익을 때를 기다리라는 뜻이지요. 기다림은 희망을 낳고, 희망은 영혼의 닻이 되어 영혼을 붙들어 지키며 영혼의 살을 단단케 할 테니까요.

예수님 제자들이 배고파 안식일에 밀 이삭을 뜯어먹자 바리사이들이 안식일 계명에 어긋난다고 했어요. 예수님께서 "안식일이 사람을 위하여 생긴 것"이라 하시며, 계명의 근본정신을 잃고 일상의 낱낱을 눈곱만큼의 자비도 없이 원리원칙에 얽매여 들쑤셔대는 그들의 가증스러운 표리부동을 질책하시면서 "안식일의 주인"이신 당신께서는 자비의 실천을 바란다고 하셨어요.

빛이요 사랑이신 당신, 서로 누운 자리는 달라도 같은 꿈을 꾼다면 얼마나 좋을까요? 당신과 사랑에 빠져 당신과 같은 꿈꾸며 당신 자비 저도 행할 수 있다면 얼마나 좋을까요? 당신이여, 제 영혼의 희망의 닻이 되시어 너울 따라 흔들리고 상처받으며 동상이몽(同床異夢) 표리부동한 위선의 저를 당신 안에 깊이 박히도록 잡아주세요. 당신 안에서 안식할 수 있게 해주세요.

「종달새가 있는 밀밭」|(빈센트 반 고흐)

고흐는 이 그림에서 종달새 한 마리를 밀밭 위로 띄운다. 하늘 끝까지 솟구쳐 올라 하느님께 세상사 귀엣말로 소곤대다가 눈부시게 빛을 부서뜨리며 곤두박질 쳐 내려오고, 춤사위 같은 날갯짓으로 너른 밀밭을 선회하다가 한껏 달아오른 듯 더 화려하게 하늘 높이 비상하고, 그러다가 밀밭으로 내리꽂히곤 한다. 아! 황금 빛 구름을 보라! 저 너머 보이지 않는 태양이 찬란하기 때문이리라. 보이지 않으시면서 역사하시는 주님의 손길처럼. 그리고 종달새 소리가 그림 속에서 생생히 들리는가? 주님의 손장단처럼 지저귀고, 휘파람 불며, 읊조리고, 들썩이는 소리가.

이 그림을 보면서 배고파 안식일에 밀 이삭을 뜯어먹는 예수님 제자들에게 계명에 어긋난다고 어찌 트집 잡을 수 있겠는가. 눈곱만큼의 자비 없이 원리원칙에 얽매여 가증스러운 위선을 어찌 저지를 수 있겠는가. "안식일의 주인"이신 예수님께서는 자비의 실천을 바란다 하셨다. 예수님과 같은 꿈꾸며 그 자비 나도 행한다면 예수님 사랑 안에서 영원히 안식할 수 있으리라.

부드럽고 어눌하게

色厲而內荏(색려이내임)

'겉으로는 의로운 척하면서 속으로는 의를 실천할 용기가 없는 것'
이라는 말은 『논어』에 나와요. 겉으로만 살갑게 하는 '교언영색'이나 겉
으로만 의로운 척하는 것이나 겉과 속이 다르기는 마찬가지지만, 겉
과 달리 속으로는 전혀 의롭지 못한 이 중에 의를 실천할 마음조차
없는 이는 더 무서운 사람이고, 의를 실천할 용기가 없는 이는 더 불
쌍한 사람이겠지요.

예수님께서 나자렛 고을 회당에서 "주님께서 나를 보내시어……
주님의 은혜로운 해를 선포하게 하셨다"는 이사야 예언자의 말씀을
봉독하시고는 "오늘 이 성경 말씀이 너희가 듣는 가운데에서 이루어
졌다."고 하셨지요. 그러자 사람들이 "저 사람은 요셉의 아들이 아닌
가?" 하였대요. 겉으로는 의로운 척하면서 속으로는 의를 실천할 용
기가 없는 불쌍한 사람들이었지요.

빛이요 사랑이신 당신, 곁에서 살갑게 붙어 있다가도 내가 힘들거
나 외롭거나 서럽거나 아프거나 고난에 빠졌을 때는 내 곁에 머물지
도 않는 사람들이 있지요. 당신이여, 저를 표리부동한 사람이 되지 않
게 해주세요. 작지만 속내를 '내어 줌'으로써 저와 제 이웃에게 새로운
힘이 되는 자가 되게 해주소서. 겉은 강직하고 의연하게 해주시고, 속
은 부드럽고 어눌하게 해주소서.

「고향에서 환영 받지 못하는 예수」 | (제롬 나달)

예수회 수사인 제롬 나달이 예수회 화보집 『복음서 묵상 삽화』에 그린 40번째 삽화인 이 그림은 예수님께서 고향인 나자렛 회당에 가시어 희년을 선포하셨지만 회당 사람들이 화가 나서 예수님을 벼랑까지 끌고 가 거기에서 떨어뜨리려고 한 사실을 그린 것이다. 그림 오른쪽 맨 위에 그려진 작은 그림이 나자렛 회당에 모인 사람들에게 예수님께서 말씀하시고 있는 장면이다. 사람들은 목수 요셉의 아들이 어쩜 저렇게 권위 있게 말할까 놀라워하고 있다. 그림 왼쪽에 크게 그려진 그림이 아찔한 벼랑에서 위험천만한 순간을 맞는 장면이다. "어떠한 예언자도 자기 고향에서는 환영을 받지 못한다."는 말씀대로 예수님께서는 환영받지 못하고 계시다. 이방인을 멸시하고 종교적 우월감에 빠져 있는 자들, 편견적 사고로 예수님의 참모습을 알아보지 못한 자들의 횡포가 잘 표현되어 있다. 이런 사고로는 하느님의 말씀을 받아들일 수 없다는 것을 제롬 나달은 이 그림에서 강조하고 있다.

제2장 사랑의 머저리

하나 되기

'내 마음은 거울이 아니다. 그러므로 남의 생각을 비쳐볼 수가 없다.'는 뜻의 이 말은 『시경』에 나와요. 그런데 우리는 내 마음을 거울삼고 내 생각을 정의인 양 기준 삼아 남을 재단하려고 하지요. 『장자』는 '참된 도는 하나가 된다[道通爲一]'는 말을 했어요. 참된 도를 거울삼고 기준삼아 다 같이 '하나'가 되어야 한다는 뜻이지요. 이것이 인간이 지켜야 할 근본이라는 말이지요.

예수님께서는 '나는 양의 문'이라고 하셨지요. 이 진리의 문은 하늘과 통하는 문이요, 하늘로부터 생명을 받는 문이요, 듦과 낢이 '하나'인 구원의 문이라 하셨지요. 또 '나는 착한 목자'라고 하셨지요. 착한 목자는 양을 알고, 양은 목자의 음성을 앎으로 해서 '하나'가 된다 하셨지요. 그리고 비유적 알레고리의 정점을 찍는 선언을 하셨지요. "나는 아버지와 하나"라고요.

빛이요 사랑이신 당신, 도스토예프스키의 『죄와 벌』에는 '분노는 정의를 촉발시킬 수 있지만 정의 자체는 아니다. 정의를 완성시키는 건 용서와 화해, 그리고 사랑이다.'고 하였듯이 위대한 사랑은 지극히 작은 것부터 '하나' 되는 데에서 비롯될 거예요. 당신이여, 당신만 거울삼고 기준삼아 당신과 '하나' 되게 하시고, 당신을 통해 세상 모든 것과 '하나' 되게 살면 좋겠어요.

「바벨탑」| (피터르 브뤼헐)

브뤼헐의 이 그림은 바다를 끼고 드넓게 펼쳐진 신아르(바빌로니아) 벌판에 벽돌을 쌓고 역청으로 다져서 나선형의 거대한 바벨탑을 세우는 모습을 그린 것이다. 얼마나 거대한지 일꾼들과 마차들, 그리고 평야의 집들과 바다에 떠 있는 여러 척의 배들이 하찮게 보인다. 그림 앞쪽에는 왕관을 쓰고 왕홀을 들고 칼을 찬 왕이 망토를 땅에 끌면서 창을 든 병사들의 호위를 받으며 작업을 독려하는데, 왕의 앞에 네 명의 감독관이 아예 땅에 무릎 꿇은 채 허리를 굽히고 두 손을 모아 쥐고 왕명을 받들고 있다. 절대적 권력, 절대적 인간의 교만이 구름을 꿰뚫고 하늘에 닿고 있다. 그래서 주님께서는 탑을 무너뜨리신 후 온 땅의 말을 뒤섞어 놓으시고, 사람들을 온 땅으로 흩어 버리셨다. 이로써 언어의 '하나'됨과 인간의 '하나'됨이 상실된다.

주님만 거울삼고 기준삼아 주님과 '하나' 되어 주님을 통해 세상 모든 것과 '하나' 되며, 용서와 사랑으로써 온갖 것을 포용하고 존중하여 '하나'를 이루라는 교훈을 주는 그림이다.

제3장

사
랑
의
열
병

참된 별빛

'의심은 암귀를 낳는다.'는 말은 『열자』에 나와요. 의심을 품으면 갖가지 무서운 망상이 잇달아 일어난다는 말이에요. 의심과 편견과 선입견은 마치 어둠을 지배하는 귀신 같이 자기 자신을 악마로 만든다는 뜻이에요. 그래서 『순자』에는 '의심을 포기하는 것이 제일 큰 지혜다[知莫大乎棄疑]'라는 말이 나와요. 악마가 되느냐, 지혜로운 이가 되느냐는 맘먹기에 따른 거지요.

요한은 주님께 제자를 보내 "오실 분이 선생님이십니까? 아니면 저희가 다른 분을 기다려야 합니까?" 하고 여쭙게 하였어요. 예수님께서는 그들에게 "요한에게 가서 너희가 보고 들은 것을 전하여라." 하시며, 메시아로서 구원의 사명을 수행하시는 기적들을 보여주시고, 당신께서 '오실 분'임을 깨닫게 해주셨어요. 그리고는 "의심을 품지 않는 이는 행복하다." 하셨어요.

빛이요 사랑이신 당신, 태평천국을 건국하고 청나라에 저항했던 홍수전은 자신을 하느님의 둘째아들이요 예수님의 동생이라 자처했어요. 헌데 어처구니없게 많은 이들이 그를 메시아라 믿었지요. 당신이여, 맹신에도 의혹에도 빠지지도 않고, 당신을 통해 보고 들은 모든 것만을 내 삶의 갈 길을 밝혀주는 참된 별빛으로 삼아 당신만 사랑하며 당신과 "행복"하게 해주세요.

「이젠하임 제단화」 | (마티아스 그뤼네발트)

그뤼네발트의 「이젠하임 제단화」는 프랑스 알자스 지방의 작은 마을 이젠하임의 빈민병원 부속교회에 환자들에게 질병의 고통과 죽음을 이겨낼 용기를 주기 위해 그려진 것이다. 가운데 화폭을 보자. 십자가 처형을 당하신 예수님을 중심으로 왼쪽에는 탈진하여 뒤로 넘어지시는 성모님과 성모님을 부둥켜안은 사도 요한이 그려져 있고, 오른쪽에는 세례자요한이 그려져 있다. 요한의 뻗은 팔 위쪽 화면에 "그분은 커지셔야 하고 나는 작아져야 한다."는 붉은 글귀가 보이고, 요한의 앞에는 십자가를 지고 피를 흘리는 양 한 마리가 보인다. 세상의 죄를 없애시는 '하느님의 어린 양(Agnus Dei)'이신 예수님이시다. 보라(Ecce), 어둠을 배경으로 오로지 예수님과 성모님과 어린 양만이 하얗게 빛이 나고 있다. 세상의 죄를 없애시는 거룩한 빛이! 질병의 고통과 죽음을 이겨내게 하시는 사랑의 빛이!

예수님께서는 오늘도 우리에게 말씀하고 계신다. "의심을 품지 않는 이는 행복하다."고.

양심(兩心)과 양심(良心)

'큰 코끼리를 붙들고 천하에 나간다.'는 말은 『노자』에 나와요. 큰 코끼리는 '도'를 가리켜요. 이 '도'를 지켜나가면 하늘나라 사랑 아래 나아가는 것 같아서 '위험이 없고 안전하며 태평할 것이다.'는 말이지요. 그런데 사람들은 종종 어둠나라 사랑에 현혹되어 큰 코끼리를 잃은 채 위선과 허영의 미망에서 어정쩡 어슬렁거리며 헤어나지 못하지요.

예수님께서 벙어리 마귀를 쫓아내자 어떤 이들이 마귀 우두머리의 힘을 빌린 거라며 하느님 권능을 일축하지요. 이에 예수님께서는 "내가 하느님의 손가락으로 마귀들을 쫓아내는 것이면, 하느님의 나라가 이미 너희에게 와 있는 것이다." 하시며, '하늘나라'가 이미 와 있음을 단언하시지요. 그러시면서 하늘나라냐 어둠나라냐 우리에게 택하라고 요구하시지요.

빛이요 사랑이신 당신, 쾌락이 손에 잡히는 장밋빛 행복의 지름길을 택할까, 큰 코끼리를 부여잡고 거룩한 빛이 머나멀게 보일 뿐인 가시밭길을 택할까, 갈림길에서 갈등한 헤라클레스처럼 저도 매순간 두 갈래 양심(兩心)으로 망설여요. 당신이여, 하늘나라 사랑 택하고 하늘나라 사랑 받으면 그만큼 더 겪어야 할 시련이 두려워 망설임은 아직 양심(良心)이 있다는 걸까요?

「헤라클레스의 선택」 | (니콜라 푸생)

　푸생의 이 그림은 헤라클레스가 두 여인 사이에서 누굴 택할 건지 갈등하는 모습을 그린 것이다. 주황 옷의 화려하고 요염한 여인은 아름답지만 찰나의 덧없음뿐인 쾌락을 맘껏 채우며 욕망의 행복에 이르는 장밋빛 지름길로 가자 한다. '악덕(vice)', 즉 '카키아(kakia)'라 불리는 여인이다. 하얀 옷의 고귀하고 정숙한 모습의 여인은 거룩한 빛을 통해 인간으로서 가야 할 의무의 길이며, 거룩하며 영광의 길, 불멸과 참 행복의 길, 그러나 저 멀고도 먼 험난한 가시밭길을 가자 한다. '미덕(virtue)', 즉 '아레테(arete)'라 불리는 여인이다. 이 갈림길에서 헤라클레스는 미덕의 여인을 선택한다. 이로써 헤아릴 수 없이 많은 고난을 겪는다.

옹졸한 자

拙於用大矣(졸어용대의)

'큰 것을 쓰는 방법이 졸렬하다'는 말은 『장자』에 나와요. 큰 것은 큰 것대로의 쓰는 방법이 있는데 옹졸한 것에 사로잡혀 있다는 말이에요. 하늘이 주신 그릇은 큰데 다리 절 듯 천도를 잃고, 눈먼 듯 천리를 외면하고, 오만과 편견에 빠져 천명을 듣지 않고 말 못하는 듯 입다문 채 옹졸한 것에만 사로잡혀 있으면 대도와 진리와 소명을 다 할 수 없다는 뜻이에요.

예수님께서 갈릴래아 호숫가에서 다리 저는 이, 눈먼 이, 말 못하는 이들을 고쳐 주셨으니, 이는 영육의 균형을 잃지 말고, 이웃사랑의 눈이 멀지 말고, 정의와 진리를 외칠 입이 이기적 마음으로 닫히지 말게 하라는 가르침 아닐까요? 하늘이 주신 큰 그릇을 큰 거답게 베풀어 씀으로써 모두 배불리 먹고도 광주리가 넘치는 메시아 이상을 이 땅에 실현하라는 뜻일 거예요.

빛이요 사랑이신 당신, 당신 사랑받는 저는 큰 그릇, 귀한 보물이 분명해요. 헌데 큰 그릇을 옹졸하게 쓰고 귀한 보물을 허투루 쓰니 당신 마음 많이 아프시지요? 당신이여, 당신을 지팡이 삼아 세 발로 걸을게요. 이 그릇 가득 사랑 담고, 이 보물 귀한 쓰임 되게 할게요. 그리할 테니 『시편』 노래처럼 제 한평생, 당신 집에 살며, 당신의 아름다움 바라보며 살게 해주세요.

「까마귀가 나는 밀밭」| (빈센트 반 고흐)

고흐의 이 그림은 생레미의 생폴 요양원에서 퇴원 후 권총 자살 직전 37세 때 머물던 오베르쉬르우아즈 시절에 그린 것이다. 굵고 힘이 넘치는 붓놀림으로 화면 전체가 격하게 일렁인다. 구름이 휘돌고 있는 암청색 하늘은 폭풍이라도 몰고 올 듯 용틀임하는데, 까마귀 떼가 난다. 밀밭의 세 갈림길은 영혼의 고독과 절망감처럼 모두 끊겨 있고, 샛노란 밀만이 격랑처럼 표탕(飄蕩)치고 있다. 평소에 가난한 이들의 삶을 즐겨 그리던 고흐는 "내가 회화에서 추구하는 것은 단지 삶을 감내하게 만드는 방법을 찾는 것뿐이다." 하였고, 또 "사람들을 사랑하는 것보다 더 진정하게 예술적인 것은 없다!"고 하였다. 참사랑을 산 위대한 화가, 행복한 화가다.

예수님께서 "저 군중이 가엽구나." 하셨듯이 오늘도 우리에게 측은지심을 베풀라 하신다. 하늘이 주신 큰 그릇을 옹졸하게 쓰지 말라 하신다. "행복은 떠나갈 때만 모습을 드러낸다."는 말처럼 베풀고 감사하며 삶의 순간마다 행복을 자각하며 살라고 하신다.

제3장 사랑의 열병

마귀 같은 존재

尤而效之 罪又甚焉(우이효지 죄우심언)

'흉보면서 그것을 본받음은 죄가 더욱 크다'는 말은『좌전』에 나오는 개자추(介子推)의 말이에요. 사람이 이상해도 참 이상해서 남을 흉보면서 자기도 그것을 본받아 흉잡힐 짓을 하지요. 남을 흉보면서 난 죽어도 저런 흉한 짓 안 할 거라 하는데 어느새 그런 짓을 하지요. 욕지거리를 쉽게 따라하듯 나쁜 짓거리를 흉보면서 흉내 내는 것은 더욱 몹쓸 죄악이라는 뜻이에요.

마귀 들린 사람 둘이 예수님께 와서 "저희를 괴롭히시려고 여기에 오셨습니까?" 하며, "저희를 쫓아내시려거든 저 돼지 떼 속으로나 들여보내 주십시오." 하였대요. 예수님께서 "가라." 하시자, 마귀들이 돼지들 속으로 들어갔고, 돼지 떼가 호수를 향해 비탈을 내리 달려 물속에 빠져 죽었대요. 그러자 온 고을 주민들이 예수님에게 이 고장을 떠나가 달라고 했대요.

빛이요 사랑이신 당신, 흉보면서 그것을 본받는 건 큰 죄라지요. 누군가 내 흉한 짓, 내 악한 맘을 은연중에 닮으면 그건 내 죄이겠지요. 내가 마귀 같은 존재일 테니까요. 당신이여, 제 안에 도사리고 있는 악에게 '가라' 하시어 내쫓아 주세요. 저로 하여 선을 사랑하는 데 주저하지 않게 하시어 세상 유혹을 이겨내게 해주시고, 악에 맞서 올바른 길로만 걷게 해주세요.

「게라사인 돼지 떼의 기적」|(브리튼 리비에르)

브리튼 리비에르는 인간과 동물의 따뜻한 교감을 주로 많이 그린 영국 화가다. 이 그림은 「게라사인 돼지 떼의 기적」을 그린 것이다. 저녁놀 질 무렵 수많은 검은 돼지들이 깎아지른 비탈을 내리 달려 저 아래 호수로 빠져들고 있다. 마귀 들린 돼지들이다. 벼랑 끝에 누운 사람은 마귀 들렸던 사람인데, 마귀가 예수님께 "저희를 쫓아내시려거든 저 돼지 떼 속으로나 들여보내 주십시오." 하자 예수님께서 "가라." 하시어, 마귀가 이 사람에게서 빠져나와 돼지들 속으로 들어갔고, 그래서 마귀 들린 돼지들이 비탈을 내리 달려 호수에 빠져 죽고 있는 것이다. 돼지를 치던 이가 놀라고 겁이 나서 개와 함께 달아나고 있다. 그림은 여기까지인데, 그 뒷얘기는 돼지치기의 말을 들은 고을 사람들이 예수님께 몰려와 떠나달라고 청하였다고 한다.

예수님께서는 오늘도 우리에게 말씀하신다. "더러운 영아, 그 사람에게서 나가라."고. 그리고 악과 죄를 두려워하지 말고 선을 행하여 공정과 정의가 강물처럼 흐르게 하라고 하신다.

제3장 사랑의 열병

두려움

초나라 사람이 코끝에 파리날개만한 흰 가루를 찍어 놓고 석수장이더러 도끼로 이 가루를 날려보라고 하였대요. 석수장이는 도끼를 휘둘러 코끝이 상하지 않게 가루만 날려 버렸대요. 놀라운 재주지요? 이런 빼어난 재주를 '운근성풍'이라 해요. 『장자』의 말이에요. 헌데 도끼가 휘둘러져도 두려움 없이 태연했던 초나라 사람도 대단하지요? 믿음에서 용기가 비롯된 거예요.

예수님께서는 제자들을 배에 태워 호수 건너편으로 먼저 보내시고, 당신은 밤새 기도하신 뒤 새벽녘에 호수 위를 걸으시어 맞바람에 맞서 노를 젓느라 애쓰는 제자들 곁에 다가가셨대요. 그러자 제자들은 유령인 줄 알고 비명을 질렀대요. 당신께서 "용기를 내어라. 나다. 두려워하지 마라." 하시며 배에 오르시니 바람이 멎었대요. 그들은 너무 놀라 넋을 잃었대요.

빛이요 사랑이신 당신, 성 요한은 "사랑에는 두려움이 없습니다." 고 했다지요? 그러니까 두려움은 사랑이 없거나 사랑을 완성하지 못한 까닭이겠지요? 믿음 있는 사랑은 두려움을 이기는 용기를, 소망 품은 사랑은 두려움을 초월하는 힘을 줄 거예요. 당신이여, "나다!" 한마디 하시며 세속 격랑과 맞바람에 흔들리는 일엽편주 제 배에 오르시어 놀라운 덕목을 채워 주세요.

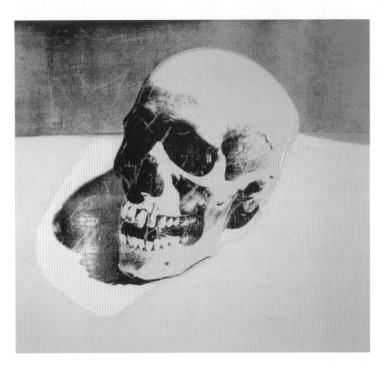

「해골」|(앤디 워홀)

앤디 워홀, 그는 다양한 색깔로 알록달록 채색한 마릴린 먼로의 초상화로 유명한 '팝아트의 개척자'이면서 스튜디오인 '팩토리'를 세우고 '아트 워커(예술 노동자)'를 고용하여 '공장'에서 상품을 다량 생산해내듯 작품을 양산하여 풍요를 누린 '천박한 장사꾼'으로 폄하되는 인물이다. 그런 그가 '팩토리'의 여직원 발레리 솔라리스가 쏜 총에 맞아 사경을 헤맨 후 내놓은 작품이「해골」연작이다. '살아 있는 것과 살아 있지 않은 것 간의 대비를 다채로운 색깔로 표현'한 작품으로 평가받고 있다. 그는 평소 죽음에 대한 극심한 두려움에 시달렸단다. 두려움은 믿음, 소망, 사랑의 결핍에서 비롯되는 것이므로 그에게는 이 덕목이 결핍된 게 아닐까 싶다.

예수님께서 호수 위를 걸으시어 맞바람에 맞서 노를 젓느라 애쓰는 제자들 곁에 다가가시어 "용기를 내어라. 나다. 두려워하지 마라." 하시며 배에 오르시어 바람을 멎게 하셨듯이 오늘도 우리에게 "나다!" 하시며 다가오시며 믿음, 소망, 사랑으로 두려움 없는 삶을 살라 하신다.

제 뜻, 당신의 뜻

攀龍鱗附鳳翼(반룡린부봉익)

'용의 비늘을 움켜잡고, 봉황의 날개에 달라붙는다.'는 이 말은 『후한서』에 나와요. 훌륭한 사람에게 찰싹 붙어 따르라는 말이에요. 용의 비늘을 움켜잡았으니 여의주 물고 하늘을 날 듯 할 것이며, 봉황의 날개에 달라붙었으니 태평성대 춤이 절로 나오지 않겠는가. 그야말로 비룡무봉(飛龍舞鳳)이 따로 없을 터이니, 훌륭한 사람을 따르면 저절로 그리 된다는 말이에요.

예수님께서는 "아버지께서는 아들을 사랑하시어 당신께서 하시는 모든 것을 아들에게 보여 주신다." 하시며, "아버지께서 당신 안에 생명을 가지고 계신 것처럼, 아들도 그 안에 생명을 가지게 해주셨기 때문"에 "아들도 자기가 원하는 이들을 다시 살린다."고 하셨어요. 그리고 당신께서 하시는 일은 "내 뜻이 아니라 나를 보내신 분의 뜻을 추구"하는 것이라 하셨어요.

빛이요 사랑이신 당신, 당신께서는 당신 안에 생명을 가지고 계신 분이세요. 저를 살리시는 분이니까요. 당신 없이 저는 죽은 목숨이니까요. 그래서 저는 용의 비늘을 움켜잡고, 봉황의 날개에 달라붙듯 당신께 찰싹 붙어 따를 거예요. 당신이여, 제 나름 뜻을 세우고, 제 나름 행동하고는 당신 뜻도 이러시려니, 그렇게 간혹 우기더라도 귀엽다 하시며 사랑해 주세요, 네?

「라자로의 소생」 | (프란체스코 트레비사니)

　이탈리아 후기 바로크 화가 프란체스코 트레비사니의 이 그림은 예수님께서 베타니아에서 라자로를 소생시키는 장면을 그린 것이다. 예수님 곁에 무릎 꿇고 있는 두 여인은 라자로의 누이 마리아와 마르타이다. 마르타가 "주님, 죽은 지 나흘이나 되어 벌써 냄새가 납니다." 하자 예수님께서는 "네가 믿으면 하느님의 영광을 보리라고 내가 말하지 않았느냐?" 하시며, 손을 들어 외치신다. "라자로야, 이리 나와라." 그러자 여러 사람이 관 뚜껑을 열고, 라자로는 살아 일어나려 하고, 그런 라자로를 한 사람이 부둥켜안아 도와주고 있다. 원래는 에디쿨라(aedicula)라 불리는 돌무덤에 장사되었는데, 예수님 말씀대로 무덤 입구를 막았던 돌을 치우자 죽었던 라자로가 천으로 감긴 채 무덤에서 걸어 나왔다고 한다.

　예수님께서 라자로를 소생시키심은 "아버지께서 당신 안에 생명을 가지고 계신 것처럼, 아들도 그 안에 생명을 가지게 해주셨기 때문"이다. 이 생명의 힘이 우리도 살리실 것이다.

제3장 사랑의 열병

입발림 소리와 참말

有考之者 有原之者 有用之者
(유고지자 유원지자 유용지자)

　'생각하고 나서 말하는 것, 추측하고 나서 말하는 것, 바로 실행에
옮길 수 있는 것을 말하는 것', 이 세 가지를 『묵자』는 말할 때 지켜야
할 덕목이라고 했어요. 하늘 뜻에 어긋나지 않나 '생각'하고, 듣는 자
가 어떻게 받아들일까 '추측'하고, 입 밖에 낸 말은 바로 '실행'하는 덕
목이 담겨야 '참말'이며, 이 덕목이 없으면 그저 헛소리, 그저 입발림
소리에 불과한 거래요.

　더러운 영들은 예수님을 보기만 하면 그 앞에 엎드려, "당신은 하느
님의 아드님이십니다!" 하고 소리를 질렀대요. 예수님께서는 그들에게
당신을 사람들에게 알리지 말라고 "엄하게" 이르셨대요. 그들은 예수
님께서 누구이신지 알지만 사랑담아 한 참말이 아니고 사랑 따른 참
맘이 없는 입발림 소리에 불과한 "소리"만 질러댄 것이기에 이토록 엄
하게 다루신 거래요.

　빛이요 사랑이신 당신, 시<두메꽃>을 좋아하는 이는 소박한 이일
거예요. 햇님만 보아주신다면, 내 님만 보아주신다면, 한낱 '값없는 꽃'
으로 산들마냥 행복해 할 이일 거예요. 당신이여, 더러운 영이 '당신은
나의 사랑이십니다!' 하듯 입발림 소리나 하는 저를 두메꽃 좋아하는
이를 닮게 해주세요. 소박한 사랑 꽃잎에 품은 두메꽃처럼 소박한 사
랑의 참말만 품게 해주세요.

「시에나의 카타리나의 황홀경」
| (폼페오 바토니)

폼페오 바토니의 이 그림은 시에나 성녀 카타리나가 1375년에 오상을 받는 모습이다. 십자가의 예수님 상처로부터 거룩한 다섯 빛줄기가 뻗어 나오면서 성녀의 손과 가슴, 발에 박히며 성흔이 새겨지고 있다. 황홀경으로 쓰러지는 성녀를 두 천사가 부축하고, 다른 두 천사가 백합과 가시관을 바치고 있다. 가시관은 어렸을 때 예수님과 성스러운 결혼을 한 성녀가 환시 중에 예수님께서 금관과 가시관을 들고 둘 중 하나를 택하라 하셨을 때 주님을 따르겠다며 택한 관이다. 여하간 성녀는 오상을 받을 때 보이지 않는 오상을 달라고 했단다. 그래서 아무도 이 사실을 모르다가 성녀의 죽음 후 오상을 알게 되었단다. 주님 모상 안에서 쉬고 주님 모상으로 살기 바라며 늘 기도한 성녀는 예수님과의 사랑의 비밀을 죽을 때까지 지키신 것이다.

예수님께서는 더러운 영이 "당신은 하느님의 아드님이십니다!" 하고 입발림 소리를 치듯 하지 말고 사랑 담긴 진실한 말로 고백하며, 늘 당신 안에서 쉬고 당신 닮으며 살라고 말씀하신다.

초심

磨斧作針(마부작침)

'도끼를 갈아 바늘을 만든다.'는 이 말을 『방여승람(方與勝覽)』에서는 '철저(鐵杵 : 쇠공이)'를 갈아 바늘을 만든다 하였어요. 이태백이 도끼를 갈아 바늘을 만들겠다는 노파에게 그게 될 성 싶으냐고 묻자 '초심불망(初心不忘)하면 된다.'고 하더라는 일화에서 비롯된 말이에요. 초심을 처음처럼 잃지 않고 이제도 열심하고 영원히 포기하지 않으면 도끼가 바늘이 될 거라는 뜻이에요.

예수님께서 중풍병자에게 "너는 죄를 용서받았다." 하시면서 "일어나 들것을 들고 집으로 돌아가거라." 하시자 병자는 들것을 들고 걸어 갔대요. "사람의 아들이 땅에서 죄를 용서하는 권한"을 드러내어 보이시면서, 이웃들이 병자를 들것에 실어 지붕에 구멍 내어서까지 치유시키려 한 초심일관의 사랑과 포기 없는 열심과 주님 향한 믿음의 응답으로 애덕을 베푸신 거예요.

빛이요 사랑이신 당신, 여우가 죽을 때 제 굴이 있던 구릉을 향해 머리를 둔다는 수구초심(首丘初心)처럼 저 죽을 때 세속적 미련 떨치고 제 머리 제 본향 제 집 향한다면 얼마나 좋을까요? 당신이여, 당신과의 첫 만남, 그때 그 초심 잃지 말고 당신 사랑하며, 이웃과 사랑 나누며, 큰 기쁨 안고 "집으로 돌아가거라."하시며, 당신의 애덕으로 제 영혼 자유 얻게 해주세요.

「성녀 소피아와 세 딸」│(상본)

이 상본(像本)은 성녀 소피아와 세 딸을 그린 것이다. 과부인 소피아는 세 딸들과 함께 밀라노에서 로마로 갔다가 하드리아누스 황제 때 고문당하다 순교한 성녀다. 소피아(Sophia)는 '천상 지혜'를 뜻한다. 세 딸 중 십자가나 성작을 들고 있는 피데스(Fides)는 피스티스(Pistis) 즉 믿음[信德]을, 배의 닻을 들고 있는 스페스(Spes)는 엘피스(Elpis) 즉 소망[望德]을, 심장을 들고 있는 카리타스(Caritas)는 아가페(Agape) 즉 사랑[愛德]을 가리킨다. 성 바오로는 믿음과 소망과 사랑 중 제일은 사랑이라 했는데, 화면 우측에 그려져 있다. 애덕을 성 아우구스티누스는 '우리의 애정이 가장 완벽한 상태일 때, 우리를 하느님과 결합시키는 미덕'이라고 했다.

예수님께서 "죄를 용서하는 권한"으로써 중풍병자의 "죄를 용서" 하시었고, 애덕으로써 "일어나 들것을 들고 집으로 돌아가거라." 하시며 치유해 주시었다. 예수님께서는 우리에게 초심을 잃지 말고 주님 말씀을 실천하며 애덕으로 이웃을 구원하며 자신 또한 구원 받으라 하신다.

제3장 사랑의 열병

밥값

'한 끼 밥이 천금'이라는 이 말은 '조그만 은혜에 크게 보답한다.'는 뜻으로 중국 한나라의 한신(韓信)이 빨래하는 노파에게서 한 끼의 밥을 얻어먹고 뒤에 천금으로 사례했다는 『사기』의 기록에서 비롯된 말이에요. 은혜를 입으면 잊지 말라는 가르침이지요. 헌데 사람들은 '결초보은(結草報恩)'은커녕 앙갚음하고 생트집하고 배신하지요. 한신도 토사구팽(兎死狗烹) 당했지요.

예수님께서 열 명의 나병 환자를 고쳐주셨는데, 이 중 사마리아 사람 한 사람만 하느님을 찬양하며 돌아와, 예수님의 발 앞에 엎드려 감사를 드렸대요. 그러자 예수님께서 "이 외국인 말고는 아무도 하느님께 영광을 드리러 돌아오지 않았단 말이냐?" 하시고, "네 믿음이 너를 구원하였다." 하시며 육적 치유를 넘어 영적으로 참된 자유까지 베풀어 주시며 구원해 주셨대요.

빛이요 사랑이신 당신, 예전에 그러하셨듯이 이 순간에도 저를 아껴 주시고 사랑해 주심에 기뻐하고 감사하면, 그 기쁨과 그 감사를 통해 비로소 행복해질 거예요. 기뻐하며 감사하며 가난한 삶, 비운 삶을 살아갈게요. 당신이여, 당신께서 "네 마음이 너를 구원하였다." 하시게, 구상 시인의 시처럼 '오늘로부터 영원'을 살도록, 밥값 제대로 하며 당신 따라 함께 갈게요.

「나아만의 선물을 거절하는 엘리사」 | (피터르 프란츠 데 그레버)

　이 그림 내용은 이렇다. 아람왕국 나아만 장수가 나병을 고쳐달라고 엘리사를 찾아갔을 때 엘리사는 심부름꾼만 보내 "요단강에 몸을 일곱 번 씻으라." 하자 모욕감을 느끼며 화가 났다. 엘리사가 직접 나와, "주 그의 하느님의 이름을 부르며 병든 곳 위에 손을 흔들어 고쳐"주려니 생각했기 때문이다. 허나 그는 엘리사가 시키는 대로 요르단 강물에 일곱 번 몸을 담갔다. 그러자 깨끗해졌다. 교만의 병이 치유됨으로써 육체의 나병도 온전히 깨끗해진 것이다. 그는 엘리사에게 돌아와 감사드리며 하느님께 대한 믿음을 고백하며 예물을 드린다. 그러자 엘리사는 병을 고쳐주신 분은 하느님이시고 자신은 종이므로 어떤 대가도 받지 않겠다며 거절했다. 이 내용이 이 그림에 담겨 있다.

　물에 '내려감'을 통해 영혼의 '내려감'이 이루어지고, 영혼의 '내려감'으로써 교만의 병이 치유되듯이 예수님 안에서 영적으로 풍요로워져야 영원한 생명을 얻게 됨을 깨우쳐 주는 그림이다.

향기 나는 삶

一薰一蕕十年尙猶有臭
(일훈일유십년상유유취)

'향 좋은 풀과 누린내 나는 풀을 한 곳에 두면 10년이 지나도 여전히 악취만 난다.'는 말은 『좌전』에 나와요. 추악한 것이 아름다운 것을 더럽히고, 악한 것이 선한 것을 압도하듯이 좋은 점보다 나쁜 점이 시나브로 배어들기 마련이라는 말이에요.

예수님께서 갈릴래아의 카파르나움 고을에서 안식일에 사람들을 가르치실 때 사람들은 예수님 말씀에 권위가 있었기 때문에 몹시 놀랐대요. 마침 그 회당에 더러운 마귀의 영이 들린 사람이 있어 예수님께서 그에게 "조용히 하여라. 그 사람에게서 나가라." 하고 꾸짖자 마귀가 그를 사람들 한가운데에 내동댕이치며 나갔고, 이를 본 사람들이 예수님 권위에 몹시 놀랐대요.

빛이요 사랑이신 당신, 저에게도 "더러운 영아, 그 사람에게서 나가라," 하고 외쳐 주세요. 그리하여 제 안에 더러운 영이 자리잡지 못하게 해주시고, 제가 누군가에게 더러운 영의 존재가 되지 않게 해주세요. 훈초(薰草)는 못될망정 몹쓸 유초(蕕草)가 되어 제가 누군가를 더럽게 하고 괴롭히지 않게 해주세요. 제 삶이 당신과 함께 향기 나는 삶이 되게 해주세요.

「회당에서 더러운 영을 쫓아내시는 예수님」 | (제임스 티소)

프랑스 화가 제임스 티소는 런던에서 부와 명예를 누린다. 이때 만난 한 여인을 지극히 사랑하여, 이 고혹적인 애인을 모델로 많은 작품을 남긴다. 하지만, 이 여인이 결핵에 시달리다 자살하자 프랑스로 돌아오고, 신비한 신앙적 체험 후 성경을 주제로 한 많은 작품을 발표한다.

이 그림은 그런 작품 중 하나다. 예수님께서 제자들을 부르신 후 처음으로 카파르나움 회당에서 복음을 전하며 더러운 영을 쫓아내신 내용을 그린 것이다. 예수님을 "하느님의 거룩하신 분"이라 고백하는 더러운 영의 말을 예수님께서는 초탈하며 그를 가리키시며 "더러운 영아, 그 사람에게서 나가라." 하신다. 그러자 그 사람은 세 손가락을 쫙 펴며 경련을 일으키고, 더러운 영은 그 사람을 내동댕이치며 쫓겨나간다. 이를 목도한 회중은 예수님 '권위'에 놀라워한다. 이 권위를 '악의 굴레와 속박에서 해방시켜 주는 사랑의 권위'라 하고, 또 '삶의 질서와 고유성을 회복시켜 주는 말씀의 권위'라 한다. 우리 삶을 새롭게 해주는 예수님의 권위이다.

사랑의 열병

寧爲小人忌毀 毋爲小人媚悅
(영위소인기훼 무위소인미열)

'차라리 소인의 미워하고 욕하는 바가 될지언정 소인의 아양 떨고 찬양하는 바가 되지 말라'는 말은 『채근담』에 나와요. 아양 떨고 칭찬하는 데에 흔들리지 말고 본분을 지키라는 말이지요. 본분을 지키라 함은 인간으로서 이 세상에 태어난 소명을 다하라는 뜻이겠지요.

예수님께서 시몬의 장모를 고쳐 주시자 갖가지 질병을 앓는 이들이 모여들었고, 예수님께서는 한 사람 한 사람에게 손을 얹으시어 고쳐 주신 후 날이 새자 외딴곳으로 가셨는데, 그곳까지 찾아온 군중이 자기들을 떠나지 말라며 붙들자 "나는 기쁜 소식을 다른 고을에도 전해야 한다."시며, 자신은 그 일을 하도록 파견된 것이기에 소명을 다해야 한다고 말씀하셨대요.

빛이요 사랑이신 당신, 사랑의 열병을 앓고 있는 제 손을 잡아 주시어 당신으로 하여 하늘나라 삶의 기적이 제 안에서 이루어지게 해주세요. 당신을 사랑해야 함은 하늘의 뜻이고, 당신 사랑받듯이 이웃을 사랑해야 함은 이 세상에 파견한 저의 소명이겠지요. 그러니 제 손을 잡아 일으켜 주시어 당신으로 하여 외양간에서 나온 송아지같이 기뻐 뛰노는 삶이 되게 해주세요.

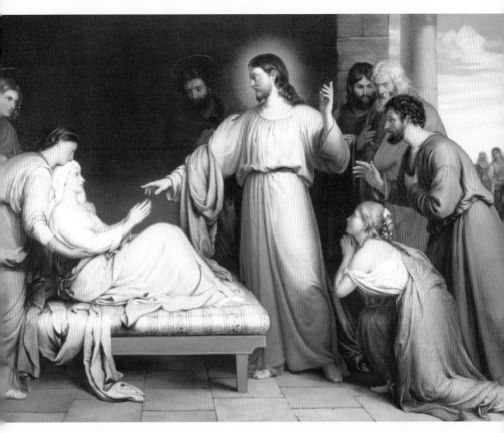

「시몬의 장모를 치유하시는 예수님」| (존 브리지스)

이 그림은 예수님께서, 심한 열병에 오래 시달리어 드러누워 앓는 시몬(베드로)의 장모를 치유해 주시는 장면을 그린 것이다. 예수님께서 시몬의 장모에게 한 손을 내밀어 부인의 손에 대시려고 한다. 이제 부인의 손을 잡아 일으키실 것이다. 제자로 갓 부른 시몬을 비롯해서 야고보, 요한, 안드레아가 주시하는 중에 예수님께서는 한 손으로 하늘을 가리키신다. 하늘의 아버지 힘으로 열병을 꾸짖으실 것이다. 그 순간 부인은 병이 낫는다. 완치되어 즉시 일어난다. 놀랍게도 일어나자마자 예수님과 제자들의 시중을 든다. 소문은 금방 퍼진다. 화면 오른쪽 집 밖으로 환자들이 몰려오고 있다. 아기 안은 여인, 지팡이 짚은 노인들이다.

질고는 말뚝이 막대기 같고 잘 박힌 못 같은 것(코헬 12,11)이다. 그러니 질고 중에도 본분을 결코 잃지 않게 살라 하신다. 본분은 '파견'된 인간으로서 소명에 따라 '지당'한 바를 사는 삶이며, 시몬의 장모처럼 일어나자마자 즉시 하늘나라 사역에 동역하는 삶이리라!

손에 손을

一手獨拍 雖疾無聲(일수독박 수질무성)

'한 손으로 치면 소리가 나지 않는다.'는 말은 『한비자』에 나와요. 손뼉도 마주쳐야 소리 나듯 모든 일은 상응하는 바가 없으면 이루어지지 않는다는 뜻이에요. 내미는 손 맞잡고 또 먼저 손 내밀며 살라는 말이에요. 도종환은 시 <담쟁이>에서, '한 뼘이라도 꼭 여럿이 함께 손을 잡고 올라간다.' 그렇게 해서 '푸르게 절망을 다 덮을 때까지…… 결국 그 벽을 넘는다.'고 했어요.

예수님께서 열병 앓는 시몬의 장모에게 다가가시어 그 부인의 "손을 잡아 일으키시니" 열이 가셨대요. 예수님께서는 따뜻한 사랑의 손을 드시고, 얹으시고, 대시며 영적 치유와 함께 병을 고쳐 주시고 눈을 뜨게 해주셨지요. 또 아무 말도 없이 손을 내밀어 그저 그분의 옷자락을 만졌을 뿐인데도 낫게 해주셨대요. 먼저 손을 내미시고 또 내민 손에도 자비를 베푸신 거예요.

빛이요 사랑이신 당신, '영원히 변치 않을 우리들의 사랑으로 / 어두운 곳에 손을 내밀어 밝혀 주리라.'는 노래를 좋아하는 이는 도종환의 시처럼 '물 한 방울 없고 씨앗 한 톨 살아남을 수 없는' 절망의 벽 앞에서 손 내밀어 주실 마음 고운 이일 거예요. 당신이여, 제 손 꼭 잡고 '푸르게 절망을 다 덮을' 용기 주시고, 사랑으로 어두운 곳에 손 내미는 고운 이 되게 해주세요.

「아담의 창조」 | (미켈란젤로)

이 그림은 시스티나성당 천장화의 「천지창조」 중 「아담의 창조」이다. 케루빔들에 둘러싸이신 하느님의 숨결이 손가락을 통해 에덴 초원에 비스듬히 누운 아담의 손가락에 맞닿으며 전해지는 순간을 그린 것이다. 미켈란젤로가 당시 유명했던 기도문 '창조주여, 오소서(Veni Creator)'에서 영감을 받은 것이라고 한다. 신의 권능을 최고로 잘 표현했다고 평가받는 작품으로 인간이 생명을 시작하는 데 하느님의 어루만짐이 있었다는 것이다. 하느님의 어루만짐은 놀라운 은혜다. 그래서 『시편』 저자는 하느님의 어루만짐에 감격하여 "인간이 무엇이기에 이토록 기억해 주십니까? 사람이 무엇이기에 이토록 돌보아 주십니까?"라고 노래한다.

예수님께서는 사랑의 손을 드시어 병을 고쳐 주시고, 손을 얹으시어 영혼의 상처를 낫게 해주시고, 손을 대시어 눈을 뜨게 해주셨다. 그리고 "하느님이 자신의 형상을 본떠" 만드신 우리에게도 하느님을 닮아 영원히 변치 않을 사랑으로 어두운 곳에 손을 내밀어야 한다고 하신다.

젖이 되고 밥이 되어

一飯竟致終身之感(일반경치종신지감)

'한 그릇 밥으로도 평생의 감응된 마음을 이룬다.'는 말은 『채근담』에 나와요. 천금을 준다 한들 평생 감응은커녕 한때나마 환심을 맺기 어렵지만 한 그릇에 불과한 밥으로도 평생 잊지 못할 감응을 이룰 수 있대요. 작더라도, 적더라도 사랑이 담겨 있으면 그럴 수 있대요. 사랑 나눔만이 사람을 사람답게 한다는 것이지요. 그래서 스스로 밥이 되어 내어 주라는 말이에요.

예수님께서는 많은 군중을 보시고 목자 없는 양들 같아서 "가엾은 마음"이 드셨대요. 그래서 그들에게 많은 것을 가르치셨고, 어느덧 늦은 시간이 되자 빵 다섯 개와 물고기 두 마리로 장정만도 오천 명이나 되는 모든 이들을 배불리 먹였대요. 그리고도 남은 것이 열두 광주리에 가득 찼대요. "가엾은 마음", 그 사랑 나눔이 모두 배불리고도 넘치도록 기적을 일으켰대요.

빛이요 사랑이신 당신, 저는 멀쩡히 종알대며 밥술을 혼자 뜰 나이까지 엄마 젖을 먹었대요. 엄마는 "가엾은 마음"으로 형제 중에 저에게만 이렇게 오래 육의 양식을 넘어 생명의 양식, 사랑의 양식, 영의 양식을 배불리고도 넘치도록 주신 거예요. 당신이여, "너희가 그들에게 먹을 것을 주어라." 하신 숙제를 이제라도 스스로 젖이 되고, 스스로 밥이 되어 풀어야겠지요?

「빵과 물고기의 기적」 | (페드로 오렌테)

이 그림은 예수님께서 빵 다섯 개와 물고기 두 마리를 손에 들고 하늘을 우러러보시며 축복하신 다음 떼어 나뉘어서 장정만도 오천 명이나 되는 군중을 먹이시는 기적의 순간을 그린 것이다. 화면 왼쪽에는 예수님, 필립보, 안드레아 그리고 빵과 물고기를 내어 놓는 어린이가 그려져 있는데, 바구니에는 빵이 가득 채워져 있다. 그리고 예수님 제자들이 무리지어 앉은 이들에게 먹을 것을 나눠 주고 있고, 화면 오른쪽에는 젖 먹이는 여인이 그려져 있다. 왜 그림 속에 젖 먹이는 엄마를 그려 넣었을까? 엄마는 젖을 통하여 엄마 살과 피를 주고 엄마 생명과 사랑을 주고 있듯이 예수님께서는 젖먹이 엄마처럼 당신의 살과 피와 생명과 사랑을 베푸시는 분이심을 보여주려는 것이다. 예수님께서는 우리에게 스스로 젖이 되고 밥이 되어 "그들에게 먹을 것을 주어라."고 하신다. 그리고 당신을 기억하고 당신처럼 행하라고 하신다. 그래서 기적의 주인공이 되라고 하신다.

제3장 사랑의 열병

침묵

知而不言 所以之天(지이불언 소이지천)

'알면서 말하지 않는 것은 하늘 경지에 들어가는 최상의 길이다'는 말은 『장자』에 나와요. 알면서 그것을 심중에 품은 채 침묵하기가 어렵다는 뜻이지요. 침묵은 마음이 가라앉아 고요하고 평안하며 조용한 정적 상태인 침정(沈靜)에 이를 때 이뤄지는, 말 없음 중에 역설적이게도 내면에서 무언의 말을 하는 것이기에 하늘 경지에 들어가는 최상의 길이라 말한 거예요.

예수님께서 나병환자를 치유해 주신 후 "누구에게든 아무 말도 하지 않도록 조심하여라." 하셨다지요? 하느님께 향할 찬미가 당신께 향하는 것을 원치 않으셨고, 메시아로서 치유하시는 당신과 사람들과의 진정한 만남을 원하셨기에 침묵하라 하신 거래요. 헌데 그는 침묵하지 않고 널리 퍼뜨렸대요. 치유의 기쁨으로 침묵의 순종이 하늘 경지에 이르는 길임을 잊은 거겠지요.

빛이요 사랑이신 당신, 엔도 슈사쿠[遠藤周作]의 소설 『침묵』에, 강요로 성화상(聖畵像)을 밟고 배교한 후 절망하는 사제에게 예수님께서 '나는 침묵하고 있던 것이 아니다. 너희와 함께 괴로워하고 있었다'고 하셨다는 대목이 나와요. 침묵 속 무언의 말씀으로 우리의 상처를 보듬어 주심을 밝히신 거지요. 당신이여, 침묵의 당신 말씀에 순종하오니 저의 허물 용서하시고 보듬어 주실래요?

「에코」 | (알렉상드르 카바넬)

　이 그림은 키타이론 산에 살던 숲의 님프 에코가 말을 잃은 후 험준한 첩첩산중 바위에 홀로 앉아 두 손으로 귀를 막고 눈과 입을 커다랗게 벌리며 절규하고 있다. 뭉크의 그림「절규」만큼 경악이 응집되어 있다. 에코는 자신의 동료 님프와 제우스가 바람피우는 것을 헤라에게 들키지 않게 하려고 헤라 앞을 막고 조잘조잘 수다 떨어 제우스가 달아나게 해준 탓에 헤라의 노여움을 사서 남의 말끝만 되풀이할 뿐 자신이 하고픈 말은 못하게 된 것이다. 에코는 미청년 나르키소스를 사랑하지만, 말을 잃었기에 사랑고백을 못한다. 이룰 수 없는 사랑에 절망한 에코는 차츰 쇠약해져, 마지막에는 목소리만 남아 '메아리'가 된다.

　예수님께서 나병환자를 치유해 주신 후 함구령을 내렸지만 그는 치유의 기쁨에 들떠 침묵하라는 말씀에 순종하지 않고 조잘조잘 수다를 떨어 이 사실을 널리 퍼뜨린다. 예수님께서는 우리에게 당신 말씀의 순종과 사랑과 용서와 헌신의 삶을 통해 참된 평화를 얻으라고 하신다.

제3장 사랑의 열병

신기한 일

友也者友其德也(우야자우기덕야)

'벗이란 원래 그 사람의 덕을 인정하고, 그것을 벗으로 삼을 일이다.'라는 말은 『맹자』에 나와요. 부귀, 권세, 재능, 이런 것들을 사이에 넣고 벗으로 삼으면 참다운 우정을 나눌 수 없다는 뜻이에요. 『시경』에 '덕은 가벼움이 털과 같다.'고 했어요. 털처럼 가벼우니 누구나 덕을 행할 수 있는데도 실제 이를 행하는 이 많지 않다는 말이니 참된 벗을 사귀기가 어렵다는 말이지요.

남자 몇이 중풍병자를 평상에 누인 채 들고 와 군중 때문에 안으로 들일 길이 없자 지붕으로 올라가서 기와를 벗겨 내고, 평상에 뉘인 환자를 예수님 앞 한가운데로 내려보냈대요. 예수님께서 그들의 믿음을 보시고 "사람아, 너는 죄를 용서받았다." 하시고, "일어나 네 평상을 가지고 집으로 가거라." 하셨대요. 사람들은 "우리가 오늘 신기한 일을 보았다."고 말하였대요.

빛이요 사랑이신 당신, 당신 사랑으로 저의 삭막한 영혼이 꽃을 피워요. 오늘, 또 오늘 끝없는 기쁨으로 수선화처럼 활짝 피워요. 세상에나! 이런 "신기한 일"이 일어나다니요! 당신이여, 혀로 환성을 터뜨리며 굽은 허리 곧게 펴고 사슴처럼 뛰어 당신께 갈게요. 당신 "앞 한가운데로" 나아갈게요. 애틋한 사랑 품고요. "일어나 오너라." 하고 불러 주실 거지요, 네?

「치유 받은 중풍병자」| (잔 밴 헤메선)

이 그림은 「치유 받은 중풍병자」의 세 가지 치유 정황이 한 화폭에 그려진 것이다. 그래서 화면 왼쪽부터 읽어나가야 한다. 첫째 상황은 화면 왼쪽 작은 집의 지붕에 그려져 있다. 남자들이 중풍병자를 평상에 뉘여 예수님 계신 곳까지 왔으나 군중 때문에 안으로 들어갈 수 없자 지붕으로 올라가서 기와를 벗기고 있다. 둘째 상황은 집 앞에 그려져 있다. 기와를 벗겨낸 틈으로 평상에 뉘인 병자를 내려보내자 예수님께서 그들의 믿음을 보시고 "사람아, 너는 죄를 용서받았다." 하시며 치유해 주신다. 셋째 상황은 치유 받은 중풍병자가 "일어나 네 평상을 가지고 집으로 가거라." 하시는 예수님 말씀에 따라 침낭을 둘러메고 집으로 돌아가고 있다. 갈 길은 멀고 짐은 무겁지만 치유 받은 중풍병자의 다리근육에 힘이 솟고 있다.

예수님께서는 중풍병자의 죄를 용서해 주시고 병을 치유해 주심으로써 주님의 권능을 드러내셨다. 그러시면서 오늘 우리에게 중풍병자를 데리고 온 사람들의 열정을 배우라고 하신다.

제3장 사랑의 열병

참된 권위

'부끄러워하는 마음은 의로움의 실마리이다.'는 말은 『맹자』에 나와요. 자기의 옳지 못함을 부끄러워하며 용서를 빌고 회심하며, 남이 옳지 못함을 겸손과 사랑으로 변화시키는 마음이 '수오지심'이며 의로움과 권위의 단초라는 말이에요. 권위는 외면이 아니라 부끄러움과 용서, 겸손, 사랑의 의로운 내면에서 비롯되는 것이며, 결코 권위에 집착해서는 안 된다는 뜻이에요.

예수님께서 회당에서 가르치실 때, 더러운 영이 들린 사람이 "저는 당신이 누구신지 압니다. 당신은 하느님의 거룩하신 분이십니다." 하자 예수님께서 "조용히 하여라. 그 사람에게서 나가라." 하셨고, 더러운 영이 그 사람에게 경련을 일으키고 나가자 사람들이 놀라 "새롭고 권위 있는 가르침이다. 저이가 더러운 영들에게 명령하니 그것들도 복종하는구나." 하였대요.

빛이요 사랑이신 당신, 겉은 의사 가운으로 그럴 듯 권위 있는 척 가렸지만 내 안은 더러운 영들의 은신처예요. 세속적 온갖 탐욕의 더러운 영들이 맨날 날더러 "거룩하신 분이십니다." 속삭여요. 당신이여, "그 사람에게서 나가라." 꾸짖어 주세요. 나로 하여금 부끄러움을 알게 하시고, 더 이상 세속적 유혹의 속삼임에 휘둘리지 않고 당신의 참된 권위만 따르게 해주세요.

「콤모두스 황제 흉상」| (로마 카피톨리니 미술관)

　로마황제 콤모두스 흉상이다. 영화「글래디에이터」에 나오는 폭군이요 암군이요 무능하고 피에 굶주린 악랄한 황제. 흉상은 둥근 천구 위에 올려져 있다. 권위가 하늘보다 드높다는 뜻이다. 메두사 머리가 그려진 방패, 이 방패를 둘러싸고 있는 독수리와 풍요의 뿔은 그의 치세가 황금시대라고 강변한다. 사자 가죽을 쓴 채 '헤스페리데스 사과'라 불리는 황금사과와 곤봉을 든 것은 영원불멸과 헤라클레스의 상징이다. 자신이 헤라클레스 환생이라 믿고, 헤라클레스 같은 권위를 보여주려는 의도다. 권위가 없기에 권위에 집착한 것이다. 현명한 황제로 추앙받으며 권위로 존경과 신뢰받던 아버지 마르쿠스 아우렐리우스와 달리 그는 힘으로 권리를 과시하려 한 것이다. 권위는 진리와 용서, 겸손, 사랑에서 비롯된 내면의 힘임을 몰랐던 겁쟁이였다.

　예수님 가르침은 권위 있으셨고 더러운 영들도 이 권위에 굴복하였다고 한다. 그래서 예수님께서는 우리에게 부끄러움을 아는 의롭고 거룩한 자, 참된 권위를 따르는 자가 되라 하신다.

참다운 믿음

大信不約(대신불약)

'참다운 믿음은 약속하지 않는다.'는 말은 『예기』에 나오는 말이에요. 꼭 맹세해야 믿을 건가요? 꼭 표징이나 이적을 보여줘야 믿을 건가요? 아니래요. 참다운 믿음은 무조건적 믿음이래요. 어디에도 얽매지 않고 얽매려 들지도 않는 것이래요. 무조건적인 신뢰만이 나를 온전히 내맡길 수 있고, 이렇게 온전히 맡기는 무조건적인 신뢰만이 표징을 일으킨다는 뜻이에요.

예수님께서 카나에 가셨을 때 왕실 관리가 찾아와 앓아누워 죽게 된 아들을 고쳐달라고 청했대요. 예수님께서 "너희는 표징과 이적을 보지 않으면 믿지 않을 것이다." 하시자 그는 아이가 죽기 전에 카파르나움까지 같이 내려가 달라고 청했대요. 예수님께서 "가거라. 네 아들은 살아날 것이다." 하셨고, 관리는 이 말씀을 믿고 떠났고, 바로 그 시간에 아들이 살아났대요.

빛이요 사랑이신 당신, 무조건적인 믿음 없이, 한없는 인내 없이, 겸손과 용서의 용기 없이 사랑이 이뤄질 수 있을까요? 사랑은 맹세나 표징에서가 아니라 어디에도 얽매지 않고 얽매려 들지도 않는 참된 자유에서 비롯되는 것이 아닐까요? 당신이여, 내가 이렇게 살아 있음이 바로 당신 사랑의 표징이겠지요! 이제 내 삶 자체가 당신께 바치는 사랑의 표징이 되면 좋겠어요.

「왕실 고관 아들의 치유」 | (조제프 마리 비앙)

　이 그림은 지체 높은 왕실 관리가 병사들을 거느리고 카나에 오신 예수님을 찾아와 카파르나움에서 앓고 있는 아들을 살려달라고 무릎을 꿇고 간청하는 그림이다. 그런데 이 관리는 예수님을 찾아와 "그저 한 말씀만 해주십시오, 그러면 제 종이 나을 것입니다." 하였던 백인대장과 달리 예수님께서 "너희는 표징과 이적을 보지 않으면 믿지 않을 것이다." 하시는데도 자신의 집에까지 함께 가자 조른다. 죽기 전에 함께 가자 청한다. 한 말씀만 해주시는 것으로는 믿지 못하겠다는 것이다. 그럼에도 그는 "가거라. 네 아들은 살아날 것이다."라는 예수님 말씀을 믿고 떠나고, 떠나는 길에 종으로부터 아들이 나았다는 전갈을 받는다. 예수님께서 살아날 것이라 말씀하신 그 시간에 정말 살아난 것이다.

　예수님께서는 우리의 믿음이 온전해야만 자비를 베풀어 주시는 것이 아니라 우리 안에 겨자씨만한 믿음만 있어도 그 믿음을 소중히 여기시고 자비를 베풀어 주시는 분이시다.

동반자

이 말은 '쑥꽃이 돌개바람을 만나 천 리를 갈 수 있는 것은 바람의 힘을 빌리기 때문이다[飛蓬遇飄風而行千裏 乘風之勢也]'는 말에서 비롯된 거예요. 『상군서(商君書)』에 나오는 말이에요. 쑥꽃이 바람 없이 날 수 있을까요? 마찬가지로 쑥꽃이 날 여건이 안 되면 바람이 어찌 쑥꽃을 날릴 수 있겠어요? 이렇게 동반자로 함께할 때 비로소 이뤄지는 것을 승세(乘勢)라 해요.

나병환자가 주님께 간절히 청했대요. "하고자 하시면 저를 깨끗하게 하실 수 있습니다."고요. 그러자 주님께서는 "내가 하고자 하니 깨끗하게 되어라." 하시며 낫게 해주셨대요. 포기하지 않는 집념과 절대적 믿음으로 오로지 의탁하는 나병환자에게 주님께서 그 고통을 가엾이 여기시며 그 믿음을 가상히 여기시어 동반자로 함께 해주셔서 이뤄낸 사랑의 기적이에요.

빛이요 사랑이신 당신, '통하면 안 아프고 안 통하면 아프다[通則不痛 不通則痛]'는 말처럼 내 사랑 당신께 통하지 않으면 내 맘 아파요. 당신이여, "하고자 하시면" 날 사랑한다는 한 말씀으로 내 아픔 달래 주세요. 얼굴을 땅에 대고 엎드려 비오니 "하고자 하니" 하시며 사랑바람으로 내 안에 사랑꽃 활짝 피게 하시어 사랑바람, 사랑꽃 함께 사랑기적 이뤄내게 해주실래요?

「산상설교와 나병환자를 고치심」| (코시모 로셀리)

르네상스 시대 피렌체의 화가 코시모 로셀리의「산상설교와 나병환자를 고치심」은 제목 그대로 '산상설교'와 '나병환자를 고치심'을 한 화면에 담은 성화이다. 화면 우측의 '나병환자를 고치심'을 보자. 열두 사도에 둘러싸인 예수님 앞에 전신이 나병의 상흔이 뚜렷한 자가 무릎 꿇고 두 손을 내밀고 "주님께서는 하고자 하시면 저를 깨끗하게 하실 수 있습니다."라며 간청하고 있다. 그러자 예수님께서는 가엾은 마음이 드셔서 손을 내미시며 "내가 하고자 하니 깨끗하게 되어라." 하신다. 이렇게 해서 "바로 나병이 가시고 그가 깨끗하게 되었다"고 한다. 그래서 흰 구름이 뭉게뭉게 떠 있는 하늘에 새들이 날며 찬양하고 있다.

얼마나 놀라운 기적인가! 이 기적은 오늘도 이렇게 말하고 있다. 포기하지 말고 "하고자 하시면"이라는 절대적 믿음으로 오로지 주님께 의탁하면 주님께서 우리 고통을 가엾이 여기시며 우리 믿음을 가상히 여기시어 "내가 하고자 하니" 하시며 동반자로 사랑을 베풀어 주시리라고.

송아지 사랑

老牛舐犢之愛(노우지독지애)

'늙은 소가 송아지를 핥는 것 같은 사랑'이라는 이 말은 『후한서』에
나와요. 상상해 보세요. 하루 종일 고된 일을 하고 지쳐 돌아온 늙은
소가 송아지를 보자 귀여워 자신의 지침도 잊은 채 핥아주는 모습을
상상하면 눈물 날 정도로 마음이 아려오지 않나요? 또 상상해 보세
요. 노인이 거칠고 쭈글쭈글한 손으로 송아지를 핥고 있는 늙은 소가
안쓰러워 쓰다듬는다고 상상해 보세요.

예수님께서는 "안식일에 병을 고쳐 주는 것이 합당하냐, 합당하지
않으냐?" 물으시면서 "아들이나 소가 우물에 빠지면 안식일일지라도
바로 끌어내지 않겠느냐?" 하셨어요. 짐승까지도 구해 줄 터인데 율법
에 묶여 사람을 어찌 구해 주지 못하느냐, 또 짐승도 타고난 연민으로
서로 사랑하는데 하물며 사람이 타고난 사랑의 본성을 어찌 율법에
묶으려 하느냐, 하신 거예요.

빛이요 사랑이신 당신, 늙은 소가 송아지를 핥는 것[老牛舐犢]도,
자식이 집에 돌아올 때가 되면 어머니가 대문에 기대서서 기다리는
것[倚門而望]도 하늘의 피조물들이 하늘을 닮아 타고난 사랑의 본성
이지요. 당신이여, 저도 당신의 두루사랑 닮아 제 삶에 주어진 모든 것
을 두루 사랑하게 해주시고, 저를 늘 쓰다듬어 주시고, 그러다 저 죽
을 때에 저를 위해 빌어 주세요.

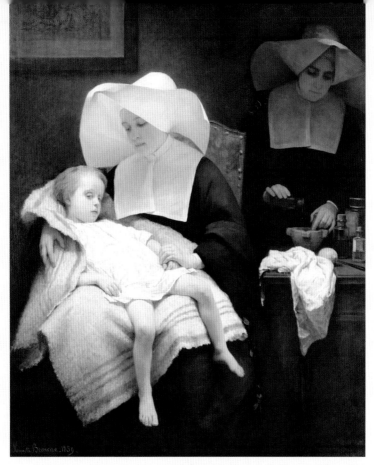

「애덕의 딸들 (수녀의 자비)」 | (앙리엣 브라운)

　앙리엣(헨리엣) 브라운이 카리타스(Caritas; 애덕/愛德)를 주제로 그린 이 그림은 높은 채도의 색을 쓰지 않고도 검은빛으로 경건함을, 흰빛으로 평화로움을 강조함으로써, 사랑의 덕을 따뜻하게 그린 그림이다. 그림 속 수녀님은 머리에 쓴 하얀 코넷으로 보아 성 빈체시오가 설립한 '애덕의 딸들' 수녀회 소속이다. 포대기에 싸여 잠든 아기는 창백하고 여위었지만 수녀님의 부드러운 눈빛, 포근한 품, 따뜻한 손이 있기에 평화로워 보인다. 더구나 수녀님이 퍽 아름답다. 하느님 사랑 안에 머물며 아낌없이 내어주고 있는 영혼이 풍요롭고 아름답기 때문이다.

　예수님께서는 사랑의 본성을 율법에 묶으려 하지 말라고 하셨다. 성 빈체시오도 '사랑은 모든 규칙에 우선하며 만사는 무엇보다 사랑으로 행해져야 합니다.'고 하였다. 또 '사랑은 그 자체로 위대한 주인이므로 우리는 그가 명하는 대로 해야 합니다.'라고 함으로써 사랑의 본성에 충실해야 한다고 하였다. 이 본성은 두루 사랑이요, 끝없는 사랑이며, 하느님의 참사랑이다.

당신의 참사랑만이

仁可過也 義不可過也(인가과야 의불가과야)

'어짊은 지나쳐도 되나, 의로움은 지나쳐서는 안 된다'는 말은 『문장궤범』에 나오는 소동파(蘇東坡)의 말이에요. 의로움이 지나치게 엄격하면 잔인해지기 쉽다는 것을 강조한 말이에요. 어짊이나 사랑은 다소 정도를 넘어서는 것은 괜찮지만 의로움이나 율법이 맹목적, 도식적으로 정도를 벗어나 관용과 겸양을 잃으면 정의의 너울에 숨겨진 칼날처럼 위험하다는 뜻이지요.

예수님께서는 당신을 식사에 초대한 바리사이에게, 정결의 율례를 지나치게 엄격히 여겨 비록 겉은 깨끗한 척 보여도 "속은 탐욕과 사악으로 가득"하여 하느님 보시기에 정결하고 의로운 인간이 못 되는 어리석은 자라고 하셨어요. 허니 "속에 담긴 것으로 자선을 베풀라" 하셨어요. 하느님의 참사랑을 따르며 믿음을 완성해 나가면 "모든 것이 깨끗해질 것이다." 하셨어요.

빛이요 사랑이신 당신, "당신이 태어날 때 당신만이 울었고 당신 주위의 모든 사람들이 미소를 지었습니다. 당신이 세상을 떠날 때 당신 혼자 미소 짓고 당신 주위의 모든 사람들이 울도록 그런 인생을 사십시오." 김수환 추기경님의 이 말씀이 저에게 이뤄지면 좋겠어요. 당신이여, 당신의 참사랑만이 겉과 속 다른 저에게도 이 기적의 삶이 이뤄지게 이끌어 주실 거예요?

「감자 먹는 사람들」 | (빈센트 반 고흐)

고흐의 이 그림은 뇌넨 마을 호르트 집의 저녁식사 모습을 그린 것이다. 추운 날이다. 실내도 추운 듯 옷이 두툼한데 거친 벽, 조악한 기둥, 낮은 천장이 다 을씨년스러워 더 추워 보인다. 홀랑 호롱불 하나뿐이라 더 춥고 무척 어둡다. 널빤지를 이어 만든 작은 식탁에 다섯 가족이 모여 앉았는데, 등을 보이고 가족과 마주 앉은 이 집 딸은 아직 혼인 안 했는데 임신중이다. 그런데도 여느 가족과 다를 바 없이 수프도, 반찬도 없이 감자와 물 한 모금으로 주린 배를 채울 뿐이다. 소박한 게 아니라 참으로 가혹한 삶이다. 허나 마디 굵은 손, 그리고 말없이 마주보는 눈과 그을린 얼굴에는 정겨움이 담겨 있다. 사랑이 넘쳐난다. 따뜻함이 배어나온다.

예수님께서는 겉만 깨끗하게 하지 말고 속도 깨끗하게 하라시면서 "속에 담긴 것으로 자선을 베풀라." 하셨다. 멀리, 널리 사랑만이 아니라 가족끼리 감자 한 톨 나누고 가족을 위해 정겨운 눈빛 보내고, 가족을 위해 기도하는 것이 바로 자선을 베푸는 것이라 하셨다!

제3장 사랑의 열병

행복의 은총

'땅에 금 긋고 그 속에서 이리저리 뛴다.'는 말로『장자』에 나와요. 저 혼자 테두리를 정하여 금 긋고 그 안에서만 같이 뛰자 하니 저 스스로만 갇히는 게 아니라 너마저 속박하게 되지요. 계율도 금 긋듯 엄격하면 인간의 선한 품성마저 빼앗게 되고, 사랑도 애착하면 인간의 자유로운 품성마저 상실하게 되지요. 외곬 쏠림은 최소한의 인간다운 행복을 짓밟는 잔인한 거예요.

예수님께서는 "불행하여라."는 말씀을 한 번도 아니고 거듭 네 번이나 하셨어요. 제 몫은 챙기면서 의로움과 하느님 사랑은 아랑곳 안 하고, 명예만 좇으며 윗자리를 좋아하고 인사받기 좋아하고, 제 안위만 위해 드러나지 않는 무덤 같이 살고, 다른 이에게 힘겨운 짐 지워 놓고 돌봐주지 않고, 스스로 금 긋고 그 안에서 이리저리 뛰는 자들이야말로 불행한 자들이래요.

빛이요 사랑이신 당신, 혼자 땅에 금 긋고 그 안에서 혼자만의, 혼자를 위한 바람이 이뤄지고 결핍이 채워지는 게 행복일까요? 그건 그저 혼자만의, 혼자를 위한 만족이고 기쁨이겠지요. 당신이여, 행복은 결코 우연일 수 없고 결코 쟁취할 수 없고, 오로지 서로 사랑하여 풍성해지는 보람과 사랑받아 드높아지는 가치를 공유함으로써 비로소 주어짐을 받는 은총이 아닐까요?

「풍요의 우의화」 | (시몬 부에)

　이 그림은 우의(寓意, allegory)로써 진정한 풍요가 무엇인지를 그린 것이다. 황금빛 풍요의 여신 왼쪽의 아기천사는 보물단지 옆에서 패물을 흔들며 '물질적 풍요'만이 진정한 풍요라 하고, 오른쪽의 아기천사는 하늘을 가리키며 '신이 주신 풍요'만이 진정한 풍요라고 한다. 과연 무엇이 진정한 풍요일까? 여신은 머리를 구부려 물질적 풍요를 외치는 아기천사를 바라보고 있지만 두 팔로는 신이 주신 풍요를 지적하는 아기천사를 감싸 안고 있다. 그리고 여신의 발 앞에 펼쳐진 책, 즉 '지적 풍요'는 여전히 바닥에 나뒹굴고 있다. 그러니까 진정한 풍요란 결코 물질적, 지적, 세속적인 데에 있는 것이 아니라고 일깨워 주고 있다.

　예수님께서는 제 몫만 챙기고, 명예만 좇고, 제 안위만 위하고, 남을 배려 안 한 채 세속적인 것만 좇는 자들에게 "불행하여라."고 하셨다. 진정한 행복은 혼자만의, 혼자를 위한 바람과 결핍의 충족이 아니라 서로 사랑하여 보람과 가치를 공유할 때 주어지는 은총이라 하신 것이다.

힘센 용사

臨難毋苟免(임난무순면)

'환난을 당해서 구차하게 모면하려 하지 말라'는 말은 『예기』에 나와요. 삶의 고통이나 핍박, 박해와 협박 등 갖은 간난신고를 꾀나 핑계, 술책이나 명분 따위의 구차한 방편으로는 벗어날 수 없다는 말이에요. 떳떳하지 못하고 답답하고 좀스러운 방편으로는 결코 헤어날 수 없다는 거예요. 하늘 뜻에 어긋나지 않는 정도(正道)만이 힘센 용사처럼 지켜줄 거라는 말이에요.

유다인들은 예수님께 "당신은 사람이면서 하느님으로 자처하고 있소." 하고 따지면서 돌을 집어 예수님께 던지려고 하였대요. 폭력적이고 공격적인 그들에게 예수님께서는 "아버지와 나는 하나"이심을 밝히셨어요. 이렇게 죽음의 위협도 아랑곳하지 않으시고 정도로 맞서신 힘센 용사이신 예수님께서는 당신을 잡으려고 한 유다인들의 손을 벗어나셨대요.

빛이요 사랑이신 당신, 환난을 결코 꾀나 핑계, 술책이나 명분으로 벗어날 수 없는 걸 뻔히 알면서도 나는 두렵고 낙담되어 잔머리 굴리며 우선 모면하려 하고 회피하려 들어요. 사랑이신 당신이여, 나의 좀스러운 짓을 탓하지 마시고 당신 품에 나를 감싸 위로해 주세요. 힘센 용사이신 당신이여, 나의 떳떳치 못함을 탓하지 마시고 당신 손으로 나를 꽉 잡아 지켜주세요.

「예언자 예레미야」 | (마르크 샤갈)

    샤갈의 이 그림은 홀로 외롭게 맨발로 앉아 성서를 읽는 예언자 예레미야를 그린 것이다. 박해 당하고 멸시 당하고 소외 당하고 외면 당한 채 홀로 고독하게 가슴을 부여잡으며 이스라엘의 멸망을 예언하며 '흐느끼는 선지자'인 예레미야는 그러나 "주님께서 힘센 용사처럼 제 곁에 계시니 저를 박해하는 자들이 비틀거리고 우세하지 못하리이다." 한다. 그 순간 머리 위 달은 노란 광채로 그를 감싸고, 흰 빛 밝은 천사는 하느님의 뜻을 전하며, 화면 오른쪽 하단의 주님께서는 두 손 모으시고 이스라엘 백성과 '새 계약'을 맺으실 것임을 그와 약속하신다. 화면 왼쪽 아기예수님을 품에 안으신 보랏빛 성모님께서는 그의 수난의 삶이 장차 예수님의 수난을 상징한다며 그에게 용기를 주시고 계신다.

    유다인들의 폭력적인 공격에도 아랑곳 아니하시고 이들과 정도로 맞서셨던 예수님처럼 우리 역시 어떤 환난에도 절망하지 말고 정도로 맞서며 힘센 용사이신 예수님께 맡겨야 할 것이다.

제3장 사랑의 열병

은혜도 은혜 나름

惠而不費(혜이불비)

'널리 은혜를 베풀되 마구 베풀지 않는다.'는 말은 『논어』에 나와요. 기준이나 근거 없이 마구 베푸는 것은 나쁜 뿐 아니라 베풂을 받는 이에게도 도움이 되지 않는다는 말이에요. 도움은커녕 오히려 의존심만 키워 주거나 나를 업신여기거나 나에게 원망할 실마리를 줄 수 있다는 말이에요. 빈 마음을 갖지 않은 상태에서 베푼 은혜는 오히려 독이 될 수 있다는 말이에요.

예수님께서는 "주님께서 나를 보내시어 가난한 이들에게 기쁜 소식을 전하고······ 주님의 은혜로운 해를 선포하게 하셨다." 라고 성경을 봉독하신 후 "오늘 이 성경 말씀이 너희가 듣는 가운데에서 이루어졌다."고 하셨지요. 그러자 회중은 "저 사람은 요셉의 아들이 아닌가?" 하며 잔뜩 화가 나 예수님을 고을 밖 벼랑까지 끌고 가 거기에서 떨어뜨리려고까지 했대요.

빛이요 사랑이신 당신, "저 사람"은 이렇다느니 저렇다느니 내 편견의 잣대로 세상 사람들을 판단하지 않게 하시고, 오로지 당신의 말씀, 당신의 행하심의 신비를 바로 알아보는 영의 눈을 뜨게 하시어 세상 사람들을 바르게 보고, 그들을 사랑하며 그들의 본질을 왜곡하지 않게 해주세요. 당신이여, 그리하여 빈 마음으로 당신 은혜를 은혜롭게 받을 수 있게 해주세요.

「엘리야와 사렙타의 과부」| (베르나르도 스트로치)

베르나르도 스트로치는 카푸친 작은형제회의 수도자였는데, 수도회에서 엄격한 규범에 맞는 그림만 그릴 것을 강요하자 이에 불복하며 감옥살이까지 감수한 화가다. 그림 속 소년은 시돈의 사렙타 마을 과부의 아들이다. 마실 물을 청한 엘리야에게 물을 떠 담아 와 물그릇을 건네고 있다. 엘리야는 과부에게 빵 한 조각을 청한다. 과부는 단지에 밀가루 한 줌과 병에 기름이 조금 있을 뿐이라며, 이 마지막 양식을 먹고 아들과 죽을 거라고 한다. 엘리야는 그것으로 빵을 만들어 자기에게 먼저 주고, 나머지를 아들과 먹으라고 한다. 놀랍게도 과부는 그 말을 따라 엘리야를 대접한다. 그러자 엘리야는 과부의 밀가루 단지와 기름병이 영영 비지도, 영영 마르지도 않게 해준다. 모든 걸 비우고 은혜 베풀 때 풍요의 은혜가 흘러넘치게 해준 것이다.

예수님께서 주님의 은혜로운 해를 선포하셨지만 회중은 이를 알지 못하고 예수님을 벼랑까지 끌고 가 떨어뜨리려 한 것은 은혜를 은혜로 받을 수 있는 빈 마음을 지니지 못한 까닭이다.

제4장

사

랑

법

칙

세상의 빛

明明上天 照臨下土(명명상천 조임하토)

'밝고 밝은 하늘빛은 항상 하계를 비춘다.'는 말은 『시경』에 나와요. 하늘빛이 늘 감시하고 있으니 나쁜 짓을 하지 말라는 계교이지요. 하늘빛이 늘 이 땅과 모든 생명체에게 밝음과 따사로움을 주니, 그 은혜로 밝고 따사롭게 살라는 뜻이지요. 하늘빛이 늘 밝고 밝듯이 스스로 세상의 빛이 되어 사랑을 키우는 빛, 생명을 키우는 빛, 희망을 돋우는 빛이 되라는 뜻이지요.

예수님께서 말씀하셨어요. "너희는 세상의 소금"이라고요. 빛으로 오신 당신처럼 "너희는 세상의 빛"이 되라고요. 그러니 "너희의 빛이 사람들 앞을 비추어" 사람들 앞길을 밝히고 세상의 어둠을 몰아내고 하느님께 인도하는 등대가 되어야 한다고 하셨어요. 그리고 사람들이 "너희의 착한 행실을 보고 하늘에 계신 너희 아버지를 찬양하게 하여라." 하고 말씀하셨지요.

빛이요 사랑이신 당신, 슈바이처는 '내부에서 빛이 꺼지지 않도록 노력하면 밖은 저절로 빛나는 법'이라고 하였다지만, 제 안에서 가물거리는 빛의 불씨를 저 혼자 살릴 수 없으니, 영원한 빛이신 저의 사랑 당신께서 입김 불어넣어 불씨를 살려주세요. 그리하여 빛이 타오르게 해주시고, 이 빛이 사랑을 키우는 빛, 생명을 키우는 빛, 희망을 돋우는 빛이 되게 해주세요.

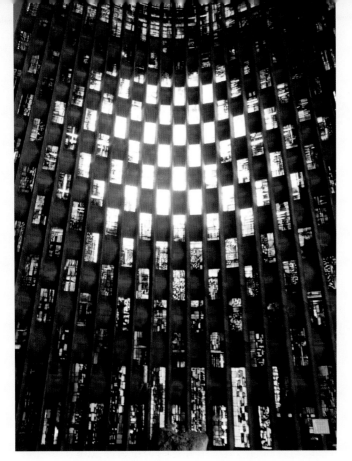

「생명의 빛」|(존 파이퍼)

이 그림은 영국 코벤트리 대성당의 세례대가 놓인 벽면을 장식하기 위해 제작된 유리화로 195개의 판넬로 이루어져 있다는 대작이란다. 천주교 서울대교구 주보에 의하면 '추상으로 제작된 이 작품의 주제는 하느님 안에 있는 생명의 빛이다. 중앙의 황금색 원형 유리화는 세례성사를 통하여 예수님과 긴밀하게 일치한 사람들이 영원한 생명의 빛으로 초대받았다는 것을 나타낸다.'고 하였다. 존 파이퍼 자신이 '그리스도 안에는 자유와 생명의 빛이 있고, 그 밖에는 어둠과 사망의 구속이 있다. 빛의 아름다움을 말하고 어둠의 지독함을 말하지 못하는 것은 진리와 사랑을 포기하는 것'이라고 하였단다.

세상의 빛이 되어 오셔서 우리 안의 어두움을 몰아내고 생명의 빛으로 채워주시는 분이신 예수님께서 말씀하셨다. "너희는 세상의 빛"이라고. 그러니 "너희의 빛이 사람들 앞을 비추어 너희의 착한 행실을 보고 하늘에 계신 너희 아버지를 찬양하게 하여라."고 말씀하셨다.

참 위대한 일

道也者 道常者也(도야자 도상자야)

'도란 평범한 일상행동으로 인도하는 일인 것이다'는 말은 『한비자』에 나와요. '도'는 인간의 인간다움의 가치 기준이며 만유의 근원이며 참 자유를 얻는 자아 완성의 길이며 나아가 사회 구제의 길이지만, 그 길은 결코 거창한 데 있지 않다는 말이에요. 애덕(愛德)의 실천만이 인간으로서 지켜야 할 이상적인 '도'이며 참 위대한 일이며, 이런 일상 안에 '도'가 있다는 말이에요.

예수님께서 "오늘도 내일도 그다음 날도 내 길을 계속 가야 한다." 하셨어요. 당신 사명은 결코 사람 손에 좌우될 수 없고 오로지 하느님 손에 의해 하느님 뜻이 이뤄져야 마칠 수 있다고 하신 거예요. 그러니 너희도 소명을 이루는 날까지 애덕을 실천하고 일상에 충실하며 인간으로서 지켜야 할 참 위대한 길을 "오늘도 내일도 그다음 날도" 계속 가라 하시는 거예요.

빛이요 사랑이신 당신이여, 참 위대한 일은, 프랑시스 잠에 의하면, 빵 만들고 포도주 담고 배추와 마늘을 기르고 영근 배와 파슬리 잎을 따는, 그저 일상적 일에 충실한 것이라고 했어요. "암탉이 병아리를 날개 아래 모으듯" 사랑해 주시는 당신이여, 당신 품에서 일탈하지 않고, 결코 거창하게 보이는 세속적 일에 휘둘리지 않고, 당신만 좇는 병아리처럼 살게 해주세요.

「옛날얘기 해주는 할아버지」| (알베르트 사무엘 앙커)

알베르트 앙커는 순박한 사람들의 일상을 인간적 애덕을 갖고 정겹고도 따뜻하게 그린 화가다. 이 그림도 우윳통을 나르고, 먹거리를 손질하고, 뜨개질하고, 둘러앉은 손자손녀들에게 옛날이야기 들려주고, 이렇게 일상이 자연의 흐름처럼 펼쳐지고 있다. 프랑시스 잠은 시에서 '나무통에 우유를 부어 담는 일, 시냇가에서 버들 바구니를 짜는 일, 벽난로 곁 늙은 얼룩고양이와 즐겁게 노는 아이들 곁에서 낡은 구두를 꿰매는 일, 한밤중 귀뚜라미 소리를 듣고 아침이면 따스한 달걀을 거두어들이는 일', 이런 일들이 참으로 위대한 일이라고 했듯이, 그림 속 모두가 일상 안에서 행복해하고 있다. 비록 집은 낡고 뜰은 좁지만 손자손녀가 자라고 자라도 집은 늘 따뜻하고 뜰은 늘 닭들이 모이 쪼고 모두가 여전히 행복할 것이다.

예수님께서는 "암탉이 제 병아리들을 날개 밑으로 모으듯" 우리를 불러모으고 "오늘도 내일도 그다음 날도" 계속 일상에 충실하며 참 행복하라고 하신다. 이것이 참 위대한 일이라시며.

겸손

'겸손하면 형통하고 끝을 잘 맺는다.'는 말은 『역경』의 열다섯 번째인 지산겸(地上謙)이라 불리는 겸괘(謙卦)예요. 겸손하면 만사가 순조롭지 않겠으며 유종의 미를 어찌 이루지 못할까, 라는 글귀예요. 겸손함에서 간절한 마음이 비롯되고 간절한 마음에서 용기와 인내가 비롯될 터이니 어찌 만사형통 안 할 수 있겠어요. 어려움 중에도 끝을 잘 맺을 수 있겠지요.

예수님께서는 회당장의 죽은 딸을 살리시고, 열두 해 동안 혈루증을 앓는 여자를 고쳐주셨어요. 회당장은 "제 딸이 방금 죽었습니다. 그러나 가서서 아이에게 손을 얹으시면 살아날 것입니다." 하고 말하였고, 혈루증을 앓는 여자는 "내가 저분의 옷에 손을 대기만 하여도 구원을 받겠지." 하고 생각했대요. 믿음과 용기, 그리고 겸손으로 예수님으로부터 구원받은 거예요.

빛이요 사랑이신 당신, 믿음과 용기는 구원에 이르는 길이요, 믿음과 용기에서 소망의 성취를 이루려는 의지와 인내가 비롯된다지요? 믿음과 용기는 완벽함에서만 나오는 것이 아니라 오히려 불완전하고 겸손한 데에서 우러나는 것이라지요? 당신이여, 겸손케 해주세요. 겸손한 마음으로 진정 아름다움, 진정 선함, 진정 존귀함, 그리고 진정 사랑함이 무엇인지 알게 해주세요.

「야이로 딸의 소생」 | (산티 디 티토)

이 그림은 예수님께서 카파르나움 회당장 야이로의 죽은 딸을 살리시는 장면을 그린 것이다. 지체 높은 회당장은 예수님을 찾아와 엎드려 절하며 간청했다. "제 딸이 방금 죽었습니다. 그러나 가셔서 아이에게 손을 얹으시면 살아날 것입니다."라고. 그래서 예수님께서는 회당장의 믿음을 보시고 베드로, 요한, 야고보 세 제자를 데리고 회당장 집에 와 "달리다 쿰(소녀여 일어나라)" 하시며 소녀의 손을 잡아 일으키고 계시다. 회당장과 부인이 초조하게 이를 지켜보고 있다. 그림은 여기까지이다. 결과는 어땠을까? 천사들이 장막을 걷어 올리는 듯 소녀는 살아 일어난다. 그리고 화면 아래쪽에서 껑충거리는 강아지와 뛰놀 것이다.

예수님께서는 회당장의 믿음, 즉 딸은 이미 죽었지만 예수님께서 가셔서 "아이에게 손을 얹으시면 살아날 것입니다." 하는, 그 믿음을 보시고 살리신 것이다. 예수님께서는 우리에게 믿음만이 구원에 이르는 길이라는 것을 분명히 말씀해 주시고 계신 것이다.

작은 거인

渺滄海之一粟(묘창해지일속)

'끝없이 넓은 바다에 뜬 한 톨 좁쌀 같구나.'는 말은 소동파의『전적벽부(前赤壁賦)』에 나와요. 인생이 이런 거지요. 마치 하루살이 같은 목숨을 이 영원한 천지에 의지하고 있는 꼴이지요. 그런데 걸핏하면 고만고만 하잘것없는 것들이 도토리 키재기하며 살려 하지요. 묘망(渺茫)한 창해 속의 한 톨 좁쌀 같은 인생이 키재기할 때 하늘은 얼마나 불쌍하게 여길까요?

예수님께서 말씀하셨어요. "너희 가운데에서 가장 작은 사람이야말로 가장 큰 사람이다."라고요. 깊은 계곡이 많은 물을 받아들이듯이 마음이 깊고 단순하며 겸손하여 많은 것을 포용하고 하느님을 받아들이는 자가 바로 가장 큰 사람이라는 말씀이지요. 자기만이 선하다, 자기만이 옳다, 자기만이 크다, 이런 자만과 과신을 버린 자만이 바로 '작은 거인'이라는 말씀이지요.

빛이요 사랑이신 당신, 시인 조지훈은, 창망 바다의 바위도 한 점에 불과하고 광대무변한 우주의 한 알 모래인 지구의 바다 역시 찰랑이는 접시 물에 불과하여 '바다 속 한 점 바위에 누워 하늘을 덮는 나의 사념이 이다지도 작음을 비로소 깨닫는다.'고 했어요. 당신이여, 제 존재의 작음을 깨닫고 제 판단과 식별, 온갖 사념을 당신 앞에 내려놓을게요. 당신 앞에요.

「겸손의 성모」 | (조반니 디 파올로)

　이탈리아 화가 조반니 디 파올로의 이 그림은 아기예수님을 안은 성모님께서 제비꽃밭에 앉으신 모습을 그린 것이다. 작은 꽃, 땅에 붙어 낮게 피는 꽃, 소박한 꽃, 바로 제비꽃은 겸손을 뜻하는 꽃이기에, 주님의 비천한 종으로서 늘 겸손하셨던 성모님의 상징이다. 제비꽃처럼 '작은 꽃'으로 산 '소화(小花) 데레사'는 "말씀하신 대로 저에게 이루어지기를 바랍니다."라고 하신 성모님처럼 주님께서 말씀하신 대로 따른 '거룩한 내맡김의 길'을 걸은 성녀다. 이 길을 '작은 길'이라 하였고, 그 길의 핵심은 사랑이라고 하였다. 그래서 "사랑으로 행한 지극히 미소하고 가장 감추어진 행동은 종종 위대한 업적보다 더 가치 있는 것"이라고 하였다. 사랑으로 작은 것이 큰 것이 되는 이 길이 완덕에 이르는 길이라 하였다.

　"젖먹이들은 그의 등에 업혀 다니고 무릎에서 귀염을 받으리라. 어미가 자식을 달래듯이 내가 너희를 위로하리라"(이사 66, 12~13) 하셨듯이 우리는 젖먹이처럼 작아지고, 단순해져야 한다.

말씀의 빛

得意而忘言(득의이망언)

　'말은 뜻을 담고 있다. 따라서 뜻이 통하면 말은 잊게 된다.'는 말은 『장자』에 나와요. 말 속에는 눈빛 같이 빛을 담고 있어서 눈빛으로 마음이 통할 수 있듯이 말의 빛으로 마음이 통할 수 있어요. 소통되는 말은 지혜롭고 설득력 있는 말솜씨에 달려 있는 것이 아니라, 성령을 드러내는 말의 빛으로 이루어진대요. 이런 말의 빛만이 말하는 순간, 듣는 가운데 소통되는 거래요.

　예수님께서는 당신이 자라신 나자렛의 회당에서 "주님께서 나에게 기름을 부어 주시니 주님의 영이 내 위에 내리셨다. 주님께서 나를 보내시어…… 주님의 은혜로운 해를 선포하게 하셨다."는 「이사야서」를 봉독하신 후 "오늘 이 성경 말씀이 너희가 듣는 가운데에서 이루어졌다."고 말씀하셨어요. 희년을 선포하시는 이 순간, 듣는 가운데에서 온전히 이루어졌다고 하신 거예요.

　빛이요 사랑이신 당신, 저는 영혼이 가난한 이에요. 저는 아집에 사로잡힌 이에요. 저는 앞길 깜깜한 눈먼 이에요. 당신이여, '사랑해' 이 한마디 말씀의 빛으로 제 영혼 기름지게 해주시고, 아집에서 풀어 주시고, 제 갈 길 걸음마다 밝혀 주세요. 사랑의 불빛으로 타오르게 하시어 당신을 더욱 사랑하게 해주세요. 이웃을 당신처럼 사랑하게 해주세요. 당신 사랑 제게 내려주세요.

「천지창조」 | (미켈란젤로)

미켈란젤로의「천지창조」에는 쿠마에라는 무녀(巫女)가 그려져 있는데, 그림에서와 같이 쭈글쭈글한 늙은이 모습으로 그려져 있다. 도대체 왜 성당 천장에 무녀를 그려 놓은 걸까? 이 무녀가 구세주 오심을 예언했기 때문이다. 이 무녀는 '4월은 잔인한 달'로 알려진 엘리엇의 시「황무지」의 에피그라프[題詞]에 등장한다. 도대체 왜 엘리엇은 이 시의 에피그라프에 이 무녀 얘기를 붙였을까? 사는 게 사는 것 같지 않은 삶은 죽음으로써 정화되고, 부활과 함께 새로운 풍요가 온다는 구원의 갈망을 표현하려고 한 것이란다.「황무지」는 '샨티 샨티 샨티'라는 시구로 끝난다. 즉 심향(心香)만이 '평화[샨티, Shantih]'의 길이라는 메시지이다.

예수님께서는 "주님의 은혜로운 해"의 선포와 구세주 오심을 밝히시고, '평화'의 길이 이 자리, 이 순간 열리고 "이루어졌다"고 하셨다. 가난한 이들에게 기쁜 소식을 전하고 잡혀간 이들을 해방시키며 눈먼 이들을 다시 보게 해주실 말씀의 빛을 오늘도 우리에게 비춰 주신다.

사랑의 꼴

'무치(無恥)를 부끄러워하면 그 사람은 부끄러움이 없는 사람이다.' 라는 말은 『맹자』에 나와요. 맹자는 '인불가이무치(人不可以無恥)', 즉 '사람은 부끄러움을 알지 않으면 안 된다.'는 말도 하였어요. 그래서 자신의 부끄러움을 알면 이미 부끄러움이 없는 사람이라고 말한 거예요. 자신의 죄를 알고 회개하면 하늘은 이미 용서하고 함께 기뻐할 것이라는 말이기도 하지요.

예수님께서는 "하늘에서는, 회개할 필요가 없는 의인 아흔아홉보다 회개하는 죄인 한 사람 때문에 더 기뻐할 것이다."라고 하시면서 되찾은 양과 되찾은 은전의 비유를 드신 후 "회개하는 죄인 한 사람 때문에 하느님의 천사들이 기뻐한다." 하셨어요. 자신의 부끄러움을 알고 죄를 알고 회개하고 용서를 청하면 받아들이시고 화해하시며 함께 기뻐하실 것이라는 말씀이에요.

빛이요 사랑이신 당신, 놀이에 빠져 미아 된 아이처럼 저는 세속놀이에 빠져 자주 미혹해요. 이 나이 되도록 길 잃고 울며불며 방황하는 어린 양 같이 철없을 때가 잦아요. 저의 목자이신 당신이여, 그때마다 저를 포기치 마시고 찾아 품어 주시고, 그때마다 당신 사랑의 꼴을 먹이시며 다독여 주시고, 당신 생명의 울안에 안주하게 해주시어 당신과 함께 늘 기쁘하게 해주세요.

「착한 목자」| (지거 쾨더)

지거 쾨더는 미술 공부하다가 마흔 여섯에 사제가 된 신부 화가다. 이 그림은 잃어버린 양 한 마리를 찾아 어깨에 메고 돌아오는 「착한 목자」를 그린 것이다. 어린 양은 길 잃고 홀로 울며불며 헤맬 때 얼마나 두렵고 무섭고 힘들었을까? 그런 어린 양이 애처로워 찾아 나선 목자 마음은 얼마나 애탔을까? 그림 속에 찍힌 발자국을 보니 저 먼 숲속 어딘가에서 양을 찾아 돌아오는 모양인데, 지치기는커녕 목자나 목자 얼굴에 자기 얼굴을 맞대고 있는 양이나 한 몸 한마음이 된 듯 둘 다 퍽 평화로워 보인다. 기뻐하는 목자처럼 둘레가 환호하고 음악을 연주하며 꽃을 바치며 기뻐하고 있다. 강아지도 기뻐 컹컹 짖고 나비도 기뻐 훨훨 날고 하늘과 땅도 기뻐 원색으로 일렁인다. 잃어버린 자를 찾아 구원하려 하시려는 예수님 모습에 모두 기뻐한다.

예수님께서는 오늘도 "회개하는 죄인 한 사람 때문에 하느님의 천사들이 기뻐한다." 하시며, 우리를 찾아 안아 주시고 사랑의 꼴을 먹이며 용서해 주시고 생명의 울안에 안주하게 해주신다.

제4장 사랑법칙

크신 사랑이신 이여

以敬孝易 以愛孝難(이경효이 이애효난)

'공경으로 하는 효도는 쉬우나 참사랑으로 하는 효도는 어렵다'는 말은 『장자』에 나와요. 사랑은 자연의 정애(情愛)이기 때문에 자식이 어버이를 참사랑으로 효도하기가 어렵다는 말이에요. 그러나 어버이의 자식 사랑은 어떨까요? 닭이 새끼를 품듯, 어미독수리가 그 날개로 새끼를 업어 나르듯, 그렇게 자연히 우러나오는 정애이기에 진정 변치 않을 참사랑이겠지요.

예수님께서 말씀하셨어요. "하느님께서는 너희의 머리카락까지 다 세어 두셨다."고요. 다섯 마리가 두 닢에 하찮게 팔리는 참새 가운데 한 마리도 하느님께서 잊지 않으시는데, 수많은 참새보다 더 귀한 너희를 하느님께서 어찌 잊으시겠냐 하셨어요. 그러니 세속의 것에 두려워 말고, 용서해 주시며 지켜 주시며 사랑과 자유와 참 생명을 주시는 하느님께 앞날을 맡기래요.

빛이요 사랑이신 당신, 탕아의 지난날이 어찌했는지 알고 계실 당신은, 이미 아실 당신은, 다 아실 당신은, 탕아인 저를 잊어 달라 하여도 저를 잊을 수 없으시지요? 꽃 한 송이도 예뻐하시는 당신, 새 한 마리도 귀히 여기시는 당신은, 제가 당신을 잊을지언정 저를 잊을 수 없어 돌아온 탕아를 품어준 아버지처럼 달려와 품어 주시겠지요? 당신이여, 크신 사랑이신 이여!

「아이 머리 빗기는 엄마」 | (메리 카사트)

메리 카사트(커샛)는 미국 출신이지만 프랑스에서 주로 보내며 제롬, 앵그로, 들라크루아, 쿠르베, 그리고 특히 드가와 교류한 여성화가다. 여성답게 모성애를 주제로 한 그림을 많이 그렸다. 볼수록 정겹고 따뜻한 그림들이다. 그래서 나는 그녀의 그림을 좋아하는데, 그 중 하나가 딸의 머리카락을 빗겨주는 엄마의 모습을 담은 이 그림이다. 이 그림을 볼 때면, 어린 딸아이의 머리카락 한 올, 한 올을 곱게 빗겨주던 때가 떠오른다. 그림 속 아이의 모습을 보라. 얼마나 귀여운가! 내 딸아이 모습이 이랬다. 아빠의 서툰 빗질에 머리카락이 뜯기던 딸아이 모습이 이렇게 고왔다. 꽃방울까지 달아주면 새침데기처럼 애써 웃음 감추던 딸아이 모습이 너무 깜찍했다. 이젠 중년이 된 딸에게 꽃핀을 선물하고 싶어 나는 지금도 다소 안달할 때가 있다.

그래서 딸아이가 몹시 그리울 때면 이 그림과 함께 "하느님께서는 너희의 머리카락까지 다 세어 두셨다."고 하신 예수님 말씀, 그만큼 사랑하고 그토록 잊지 않으신다는 말씀을 떠올려 본다.

무두질

'무두질한 가죽을 허리에 차고 자기를 느슨하게 한다.'는 말은 『한비자』에 나와요. 날가죽을 놔두면 단단한 널빤지처럼 되기 때문에 무두질해서 다룸가죽을 만드는데, 그 과정에는 많은 인내가 필요하대요. 중국 전국시대에 위(魏)나라를 강국으로 만든 서문표(西門豹)는 무두질한 가죽을 허리에 차고 다룸가죽 만들 듯 인내하며 급한 성질을 누그러뜨리려고 훈계로 삼았대요.

예수님께서는 "고생하며 무거운 짐" 진 자들은 모두 오라 하셨어요. 그러면 "안식"을 주시겠다고 하셨어요. 대신 "내 멍에" 메고, "내 짐" 지고, 와서 "나에게 배워라"고 하셨어요. 다룸가죽처럼 부드러운 "온유"와 낮추며 인내하는 "겸손"함을 배우라 하셨어요. 자신을 온전히 내려놓고 온유하고 겸손하면 그 멍에는 정녕 "편하고", 그 짐은 정녕 "가볍다"고 하셨어요.

빛이요 사랑이신 당신, 제 멍에와 제 짐은 무거워요. 날가죽을 무두질하여 다룸가죽 만들어야 가벼워질 텐데 무두질 못한 채 메고 지느라 힘겨워요. 온유와 겸손의 당신이여, 가라! 마시고 "나에게 오너라." 불러 봄빛 속에 피는 꽃이 되게 해주세요. 당신 사랑 "배워라." 하시어 기쁨에 넘쳐 날개 치며 치솟는 독수리 되게 해주세요. 아, "안식" 주시는 당신, 참 좋은 당신이여!

「의로운 이는 백향목처럼 자신을 치는 도끼에 향을 바른다」

(조르주 루오)

루오의 연작 판화 중 하나인데, 『시편』 51편 첫 구절 '주여 불쌍히 여기소서.'를 소재로 한 그림으로, 십자가에서 숨을 거두신 예수님의 어깨를 천사가 붙들고 있고, 눕혀진 예수님의 다리는 성모님께서 잡고 계신 모습을 그린 것이다. 그런데 제목이 퍽 인상적이고 심오하다. 「의로운 이는 백향목처럼 자신을 치는 도끼에 향을 바른다.」이다. 향나무는 자신을 치는 도끼 자루를 부러뜨리거나 도끼날을 뭉그러뜨리기는커녕 오히려 도끼날에 향을 묻히듯 예수님께서는 죽음으로써 우리를 용서하시고 우리를 위해 자비의 향을 묻혀 주셨다는 것을 그린 그림이다. 믿음으로써 의로운 이는 이와 같아서 어떤 환난, 어떤 고난에도 용서하며 사랑하며 죽음을 당할지라도 결코 그리스도의 향을 잃지 않으리라는 메시지다.

예수님께서는 "내 멍에" 메고 "내 짐" 지고 내 향을 품고 믿음으로써 의롭게 따르면 그 멍에는 정녕 "편하고" 그 짐은 정녕 "가볍다"고 하셨다. 그 삶은 고운 향이 넘칠 것이라 하셨다.

불쏘시개

惡之易也 如火之燎于原(악지이야 여화지료우원)

'악은 쉽게 번져 벌판을 휩쓰는 불길 같다'는 말은 『좌전』에 나와요. 악은 요원의 불길처럼 사나워 삽시에 번지며 걷잡을 수 없이 휩쓸며 온갖 것을 태워 삶 전체를 파멸시킨다는 말이에요. 그러니 악을 가까이하지도 말고, 악에 물들었다면 깨끗이 씻어 버리고, 악이 깊숙이 박혔다면 단호하게 도려내 버리고, 악이 번졌다면 맞불을 질러 다 태워 없애야 한다는 말이에요.

예수님께서는 "나는 세상에 불을 지르러 왔다."고 하셨어요. 악을 태워 정화시키고, 하느님 말씀이 불같이 타오르게 하려고 오셨다는 말씀이에요. 그 불이 타오르며 요원의 불길처럼 번지기를 바라시는 거예요. 또 "평화를 주러 온 것이 아니라…… 분열을 일으키러 왔다."고 하셨어요. 선악과 믿음의 갈등을 겪어 내며 사랑으로써 일치하는 참 평화가 이뤄지기를 바라시는 거예요.

빛이요 사랑이신 당신, 악의 불길이 번질 때는 사랑의 불이 아니고는 끌 수 없고, 사랑의 불길이 타오를 때는 사랑의 맞불이 아니고는 끌 수 없겠지요. 당신이여, 작은 불쏘시개일 뿐인 나에게 사랑의 맞불을 질러 주세요. 내 안의 온갖 악을 태우는 불길, 악에 사랑으로 맞서고 사랑으로 극복하는 불길이 타오르게 하시어 그릇된 길에 빠지지 않고 나날이 새롭게 해주세요.

「저수동굴에 갇힌 예레미야」| (마르크 샤갈)

샤갈의 동판화다. 몸이 묶인 맨발의 그림 속 이 사람은 예레미야이다. 이곳은 어디일까? 경비대 울안에 있는 말키야 왕자의 저수동굴이다. 누가, 왜 그를 이곳에 가두었을까? 예루살렘이 바빌론 군대에 점령당할 것이라 선동하여 백성을 재앙에 빠뜨렸다는 죄로 치드키야 임금이 그를 가둔 것이다. 물을 저장해 두는 동굴이라지만 물은 말라 없고 진흙바닥이 드러나 있는데, 그 진흙바닥에 무릎 꿇은 채 고개를 숙이고 있다. 무얼 하는 걸까? 기도하고 있다. 어둠 속에서 천사가 나타나 그의 기도에 응답하시는 하느님 뜻을 전하고 있다. 하느님 뜻은 무엇일까? 하느님의 뜻은 그를 감싸고 있는 빛줄기가 말해주고 있다.

예수님께서는 불을 지르러 오셨다고 하셨다. 분열을 일으키러 오셨다고 하셨다. 오늘도 우리에게 말씀하신다. 악을 태워 버리라고. 하느님 말씀에 불같이 타오르라고. 분열과 갈등을 넘어서 사랑으로써 일치하는 참 평화를 이루라고. 그러면 하느님 빛줄기가 감싸주실 것이라고.

쪽박 뒷박 대박

譬如率然(비여솔연)

'비유컨대 솔연 같다'는 말은 병법서인 『손자』에 나와요. 솔연(率然)은 상산(常山) 땅에 산다는 뱀인데, 머리 치면 꼬리가 돕고, 꼬리 치면 머리가 달려들고, 배를 치면 머리와 꼬리가 함께 덤벼든대요, 세상에나! 솔연처럼 병졸을 부려 하나가 되면 어찌 당해낼 수 있겠어요! 인간사도 이와 같아서 서로 헤아려 주면 서로 헤아림을 받을 터인데 헤아려 준 것보다 더 받을 거예요.

예수님께서 "등불을 가져다가 함지 속이나 침상 밑"에 놓지 말라고 하셨어요. 함지 속에 넣거나 뒷박으로 덮으면 불빛이 비치지도 않고 꺼지겠지요. 그러니 등경 위에 두어 진리의 빛이 비치게 하고 꺼지게도, 감추지도 말라 하셨어요. 또 "되어서 주는 만큼 되어서 받고 거기에 더 보태어 받을 것이다."라고 하셨어요. 깨달음과 순종에 대한 보상이 크다고 하신 거예요.

빛이요 사랑이신 당신, "숨겨진 것은 드러나기 마련"인 등불이 되라 하셨지요? 당신께서 바람막이 돼 주세요. 뒷박으로 주면 거기에 더 보태어 주신다 하셨지요? 악이 담긴 제 대박은 부숴 버리시고 선이 담긴 제 쪽박은 당신의 함지박으로 바꾸시어 누르고 흔들어서 넘치게 후하게 주세요. 당신이여, 되질할 때 평미레 방망이로 깎는 제 쩨쩨함을 부끄럽게 여기게 해주세요.

「성 돈 보스코와 회색 개」

이 그림은 돈 보스코 성인과 어머니 말가리타, 그리고 성인이 '그리지오(Grigio)', 즉 '회색 개'라 부르던 야생늑대를 그린 것이다. 성인은 가톨릭을 반대하는 왈덴시언(Waldensians) 무리로부터 생명의 위협을 받았다 한다. 그들은 성인에게 총을 쏘아대기도 하고 폭력배를 시켜 여러 차례 공격했는데, 그때마다 이 무시무시한 커다란 늑대가 나타나 성인을 보호해 주고는 사라지곤 했다고 성인은 회고록에서 밝혔다. 그러다 성인께서 돌아가신 후에는 다시 나타나지 않았단다. 성인은 아홉 살 때 꿈에 성모님을 뵈었을 때 어린 양들을 돌보라는 성모님의 말씀을 들었단다. 그래서 사제가 되신 후 불우한 청소년들을 돌보시었는데, 늘 이런 말씀을 하셨단다. '사랑하는 것만으로는 부족합니다. 그들이 사랑받고 있음을 느끼게 해야 합니다.'라고.

예수님께서는 우리에게 아낌없이, 남김없이 베풀라 하셨다. 그러면 "되어서 주는 만큼 되어서 받고 거기에 더 보태어 받을 것"이라 하셨다. 성인이야말로 이 말씀에 순종하신 것이다.

지극정성

'지극한 정성은 신과 같이 큰 힘을 갖는다.'는 말은 『중용』에 나와요. '성'은 믿음을 갖고 사는 것, 생명의 존엄성을 갖고 사는 것, 자신을 낮추고 남을 공경하며 사는 것, 두루 살펴 남을 돌보며 부드러움으로 사는 것, 거짓 없이 사는 것, 하늘 뜻에 따라 사람의 길을 걸으며 사는 거예요. 그래서 '성'자 하나를 마음에 두고 살면 마치 '신' 같이 만사여의할 것이라는 말이에요.

예수님께서 "분부를 받은 대로 다 하고 나서, '저희는 쓸모없는 종입니다. 해야 할 일을 하였을 뿐입니다.' 하고 말하여라."고 말씀하셨어요. 소명은 참사랑에서 우러나 해야 하며, 지극정성 다해야 하며, 섬김을 받는 이가 아니라 섬김을 다하는 종처럼 자신을 낮추고 순명해야 하며, 소명을 주심과 소명을 다할 수 있는 힘을 주심에 감사하며 해야 한다는 말씀이에요.

빛이요 사랑이신 당신, 당신은 묻지요. 나를 사랑하느냐고. 세 번씩이나 묻지요. 도덕적으로 사랑하느냐고, 정신적으로 사랑하느냐고, 헌신적으로 무조건적으로 사랑하느냐고요. 저는 대답하지요. 사랑한다고요. 당신이 더 잘 아시지 않느냐고요. 그리고 덧붙이지요. 사랑하였으므로 행복하였네, 라고요. 당신이여, 사랑의 종이 되어 해야 할 일 지극정성 다하면 행복하지요.

「푸른 새」| (조르주 루오)

루오의 이 그림 「푸른 새」의 모델은 마리아 라니, 유명한 연극배우이다. 루오는 창부를 주제로 한 그림을 많이 그렸지만 창부 나신의 육감이 아니라 죄에 울고 있는 창부의 심금에 공감하는 화가의 괴로워하는 마음을 담아 그렸듯이, 이 그림의 여인은 '푸른 새' 같이 슬프고 화가는 이 슬픔을 함께 슬퍼하며 그린 것이다. '푸른 새'는 왜 슬플까? '새에게 노래를 시키려면 눈을 멀게 하라.'는 관습에 따라 이 새는, 이 여인은, 그리고 세상의 많은 인간들은 눈이 멀었고, 그래서 눈을 멀게 한 인간들을 위해 노래한다. 이 노래는 슬픔과 눈물 가득한 울음소리다. 절망의 야밤에 터져 나오는 절규다. 허나 미제레레(Miserere, 불쌍히 여기소서)의 애절한 기도이기에 '그의 상처로 우리는 나았다.'는 확신이 담겨 있다.

예수님께서는 "저희는 쓸모없는 종입니다. 해야 할 일을 하였을 뿐입니다" 하고 말할 때 행복할 것이라고 하셨다. 슬픔을 함께 해주시면서 당신의 상처로 우리를 낫게 해주신다고 하셨다.

부족한 것이 하나 있다

興一利不若除一害(흥일이불약제일해)

'하나의 이익이 되는 일을 시작하기보다 하나의 해가 되는 일을 없애는 데 힘씀이 낫다'는 말은 『십팔사략』에 나와요. 좋은 일은 못할망정 해가 되는 일은 하지 말라는 가르침이지요. 웬만한 믿음과 결심이 없이는 어려운 일이지요. 좋은 일 하기도 어렵지만 해 되는 일을 안 하기가 더 어렵기 때문이지요. 손에 쥔 것들, 맘에 품은 것들을 다 내려놓기 어렵기 때문이지요.

"영원한 생명을 받으려면 무엇을 해야 합니까?" 하고 묻는 이에게 예수님께서 계명을 지키라 하시자, 그는 "그런 것들은 제가 어려서부터 다 지켜왔습니다." 하였대요. 그러자 예수님께서 이르셨대요. "부족한 것이 하나 있다. 가서 가진 것을 팔아 가난한 이들에게 주어라." 계명을 지키기보다 계명의 근본정신을 온전히 실천함이 영원한 생명을 얻는 길이라 하신 거지요.

빛이요 사랑이신 당신, '천방지축, 기고만장, 허장성세하며 살다 온몸에 털이 나고 이마에 뿔이 돋았다. 억!' 무산 큰스님의 임종게예요. 삶의 진정한 목표를 잃고 자만과 위선으로 사는 우리 삶에 일갈(一喝)하신 거지요. 당신이여, 손에 쥔 것들, 맘에 품은 것들을 다 내려놓지 못한 채 영원한 가치에 눈 뜨지 못하는 내 영혼의 눈멂을 당신의 사랑 빛으로 열어 주세요.

「그리스도와 부자 청년」 | (하인리히 호프만)

호프만의 이 그림에는 예수님 곁에 귀티 나는 깔끔한 얼굴에, 멋진 모자를 쓰고, 초록색 옷을 비싼 띠로 묶고, 화려하게 수를 놓아 장식한 겉옷을 걸친 부자 청년이 서 있다. 부러울 것 없는 이 청년은 "영원한 생명"까지 갖고 싶어한다. 예수님께서는 "너에게 부족한 것이 하나 있다. 가서 가진 것을 팔아 가난한 이들에게 주어라." 하시며 화면 왼쪽의 두 사람을 가리키신다. 상복 입은 과부와 걸칠 옷이 마땅찮아 반쯤 벗은 노인이다. 노인의 겨드랑이에는 목발까지 있다. 병든 자들, 삶이 버거운 이들에게 선행한 후에 "와서 나를 따르라." 하시는데 청년의 눈빛에 연민이 없다. 아예 눈을 내리깐 채 손을 허리춤에 얹고 있다. 결국 청년은 버림으로써 얻고 비움으로써 채워지는 참된 지혜를 따름으로써 "영원한 생명을 받게 될" 은총을 놓친다.

지상에서 부자로 살고 싶은가, 내세에서 영원한 생명을 받고 싶은가, 둘 다 누리고 싶은가, 예수님께서는 우리에게 스스로 선택하라고 하신다.

침묵의 의미

上德不德 是以有德(상덕부덕 시이유덕)

'최상의 덕은 그 덕을 드러내지 않으니, 그것이 바로 참된 덕이다.'
라는 말은 『노자』에 나와요. 자연은 우주만물을 키워도 내세우지 않
듯 최상의 덕, 참된 덕은 자연 그대로의 모습이라는 말이겠지요. 노자
는 '높은 덕, 큰 덕, 깊은 덕은 다만 도를 따르는 것뿐이다.' 했으니, 자
연 그대로의 모습이 곧 '도'라는 말이겠지요. '도'를 참사랑이라 한다면
참된 덕은 곧 참사랑이겠지요.

마르타는 예수님을 초대하고 갖가지 시중드느라 분주한데, 마리아
는 언니를 도와주지 않고 주님 발치에 앉아 그분의 말씀을 듣고 있어
서 마르타가 불평했대요. 그러자 주님께서 "필요한 것은 한 가지뿐이
다." 라고 하셨대요. 말씀을 듣고 말씀 안에서 주님을 만나며 그 말씀
의 힘으로 살아가는 것, 이것이 가장 "필요한 것"이며, 이것만이 참사
랑의 원천이라는 말씀이에요.

빛이요 사랑이신 당신, 하늘사랑은 만물을 키우고 길러내도 말없
이 드러내지 않듯이 참사랑은 바로 하늘사랑 맞갖게 곁 이를 사랑하
되 내세우지 않고 오로지 하늘 뜻 따라 사랑하는 것이 아닐까요? 당
신이여, 이제껏 당신 발치에는커녕 당신 언저리에조차 다가서지 못한
채 그리움에 사무칠 뿐 하고픈 말 다 못하는 저의 침묵의 의미를 당신
은 이미 알고 계시겠지요, 네?

「그리스도가 있는 마리아와 마르타의 집 주방」 | (디에고 벨라스케스)

이 그림의 배경은, 첫째는 마르타가 예수님께 대접할 음식을 만드는 주방이고, 둘째는 그림 속 노파가 손가락질하는 데에 보이는 거실이다.

먼저 주방을 보자. 마르타가 뿌루퉁한 얼굴로 절구에 마늘인가 뭔가를 찧고 있는데, 생선만 비늘을 손질해 놓았지 달걀, 붉은 고추는 날 것인 채 있으니 혼자 손으로 요리를 다 하기에는 버거워 보인다. 이제 거실을 보자. 예수님과 그분 발치에 앉은 마르타의 동생 마리아가 보이고, 곁에 화난 채 서서 예수님께 뭔가를 말하는 마르타도 보인다. 화가는 성경 이야기를 재현하려고 마르타를 두 번 등장시킨 것이다. 마르타는 예수님께 '마리아에게 나를 도와주라고 말해 달라.'고 한다. 그러자 예수님께서는 '너는 걱정이 많구나, 필요한 것은 한 가지뿐이다. 마리아는 좋은 것을 선택하였다.'고 하신다.

예수님께서 하신 말씀의 뜻은 이렇다. 주님을 만나며 주님 안에서 주님의 말씀의 힘으로 살아가는 것, 이것 한 가지만이 참된 삶에 가장 "필요한 것"이며, 이것만이 참사랑의 원천이라고.

줄곧 졸라대면

三顧臣於草廬之中(삼고신어초로지중)

'신의 초옥을 세 번 찾아주셨다.'는 말은 '삼고초려(三顧草廬)'로 잘 알려진 말로, 촉나라 재상 제갈량(제갈공명)의 『출사표』에 나와요. 출병하면서 임금에게 올린 이 표문(表文)에서 제갈량은 유비가 신을 미천하게 여기지 않고 스스로 몸을 낮추어 세 번씩이나 찾아 줄곧 졸라대셨기에 감격을 이기지 못하여 따라나서서 자신의 한 몸을 다 바치게 된 거라고 연유를 밝힌 거예요.

예수님께서 주저하지 말고 "청하여라.", 망설이지 말고 "찾아라.", 두려워 말고 "문을 두드려라." 그렇게 줄곧 졸라대면 청하는 것보다 더 좋은 것을 반드시 받을 것이고, 찾는 것보다 더 많은 것을 반드시 얻을 것이고, 두드리는 것보다 더 활짝 반드시 열릴 것이라는 확고한 믿음을 가지라 하셨어요. 하늘에 계신 아버지께서는 사랑 중에도 가장 크신 사랑이기 때문이래요.

빛이요 사랑이신 당신, 왜 제 기도에 응답 안 해주시나요? 제 기도가 순수하지 않은 까닭인가요? 제 사랑 당신 성에 차지 않으신 까닭인가요? 때가 이르지 아니한 까닭인가요? 침묵만 하지 마시고 한 말씀 해주실 수 정녕 없나요? 당신이여, 그러하실지라도 순수하게 사랑하며 더 사랑하면서 기도하며 더 기도하면서 청하고 찾고 두드리며 당신께 줄곧 졸라댈 거예요.

「감사기도」| (로다 나이버그)

이 '기도하는 노인' 그림의 제목이 「감사기도(The Grace)」라는 건 몰라도 많이 본 그림, 널리 알려진 그림이다. 미국 미네소타 보베이의 에릭 엔스트롬이 찍은 사진을 훗날 그의 딸 로다 나이버그가 유화로 남긴 것이다. 덥수룩한 긴 수염과 머리카락이 온통 허연 노인 찰스 윌덴이 두 손을 깍지 끼어 이마에 대고 식전 기도를 드리고 있다. 수프는 그릇 속 수프가 보이지 않을 정도로 적다. 칼이 놓여 있는 걸 보면 노인이 씹기 불편하게 말라 딱딱해져 칼 없이는 먹을 수 없는 빵처럼 보이는데, 그마저 반쪽뿐이다. 이처럼 초라한 삶이라면 회의와 불평불만이 솟구칠만도 한데, 노인은 식전 기도를 드리고 있다. 기도는 노인의 일상처럼 보인다. 또 식탁에 성경과 돋보기 안경이 있는 걸 보아 늘 성경을 묵상하며 믿음의 삶을 사는 노인이 분명하다.

노인은 무슨 말로 기도하고 있을까? 말이 없은들 어떤가! 그저 아버지께 모든 것을 맡기며, 감사기도 드리는 그 자체로 세상 어느 누구보다 가장 행복한 분이 아닐까?

못다 한 고해

'자기 행동에 부끄러워한다.'는 말은 『논어』에 나와요. 자기 허물을 부끄러워하는 이가 '옳은 이'라는 말이에요. 때론 고의가 아니고 악의가 없는데도, 때론 어쩔 수 없는 상황에서, 때론 한순간 잘못 실수로 허물되어지거나 허물 짓게 되더라도, 그 허물을 그럴싸하게 꾸미려 하거나 변명하려 들지 않고 부끄러워하며 숨기지 않는 이가 '옳은 이'라는 말이에요.

예수님 발치에 서서 울며 눈물로 그 발을 적시고 머리카락으로 그 발을 닦고 입을 그 발에 맞추고 향유를 부어 바른 여인에게 예수님께서 "너는 죄를 용서받았다." 하시며 "네 믿음이 너를 구원하였다." 말씀하신 후에 "이 여자는 많은 죄를 용서받았기에 큰 사랑을 드러낸 것"이라고 하셨대요. 죄를 부끄러워하며 더 많이 뉘우쳤기에 큰 사랑을 드러낸 거라는 말씀이지요.

빛이요 사랑이신 당신, 제 죄 크다고, 후회 많다고, 그렇게 말씀드리자 당신께서 말씀해 주셨지요. 후회한다면 다시 시작하라고요. 이 말씀은 비참한 절 내치지 않으시고 용서하신다는 뜻이겠지요? 주눅 들지 말고 과거에 얽매이지 말고 내일의 희망으로 다시 시작하라는 뜻이겠지요? 당신이여, 못다 한 고백마저 다 아실 당신이시니, 못다 한 고백도 탓하지 말아 주실래요?

「바리새인 시몬의 집 잔치」 | (루벤스)

이 그림은 예수님을 초대한 시몬이라는 바리사이 집에서 일어난 일을 그린 것이다. 많은 이들이 음식을 나르느라 번잡한데, 한 여인이 눈물로 예수님 발을 적시고, 머리카락으로 닦고, 그 발에 입맞춤하고, 향유를 발라 드리고 있다. 여인은 어깨가 다 드러나 있다. 행실이 나쁘다고 평판 받는 죄 많은 여인이다. 여인은 죄를 참회하며 예수님께 사랑을 바친다. 화면 왼쪽 끝에 떳떳하게 앉은 바리사이 시몬은, 자신은 아무 죄도 없다 여기며 죄인인 여인을 외면한다. 허나 예수님께서는 여인을 포용하시며 오른발을 내맡기고 계시다. 예수님 왼발 옆에 보이는 식탁의 발이 짐승의 발처럼 보인다. 시몬 발치에 앉아 있는 개의 표정과 대조된다.

예수님께서는 여인에게 "죄를 용서 받았다. 네 믿음이 너를 구원하였다. 편안히 가라." 하셨듯이 우리에게도 무슨 죄를 지었는지, 정말 뉘우쳤는지 묻지 않으시고, 이미 용서 받았으니 죄로부터 편안하라고 크신 사랑으로 다독여 주신다. 우리가 바칠 것은 '감사의 눈물'뿐이리라!

사랑의 달인

'사랑할지라도 나쁜 점이 있음을 알고, 미워할지라도 착한 점이 있음을 알라'는 말은 『예기』에 나와요. 사랑하는 사람이라고 좋은 점만 갖고 있겠어요? 미운 사람이라고 나쁜 점만 갖고 있겠어요? 하늘은 악인에게나 선인에게나 의로운 이에게나 불의한 이에게나 햇빛도 빗줄기도 고루 주시듯 애증에 사로잡혀 편을 가르거나 판단이 흐려지지 말고 두루 사랑하라는 말이에요.

예수님께서 "너희는 원수를 사랑하여라." 하셨어요. 자기를 사랑하는 이들만 사랑한다면 그게 무슨 대수이겠느냐. 너를 미워하고 저주하고 학대하는 자에게 잘 해주고 축복하고 기도하여라. 용서하며 다 주어라. 그러면 너희가 받을 상이 클 것이며, 너희는 지극히 높으신 분의 자녀가 될 것이니, "너희 아버지께서 자비하신 것처럼 너희도 자비로운 사람이 되어라." 하셨어요.

빛이요 사랑이신 당신, 사랑이 몸에 배어 저절로 사랑이 우러나오는 이를 '사랑꾼'이라 한다면 저는 사랑꾼이 되고, 스스로 사랑이 되어 눈을 굴려 눈사람 만들듯 줄곧 사랑을 굴리고 쌓는 이를 '사랑사람'이라 한다면 저는 사랑사람이 될래요. 허나 당신이여, 제 삶이 인간답게, 사랑으로 풍요롭게 '사랑의 달인'이 되어 원수마저 사랑하라는 말씀을 지키기가 왜 이리 어렵지요?

「성가정과 작은 새」| (바르톨로메 에스테판 무리요)

　무리요는 스페인 세비야의 가난한 집안 출신이다. 게다가 열 살 어린 나이에 부모를 여의고, 혼인 후 아홉 자녀를 두었으나 여섯 자녀가 일찍 죽는 슬픔마저 겪었다. 그런 까닭인지 그가 남긴 여러 편의 '성가정' 작품들은 마냥 평화롭고 따뜻하다. 이 작품도 그 중 하나다. 아기예수님을 안고 있는 요셉의 뒤로 목공작업대가 보인다. 잠시 일손을 놓고 아기예수님을 돌보고 계신다. 아기예수님 모습이 천진난만해 보이지만 볼수록 측은해진다. 손에 수난을 상징하는 방울새 한 마리를 쥐고 있기 때문이다. 그러나 강아지와 놀고 있는 이 순간은 장난꾸러기같이 귀엽다. 물레질하는 엄마 마리아께서도 아기예수님이 귀여워 눈길을 떼지 못하신다.

　무리요가 너무 외로워 행복한 가정을 그리워하여 이토록 따뜻한 그림을 그렸듯이 예수님께서는 이토록 사랑이 넘치는 행복한 가정에서 자라셨기에 하느님께서 자비하신 것처럼 사랑하라시며 몸소 표양을 보여주신 것일 게다. 원수를 사랑하라고. 박해하는 자들을 위해 기도하라고.

가서 너도 그렇게 하여라.

德者得身也(덕자득신야)

'덕은 몸으로 겪어서 얻어야 한다.'는 말은 『한비자』에 나와요. 즉 체득한 것이 아니면 그 사람의 덕이 되지 않는다는 말이에요. 인간다움을 위해 마땅히 해야 하고, 되어야 할 것이 덕[悳, 정직한 마음]을 행(行)하는 것, 바로 덕(德)이지요. 다른 이에게 바람직한 것을 사랑으로 베풀고, 내 안으로는 사랑을 체득하는 것이 덕인 거지요. 그래서 덕은 사랑의 실천이겠지요.

예수님께 한 율법교사가 "누가 저의 이웃입니까?" 묻자 착한 사마리아인을 비유로 드시면서 "누가…… 이웃이 되어 주었다고 생각하느냐?" 하고 되물으셨대요. 네게 필요한 이웃을 찾기 전에 네 손길이 필요한 이들에게 먼저 이웃이 되어주고, 먼저 사랑하라고 하신 말씀이지요. "가서 너도 그렇게 하여라." 하시며, 사랑을 가슴에 품지만 말고 사랑하는 삶을 살라고 하셨지요.

빛이요 사랑이신 당신, 인간을 인갑답게 하는 덕은 신중·절제·용기·정의, 그리고 믿음·소망·사랑인데, 그 중 으뜸 덕목은 사랑이라 하셨지요. 가엾이 여기는 마음이 하늘의 마음이요, 이 연민으로부터 사랑이 비롯되기에 하늘은 우리에게 사랑을 품고, 먼저 다가가 사랑하며 살라 하지요. 당신이여, 당신을 사랑하며 당신 곁에 한 걸음 더 가까이, 더 가까이 다가갈게요.

「착한 사마리아인」| (빈센트 반 고흐)

이 그림은 예수님의 '착한 사마리아인의 비유'를 주제한 것이다. 이 비유는, 강도를 만나 초주검이 된 이를 보고도 사제나 레위인은 모르는 척 지나가 버렸지만, 한 사마리아인이 그를 보고는 가엾은 마음에 상처를 돌보고, 자기 노새에 태워 여관까지 데려가 돌봐주게 했다는 내용이다.

고흐의 이 그림은 초주검이 된 이를 노새에 태우려고 사마리아인이 등이 휘고 오른쪽 다리가 들리도록 안간힘을 쓰는 순간을 포착한 것이다. 땅에는 강도에 털린 빈 상자가 보이고, 저 멀리에는 사라져가는 사제와 레위인도 보인다. 고흐는 자살하기 2개월 전에 이 그림을 그리면서 사마리아인 얼굴을 자신의 얼굴로 그린 까닭은 착한 삶으로 마감하고 싶었던 건 아닐까? 여하간 이 비유는 "누가 제 이웃이냐?"가 아니라 "누가…… 이웃이 되어 주었느냐?" 하는 이야기이다. 네게 필요한 이웃이 아니라 네 손길이 필요한 이웃을 사랑하라는 것이다.

오늘도 예수님께서는 우리에게 말씀하고 계시다. "가서 너도 그렇게 하여라."

사랑의 콩깍지

惡訐以爲直者(오우이위직자)

　'남의 비밀을 파내어 큰소리치는 것을 올곧다고 여기는 사람을 미워한다.'는 말은 『논어』에 나와요. 남의 비밀이나 단점만 들춰내 세상에 드러내려는 자를 공자께서는 미워한다고 하셨어요. 그런 자를 올곧은 자, 용맹한 자라고 추앙하며 추종하는 이들, 그들에게 부화뇌동하는 이들, 그들의 사나움에 두려워하는 이들, 이런 속물 같은 이들까지 다 미워한다는 말이에요.

　예수님께서는 남의 눈의 티는 보면서, 제 눈의 들보는 깨닫지 못하는 이를 위선자라고, 눈먼 이라고 준열히 꾸짖으셨대요. 눈먼 이가 눈먼 이를 인도하면 둘 다 구덩이에 빠질 터이니 먼저 제 들보를 빼내고, 제 더러움을 씻어내고, 제 거짓에 눈물 흘리며 깨우친 후에 남을 인도해야 둘 다 참된 선함, 참된 아름다움을 보는 혜안을 뜨게 될 것이라 말씀하신 거래요.

　빛이요 사랑이신 당신, 홀로 어질고 선한 척, 홀로 의롭고 거룩한 척, 홀로 올곧고 참된 척 살아온 저를 불쌍히 여기시며 은총으로 이끄실 참된 인도자, 당신이여! 오만의 들보 대신 사랑의 콩깍지 씌워 주시어 제 삶 앞에 주어주신 모든 것이 사랑으로 보이게 해주세요. 당신 사랑 닮아 따뜻한 손 내밀어 보듬으라 하셨으니 그렇게 해주세요. 사랑으로, 사랑만으로요!

「소경이 소경을 이끈다」| (피터르 브뤼헐)

　'대(大) 브뤼헐'이라 불리는 피터르 브뤼헐은 16세기에서 17세기에 걸쳐 활동한 네덜란드의 화가 집안의 1세대다. 그의 이 그림은 "눈먼 이가 눈먼 이를 인도할 수야 없지 않으냐? 둘 다 구덩이에 빠지지 않겠느냐?" 하신 예수님의 말씀을 소재한 것이다. 길 양옆이 깊이 파여 무척 위태로워 보이고 울퉁불퉁한 오솔길을 눈먼 이 몇이 뒤뚱거리며 걷고 있다. 앞사람의 어깨에 손을 얹었거나 앞사람의 지팡이를 서로 잡아 의지하며 걷고 있다. 지팡이를 건성 든 눈먼 이도 있는 걸보면 지팡이에도 의지하지 않고, 눈먼 인도자를 따라 걷고 있다. 드디어 앞잡이가 넘어지고, 동냥그릇이 나뒹굴고, 두 번째 눈먼 이도 휘청댄다. 곧 이들 모두가 넘어질 것이다.

　눈먼 이들의 뒤로 교회가 보인다. 눈먼 이가 눈먼 이를 인도할 수 없다, 사람이 사람을 인도할 수 없다, 자기가 자기를 인도할 수 없다는 것을 보여주는 그림이다. 하느님만이 참된 인도자이시며, 하느님 말씀을 따르는 것만이 살 길이요, 영생의 길이라고 가르쳐 주는 그림이다.

뭔 소용이에요?

貧斯約 富斯驕(빈사약 부사교)

'가난한 즉 다랍게 아끼고, 부유한 즉 교만해진다'는 말은 『예기』에 나와요. 구차해지면 인간다움을 잃고 등이 달아 괴롭고 비참하게 굴고, 풍족해지면 인간다움을 잃고 스러질 몸을 제 힘인 양 여기며 방자 교만하게 구는 것은 수양이 안 된 불쌍한 삶이라는 말이에요. '어떻게 하면 인간답게 사느냐?'를 모른 채 영원하지 않은 것에 집착하며 사는 불쌍한 삶이라는 말이에요.

예수님께서 '참된 행복'에 대해 말씀하셨어요. "행복하여라, 가난한 사람들!"이라고요. 갖지 못한 것에 연연하지 않고 영원한 가치를 추구하면 하느님 안에서 참된 행복을 누릴 것이라 하신 거예요. 또 이어 말씀하셨어요. "불행하여라, 너희 부유한 사람들!"이라고요. 가진 것에 연연하며 사라질 것만 추구하기에 참되고 완전한 기쁨을 모르니 불행하다 하신 거예요.

빛이요 사랑이신 당신, 세상 모든 걸 넘치게 가진들 뭐해요? 당신 없으면 그게 다 뭔 소용이에요? 사랑도 행복도 결핍을 채우려는 갈망이 있을 때 애절해진다면 당신 없이 행복할 수 없어요. 다 소용없어요. 당신이여, 당신과 함께라면 뭔 욕망 있겠어요? 욕망 없는데 뭔 구속 있겠어요? 구속 없으니 자유롭고, 자유로우니 행복하겠지요. 그래서 당신만이 행복이에요.

「산상설교」| (피터르 브뤼헐)

플랑드르 화가 브뤼헐의 이 그림은 루카복음이 아니라 마태오복음을 소재로
한 것이다. 나무는 우거지고 하늘은 드높게 맑고 새마저 날며 오가는 청명한 날
이다. 저 먼 곳, 저 아래로 산과 마을이 내려다보이는 이곳은 산상이다. 그래서 예
수님께서는 '평지수훈'이 아니라 '산상수훈'을 들려주신다. "행복하여라, 가난한
사람들!"이라 하시던 말씀을 오늘따라 "행복하여라, 마음이 가난한 사람들!"이
라 설교하신다. '물질적 가난' 대신 '영적 가난'을 강조하신 것이다.

알파이며 오메가이신 예수님 진의는 물질적이지도 영적이지도 아니면서 처
음이 마지막이듯, 시작이 마침이듯 물질적이면서도 영적이다. 이른바 "온유"다.
좌다, 우다 나뉘어 다툴 일이 아니다. 치우침의 잣대, 인간의 잣대, 세속의 잣대로
는 그 진의를 왜곡하게 된다. 진의를 왜곡할 때 불행해진다. 내 안에 하느님을 받
아들여 진의를 바로 알 때만이 시냇가에 심겨 제때에 열매를 내며 잎이 시들지
않는 나무같이 행복해진다. 이것이 예수님의 '참된 행복'의 진의다.

사랑법칙

'하늘의 참된 도리는 특수한 사람을 골라 특별히 친히 하지 않는다.'는 말은『노자』에 나와요. 이 말은『서경』에도 나와요. 하늘은 편파적으로 누구를 골라 친히 하려고 하지 않는다는 말이에요. 그러면 하늘은 누구와 친히 하려 할까요?『노자』에는 '누구이건 항상 착한 사람 편에 있다[常與善人]' 하였고,『서경』에는 '공경하는 정신을 가진 사람과 친하다[克敬惟親]' 하였어요.

예수님께 "스승님의 어머님과 형제들이 스승님을 뵈려고 밖에 서 계십니다." 하고 알려드리자 예수님께서 "내 어머니와 내 형제들은 하느님의 말씀을 듣고 실행하는 이 사람들이다."고 말씀하셨대요. 하느님께서 편파적 사랑으로 누구만을 골라 친히 하려 않으시듯이 피의 인연도, 사회적 인연도 초월하며 보편적 사랑으로 새 가족 공동체를 이루어야 한다는 말씀이에요.

빛이요 사랑이신 당신,『장자』는 애인이물(愛人利物), 즉 '사람을 사랑하고 모든 피조물을 이롭게 해주는 것', 이것을 일러 어짊(사랑)이라 하였어요. 우주 간의 모든 피조물과 인격적 관계를 갖는 것, 이것이 하늘의 참 도리, 사랑법칙이겠지요. 당신이여, 당신 사랑 '따름', 당신 말씀 '들음'으로써 서로가 어머니 되고, 서로에게 형제 되고, 영원한 '애인'이 되지 않을까요?

「구비오의 늑대」 | (뤽 올리비에 메르송)

　이탈리아 화가 메르송의 이 그림은 꽁꽁 얼어붙은 한 겨울날, 이탈리아의 작은 시골 구비오 마을에 늑대 한 마리가 굶주림을 견디지 못해 내려오자 성 프란치스코가 늑대에게 하느님의 말씀을 전하며 교화시켰다는 기적을 서정적으로 묘사한 것이다. 교화된 늑대는 푸줏간 주인이 손으로 건네주는 생고기를 받아먹고 있다. 금발의 여인이 잡아끄는데도 그녀의 어린 딸은 늑대 등을 쓰다듬으며 떠날 줄 모른다. 빵 들고 가는 여인, 물 긷는 여인, 장작 나르는 소년, 화면에 등장하는 열세 명 모두가 평화롭다. 새들도 고양이도 역시 평화롭다. 늑대 머리에 동그란 후광이 빛난다. 프란치스코 성인의 사랑이 늑대를 성인의 경지에 오르게 한 것이다.

　예수님께서 "내 어머니와 내 형제들은 하느님의 말씀을 듣고 실행하는 이 사람들이다."하셨듯이 성인은 사람도, 뭇짐승도, 자연의 모든 것도 사랑하며 하느님 말씀을 들려주고 하느님의 자녀, 우리의 형제자매로 '하나' 되게 하였다. '겸애'만이 우주의 모든 것을 '하나' 되게 한다.

물 위에 뜨는 돌,
물 밑에 가라앉는 나무

衆口之毀譽(중구지훼예)

'뭇사람의 입은 바름을 굽음으로, 굽음을 바름으로 할 수 있다'는 말은 『신어(新語)』에 나와요. 세속의 뜻이 올바르면 바른 것을 바르다 하고 굽은 것은 굽다 하겠지요. 그래서 '민심이 천심'이라는 말처럼 무섭지요. 허나 세속의 뜻이 올바르지 못해서 바른 것도 굽다 우기면 굽은 게 되고, 굽은 것도 바르다 우기면 바른 게 될 터이니 어리석은 민심은 천심보다 더 무섭지요.

예수님께서는 당신이 기적을 가장 많이 일으키신 고을들이 회개하지 않자 "심판 날에는 티로와 시돈과 소돔 땅이 너희보다 견디기 쉬울 것이다." 하시고, 또 "네가 하늘까지 오를 성싶으냐? 저승까지 떨어질 것"이라고 꾸짖으셨지요. 죄를 회개하면 하늘도 감동하여 돕지만 회개는커녕 올바르지 못한 세속의 뜻을 우기면 죄 중의 죄이기에 하늘이 심판할 거라는 말씀이에요.

빛이요 사랑이신 당신, 세속의 뜻은 때로 돌을 물 위로 뜨게도 하고 나무를 물 밑에 가라앉게도 하는 부석침목(浮石沈木)으로 끝 간 데 없이 치닫는 경우가 많지요. 그래서 옳은 것이 그르다 핍박받고 그른 것이 옳다 추앙받지요. 당신이여, 세속에 흔들리지 않게 하시어 물 위에 뜨는 돌, 물 밑에 가라앉는 나무가 되지 않게 저를 정화시켜 주시고 참된 지혜를 주세요.

공자 가라사대 예수 가라사대

「비너스와 꿀을 훔친 큐피드」|(루카스 크라나흐)

이 그림은 멀리 한적한 마을이 보이는 높은 산속 사슴 한 쌍이 숲에서 지켜보는 가운데 한 손을 올려 사과나무가지를 움켜쥐고 있는 미의 여신 비너스와 꿀을 훔친 어린 큐피드가 그려져 있다. 벌들이 큐피드의 얼굴과 손과 가슴에 달라붙어 쏘고 있는데도 큐피드는 벌집을 놓지 못하고 있다. 울상이 되어 어머니 비너스를 치켜올려 보지만 비너스는 큐피드를 거들떠보지도 않는다. 우의(寓意)적인 이 그림이 주는 메시지는 꿀이 아무리 달고 맛있어도 무리하게 탐내면 벌에 쏘인다는 것이다. 사랑은 달콤하지만 사랑은 아픔을 동반한다는 가르침이다. 자신의 쾌락과 이익과 행복을 위해 남의 보금자리마저 짓밟지 말라는 경고다. 옳은 것을 그르다 하고 그른 것을 옳다 하여 한때 속일지라도 세속이 바르게 되면 드러난다는 뜻이다.

예수님께서는 죄를 짓고도 회개하지 않으면 지은 죄보다 더 큰 죄라고 하셨다. 그래서 우리에게 벌의 쏘임에 고통 받지 말고 움켜쥔 벌집을 얼른 놓으라고 하신다.

풍문으로 들었소

冷眼觀人 冷耳聽語(냉안관인 냉이청어)

'냉정한 눈으로 사람을 살피고 냉정한 귀로 말을 들어라'는 말은 『채근담』에 나와요. 눈과 귀는 자신의 욕망에 따라 보고 싶은 걸 보고 듣고 싶은 걸 듣게 마련이고, 또 풍문에 들리는 이런저런 말에 따라 왜곡되기 마련이어서, 편견과 편파로 흐려진 눈과 귀로 보고 들은 것을 사실이라고 믿게 마련이니, 결국은 자기 자신을 스스로 먼저 속이고 있는 것과 같다는 말이에요.

헤로데 영주가 예수님께서 하신 모든 일을 전해 듣고, 그 소문에 집착하여 몹시 당황해했대요. 이런저런 말 중에 "요한이 죽은 이들 가운데에서 되살아났다."는 말, 자신이 가장 괴롭고 두려운 이 말에 마치 광야에서 외치는 양심의 목소리를 들은 듯 겁에 질리고 눈과 귀가 가려져 "요한은 내가 목을 베었는데, 소문에 들리는 이 사람은 누구인가?" 되뇌며 두려워했대요.

빛이요 사랑이신 당신, 그대 없는 나날이 외롭고 그대 하얀 얼굴 그리워 지새는 긴 밤이 괴로운데, 풍문에 그대에게 애인이 생겼다 하여 서러워 울고 말았다는 노래가 있어요. 이 풍문이 사실일까요? "소문에 들리는 이 사람은 누구인가?" 하는 풍문과 애착의 욕망에 따라 세상사는 왜곡되기 마련이지요. 당신이여, 풍문이나 세속 잣대로 자신을 합리화하지 않게 해주세요.

「세례요한 제단화」｜(조반니 델 비온드)

　이 그림은 이탈리아 피렌체 우피치미술관에 소장된 제단화로 높이가 3미터 되는 거대한 작품이다. 피렌체는 세례요한을 수호성인으로 모시고 있는 곳이기에, 이 그림은 요한의 일생을 그린 것이다. 즈카리야가 천사로부터 아내 엘리사벳이 잉태하리라는 소식을 듣는 장면에서 시작하여 엘리사벳을 아기예수님을 잉태한 마리아가 방문한 장면, 요한의 탄생과 그의 설교와 그가 예수님께 세례 주는 장면, 헤로데 연회에서 요한이 참수되는 장면 등이 11개의 작은 그림 속에 그려져 있다. 화면 정중앙의 요한은 발밑에 헤로데 임금을 깔고 있다. 헤로데는 "요한이 죽은 이들 가운데에서 되살아났다."는 소문을 듣고 당황하여 "요한은 내가 목을 베었는데, 소문에 들리는 이 사람은 누구인가?" 되뇌며 두려워했던 임금이다.

　애착의 욕망에 눈귀가 흐려져 예수님을 올바로 알아보지 못한 헤로데처럼 우리도 예수님의 올바른 모습을 모른 채 위로받기만 간청할 뿐이지 않는지 반성해야 할 일이다.

하늘 저울

直而溫 寬而栗 剛而無虐 簡而無傲
(직이온 관이률 강이무학 간이무오)

'곧되 온화하고, 너그럽되 맺힌 데 있으며, 강직하되 남을 학대하지 않고, 통 크되 오만하지 않다.'는 말은『서경』에 나와요. 순(舜) 임금이 이런 분이었대요. 신념이 강하고, 사사로움에 굴하지 않고, 청렴하고, 경직되지 않고, 긍휼과 인애와 겸손한 권위를 지닌 분이었대요. 하늘의 저울에만 따라 다스렸기에 백성이 그의 권한을 인정하고 순종하여 태평성대를 이루었대요.

예수님께서 성전에서 가르치실 때, 사람들이 "무슨 권한으로 이런 일을 하는 것이오?" 따졌대요. 그래서 "요한의 세례가 어디에서 온 것이냐? 하늘에서냐, 아니면 사람에게서냐?" 물으시자, 그들은 자중지란에 빠져 "모르겠소." 하였대요. 사람의 저울로 남을 저울질하며 트집 잡으려 말고, 하늘의 저울로 자신을 저울질하여 자신을 알고 하늘의 권위를 따르라는 뜻이시지요.

빛이요 사랑이신 당신, 권한이니 권위란 말의 권(權)은 '저울추'나 '저울질하다'는 뜻이라지요? 무엇이든 가름하고자 할 때는 "하늘에서냐, 아니면 사람에게서냐?"를 저울질하라 하셨지요? 당신이여, 제 저울로 남을 저울질하지 말고 당신 저울로 저를 저울질하게 하시고, 오로지 당신의 긍휼과 인애와 겸손만 저울에 담아 당신 마음에 들게 하시어 당신 사랑받게 해주세요.

「저울을 든 여인」 | (요하네스 베르메르)

이 그림은 고요로 가득하다. 창과 커튼 틈새로 새어드는 빛으로 탁자 위 진주와 금이 반짝이지만 화면 가득 고요하다. 어둠이 짙지만 화면 가득 밝고 해맑고 신성하다. 저울질하는 여인이나 뱃속의 아가도 경건하다. 여인이 세 손가락으로 들고 있는 저울은 마음의 고요 때문인지 균형을 이루고 있다. 헌데 아무것도 얹혀 있지 않은 저울로 뭘 저울질하는 걸까? 여인 뒤에 걸린 '액자'를 보자. 제이콥 드 베커 그림 「최후의 심판」이다. 예수님께서 성모님과 성인들에 싸여 팔을 들고 계시고, 아래 좌측에는 하늘에 오르는 복 받은 영혼이, 우측에는 저주받은 영혼이 그려져 있다. 아마 미카엘 천사가 영혼을 저울질하여 좌우로 나누고 있는 것이리라. 그러니까 그림 속 여인도 미카엘의 저울질처럼 자신을 저울질하고 있는 것이 아닐까?

예수님께서 "하늘에서냐, 아니면 사람에게서냐?"를 물으셨듯이 우리에게도 자신을 저울질하라 하신다. 덧없는 세속적인 것보다 하늘의 것을 따르며 마음의 균형을 이루고 고요하라고 하신다.

제5장

사랑의 밧줄

나목

'가로세로 천지를 엮어 짠 것을 문(文)이라 한다.'는 말은 『좌전』에 나와요. 하늘과 땅의 상도(常道)를 날실씨실 삼아 엮어 짜야 천지가 아름답게 빛의 무늬를 띄고, 인간사가 풍요로워지고, 참된 문화가 이 뤄진다는 말이에요. '상도'란 지켜야 할 변치 않는 떳떳한 도리예요. 천지 본연의 사랑이에요. 천지 상도와 인간의 조화 없이는 큰 진리, 참된 진리를 얻을 수 없대요.

예수님께서는 "누구든지 제 십자가를 짊어지고 내 뒤를 따라오지 않는 사람은 내 제자가 될 수 없다. 이와 같이 너희 가운데에서 누구든지 자기 소유를 다 버리지 않는 사람은 내 제자가 될 수 없다."고 하셨어요. 마음으로 집착하며 붙들고 있는 것들을 버리고 당신의 말과 행동을 본받아 사랑하며 나누는 삶을 통해 당신의 삶과 일치시키라는 말씀이에요.

빛이요 사랑이신 당신, 나무마다 잎을 떨구고 있어요. 우리도 탐욕과 자기 오만과 위선 등 온갖 어리석은 집착을 떨쳐 버리라고, 그래야 빈 가지처럼 역설적인 풍요로움과 아름다움을 지니게 된다고 가르치고 있어요. 당신이여, 제 옷을 다 벗어 버리고 벌거숭이 나무가 되도록 노력할게요. 이 나목(裸木)에 당신 사랑의 옷을 걸치면 비로소 풍요롭고 아름다워질 거예요.

「호렙산으로 가는 광야의 엘리야」 | (디리크 보우츠)

이 그림 속 잠든 이는 예언자 엘리야이다. 생명의 위협을 피해 홀로 고단한 먼 길을 거쳐 이곳 광야에 이르러 "주님, 이것으로 충분하니 저의 목숨을 거두어 주십시오." 간청하며 싸리나무 아래에 팔베개하고 누워 곤히 잠이 든 것이다. 천사가 "일어나 먹어라. 갈 길이 멀다." 하며 엘리야 어깨를 흔들며 깨운다. 머리맡에 뜨겁게 달군 돌에 구운 빵과 물이 놓여 있다. 엘리야는 깨어나 이것들을 먹고 마신 후 그림 우측 원경에서 보듯 지팡이를 짚고 홀로 바위투성이 산길을 걸어 하느님의 산 호렙으로 간다. 그곳에서 하느님의 위로를 받으며, 새 사명 또한 받는다. 엘리야의 길은 고난의 길이다. 하지만 영원한 생명을 얻는 길이다.

예수님께서는 "누구든지 제 십자가를 짊어지고 내 뒤를 따라오라"고 하셨다. 세속적 '집착'은 다 버리고 제 몫의 십자가를 겸허히 지고, 당신의 말과 행동을 따르며 당신의 삶과 일치하는 삶을 살라고 하신 것이다. 이 길은 고난의 길이지만 영원한 삶을 얻는 길이기 때문이다.

제5장 사랑의 밧줄

225

건성콩밭 사랑콩밭

心不在焉 視而不見 聽而不聞
(심부재언 시이불견 청이불문)

'마음이 거기에 있지 아니하면 보아도 보이지 않고 듣는 것 같아도 듣지 못한다.'는 말은 『대학』에 나와요. 마음이 '건성콩밭'에 있으면 보고픈 것만 보고 듣고픈 것만 듣기에 본들 옳게 보이지 않고 들은들 옳게 들릴 리 없다는 말이에요. 허나 콩밭도 콩밭 나름이지요. 마음이 들떠 '사랑콩밭'에 있으면 오직 단 하나 사랑만 보이고 오직 단 하나 사랑만 들릴 뿐이겠지요.

예수님께서 제자들에게 "군중이 나를 누구라고 하느냐?" 물으신 후 "그러면 너희는 나를 누구라고 하느냐?" 하며 물으시자 베드로가 "하느님의 그리스도이십니다." 하고 대답하지요. 마음이 사랑콩밭에만 꽂혀 놀라운 사랑고백을 한 거예요. 그러자 예수님께서는 당신의 죽음과 부활을 말씀하심으로써 사랑이 짊어질 짐과 사랑이 가야 할 길, 그 영광의 길을 알려주시지요.

빛이요 사랑이신 당신, 사랑하면 닮아가고 사랑하면 하나가 된대요. '사랑콩밭'에 빠지면 삶의 주인이 당신이 되기에 오롯이 당신만 보게 되고 오롯이 당신 말씀만 듣게 되어 닮아가고, 하나가 된대요. 당신이여, "너는 나를 누구라고 하느냐"고 물으시면, 저는 말없이, 그저 말없이, 제 울대를 당신 목에 비벼댈 거예요. 그래도 무슨 고백하는지 아시겠지요, 당신은요?

「참회하는 베드로」 | (귀도 레니)

이 그림은 예수님을 "하느님의 그리스도"라고 고백했던 베드로가 예수님을 여러 차례 배반한 후 처절하게 참회하는 모습을 그린 것이다. 예수님으로부터 '반석'이 되리라는 말씀을 들은 베드로가 예수님께서 수난 받고 죽으시고 살아나실 것이라고 말씀하실 때 "주님! 그런 일은 주님께 결코 일어나지 않을 것입니다." 말하여 '사탄'이라는 꾸지람을 듣기도 한 적이 있다. 하느님의 일로 디딤돌이 되어야 할 반석이 걸림돌인 사탄이 되었다고 꾸짖으심을 받은 것이다.

예수님께서는 제자들에게 물으셨듯이 "나를 누구라고 생각하느냐?"고 오늘 우리에게도 묻고 계신다. 우리는 "예수님, 당신은 저의 모든 것이며, 저의 그리스도이십니다." 라고 응답하는 데에 그쳐서는 안 되고, 십자가 수난을 받아들이며 함께 고난의 길을 걸어가야 하는 것이 중요하다는 것을 알려주는 그림이다.

사랑의 밧줄

善閉無關鍵 而不可開(선폐무관건 이불가개)

'최상의 잠금은 자물쇠가 없는데도 열 수 없는 것이다.'는 말은 『노자』에 나와요. 『노자』에는 또 '최상의 묶음은 밧줄이나 끈을 쓰지 않고도 풀 수 없는 것이다[善結無繩約 而不可解]'라고 했어요. 빗장을 지르고 자물쇠로 채운들 그깟 것 못 열까요? 밧줄이나 끈으로 동여맨들 그깟 거 못 풀까요? 그런 것 없는데도 열 수 없고 풀 수 없어야 최상의 잠금이요 묶음이겠지요.

예수님께서 시몬 베드로에게 물으셨대요. "너는 나를 사랑하느냐?"고요. 베드로는 "예, 주님! 제가 주님을 사랑하는 줄을 주님께서 아십니다." 대답했대요. 그런데도 세 번이나 묻고 또 물으셨대요. 아! 넘치는 참된 사랑으로 마음의 매듭을 세 번이나 꼬아주셨기에 비로소 온전한 잠금, 온전한 묶음이 되어 "내 양들을 돌보아라."는 말씀을 끝내 지켜내게 해주셨어요.

빛이요 사랑이신 당신, '밧줄로 꽁꽁 밧줄로 꽁꽁 / 단단히 묶어라 / 그 사람이 떠날 수 없게'라는 노래 들어보셨어요? 사랑의 밧줄이라고 안 풀릴까요? 세 번이나 사랑의 밧줄이 풀렸던 베드로처럼 우리 사랑의 밧줄도 걸핏하면 풀리지요. 그러니 당신이여, 당신 사랑으로 마음의 매듭을 꼬아 주세요. 제 사랑 풀리지 않게 단단히 잠그고 단단히 묶고 단단히 꼬아 주세요.

「눈 먼 삼손」| (로비스 코린트)

이 그림은 장님이 된 삼손이 필리스티아인들의 축제 날 사슬에 묶인 채 그들의 조롱거리로 끌려나와 "주 하느님, 저를 기억해 주십시오. 이번 한 번만 저에게 다시 힘을 주십시오." 부르짖는 절박의 순간을 그린 것이다. 온통 비틀린 몸과 일그러진 입에서 울분이 뿜어져 나오고 있다. 머리카락 잘리고 두 눈 뽑히고 청동 사슬에 묶여 당나귀 대신 연자매 돌리며 모욕 당하던 괴력의 나지르인 삼손이 "필리스티아인들과 함께 죽게 해주십시오." 하면서 이제 신전을 무너뜨리고 수많은 필리스티아인들과 함께 죽는다. 묶은 밧줄을 풀고 당나귀 턱뼈로 천 명을 때려죽인 후 목마른 삼손에게 '엔 코레(부르짖는 이의 샘)'를 열어 주시어 목을 축이게 해주셨듯이 주님께서 삼손의 머리카락이 다시 자라게 해주시고 부르짖는 기도에 응답해 주신 것이다.

예수님께서는 "너는 나를 사랑하느냐?" 세 번 물으시면서 우리 마음에 매듭을 꼬아 주신다. 고통의 매듭, 치욕의 매듭, 사랑의 매듭을. 당신을 따라오라고, 이겨내라고, 사랑한다고 하시며.

몽땅

有陰德者 必有陽報 有陰行者 必有昭名
(유음덕자 필유양보 유음행자 필유소명)

‘남모르게 덕을 베푸는 자에겐 반드시 하늘에서 보답이 있을 것이며, 남모르게 착한 일을 하는 자에겐 반드시 이름이 환하게 드러나게 된다’는 말은 『회남자』에 나와요. 하늘과 땅은 만물을 낳고 키우고 맺고 풍성케 하면서도 내 것인 양 드러내지 않듯이 음덕(陰德)과 음행(陰行)하는 자는 하늘과 땅의 맘을 지닌 자이지요. ‘몽땅’ 사랑하는 자요, 진정 연민하는 자이지요.

예수님께서 어떤 빈곤한 과부가 렙톤 두 닢이라는 가장 작은 화폐를 헌금하는 것을 보시고 “저 가난한 과부가 다른 모든 사람보다 더 많이 넣었다.”고 하셨어요. 세상 셈법과 다른 이 말씀은 풍족한 데에서 얼마씩을 예물로 바치는 것보다 절박한 궁핍 중에도 자신의 모든 것을 ‘몽땅’ 기쁘게 봉헌한 진실한 마음으로 주님께 의탁함이 더 귀하다 하신 말씀이겠지요.

빛이요 사랑이신 당신, ‘몽땅 드린다’는 건 작더라도 적더라도 ‘남김없이 송두리째 드린다’는 뜻일 텐데, 전 그렇게 못했어요. “너도 가서 그대로 하여라.” 하셔도 못해요. ‘다다 드린다’는 건 ‘아무쪼록 힘 미치는 데까지 드린다’는 뜻일 테니, 마음속으로 갈등은 조금 하더라도 그쯤은 생색내면서 할게요. 당신이여, 그러면서 당신 사랑만 ‘몽땅’ 받기 원하는 제가 얄밉지요?

「가난한 과부의 헌금」 | (프랑수아 조제프 나베)

이 그림은 한 아이를 안은 과부가 헌금하는 모습을 그린 것이다. 과부 옷자락을 잡고 지팡이를 짚고 있는 다른 아이는 앞을 보지 못하는 아이다. 이런 아이들을 데리고 홀몸으로 살기 어려운 처지다. 헌금함 앞에 한 눈먼 여인이 병든 아이와 앉아 구걸하고 있는데, 먼저 헌금한 부자 여인이 이들에게 적선하고 있다. 과부 처지가 이들 거지와 다를 바 없다. 과부 옆의 부자는 여러 개의 동전을 손에 쥐고 어떤 것을 넣을까 셈을 하고 있다. 이 부자와 달리 과부는 렙톤 두 닢을 봉헌하고 있다. 가장 작은 화폐이지만 과부가 가진 모든 것이다. 이것으로 아이들과 변변치 못해도 끼니를 때울 수 있을 텐데도, 기쁜 마음으로 '몽땅' 봉헌하고 있다. 하느님께 '몽땅' 의탁하는 믿음과 하느님을 '몽땅' 사랑하기 때문이다.

예수님께서 말씀하셨다. "저 가난한 과부가 헌금함에 돈을 넣은 다른 모든 사람보다 더 많이 넣었다."고. 예수님께서는 오늘도 우리에게 이 봉헌에 담긴 사랑과 희생을 가르치시고 계신다.

나날이 저절로

撥苗助長(알묘조장)

'모를 뽑아서 자라게 도와준다.'는 말은 『맹자』에 나와요. 모가 잘 자라라고 뽑아주면 어리석다 하겠지요. '감자가 싹이 나서 잎이 나서 묵찌빠!'처럼 세상사 저절로 그렇게 되는 것을 억지로 조장하고 조작하지 말라는 말이에요. 세상사 하늘 뜻과 하늘 힘으로 이뤄지는 것이니 그저 하늘에 맡기고 김매듯 할 바는 다 하면서 선한 본성을 더 크게 더 넓게 닦아나가라는 말이에요.

예수님께서는 '저절로 자라나는 씨앗'과 '겨자씨'의 비유를 들어 "하느님의 나라는 이와 같다."고 하셨어요. 뿌린 씨앗이 "밤에 자고 낮에 일어나고 하는 사이"에 저절로 자라 영글듯, 그리고 겨자씨가 "하늘의 새들이 그 그늘에 깃들일 수 있게" 자라듯, 하느님 나라는 시작이 보잘것없을지라도 하느님의 능력으로 나날이나날이 저절로저절로 풍성해진다는 말씀이에요.

빛이요 사랑이신 당신, '당위'를 내세워 자신이나 남을 '틀'에 가두지 말라 하셨지요? 인간적 사고의 틀에 매이면 한 톨의 씨앗을 "밤에 자고 낮에 일어나고 하는 사이"에 절로 자라게 할 수 없으니까요. 씨앗이 그렇듯 믿음도, 사랑도 그럴 거예요. 당신이여, 당신 숨결 불어넣으시어 저를 한 뼘씩 절로 자라게, 한 뼘씩 날로 크게 하시어 당신 품에 깃들게 해주세요.

「파도바의 성 안토니오와 아기예수」 | (카를로 프란체스코 누볼로네)

이 그림은 안토니오 성인이 탈혼 중에 아기예수님을 영접한 사실을 그린 것이다. 그림 속 성인의 옷에서 알 수 있듯이 프란치스코회 수사였던 성인은 그림 속 백합에서 알 수 있듯이 정결한 분이시다. 성인 탄생 때 대성당 종이 저절로 울렸고, 선종 때는 모든 성당의 종들이 일제히 울리며 길거리 어린이들이 갑자기 울음을 터뜨렸다고 한다. 성인의 유해는 이탈리아 파도바성당에 안장했는데, 성인의 혀만이 30여 년의 세월이 흘러도 살아 있는 듯 생생하여 따로 성해함에 보관했다고 한다. 생전에 성인은 이 혀로 어찌나 훌륭하게 설교하셨던지 물고기들마저 감동시켰다 한다. 그러나 성인은 '말로는 부풀어 있고 행동이 텅 비면 잎사귀만 있고 열매 없는 무화과나무처럼 우리도 예수님의 저주를 받을 것'이라고 하였다.

예수님께서는 믿음과 희망과 애덕을 말이 아니라 행동으로 다하면 "밤에 자고 낮에 일어나고 하는 사이"에 하느님 나라가 '저절로 자라나는 씨앗'처럼, '겨자씨'처럼 이뤄질 거라 하셨다.

믿는 대로

信及豚魚也(신급돈어야)

'믿음의 힘은 돼지나 물고기도 감화시킨다.'는 말은 『역경』에 나와요. 믿음은 하늘도 감동시키고 돼지나 물고기는 물론 우주 삼라만상을 감동, 감화시킨다는 말이에요. 믿음은 천리, 천도, 천명이 절대적 조건이기에 천우신조로 인간의 힘으로 불가능한 일이 이뤄지고, 힘든 상황에서 극적으로 벗어나고, 치유와 구원에 이르게 된다는 거예요. 그만큼 믿음은 위대하다는 거지요.

"다윗의 자손이시여, 저희에게 자비를 베풀어 주십시오."

"내가 그런 일을 할 수 있다고 너희는 믿느냐?"

"예, 주님!"

"너희가 믿는 대로 되어라."

끈질기게 예수님을 따라오며 자비를 구하는 눈먼 사람 둘은 이렇게 해서 눈이 열렸대요.

빛이요 사랑이신 당신, 제가 관심 있는 것만 볼 줄 알 뿐 제 삶에 주어진 모든 것에 관심 갖고 볼 줄 모르는 눈먼 저를 눈뜨게 해주세요. 인간의 존엄과 아름다움을 사랑의 눈으로 보지 못하는 이 맹목과 편견의 눈을 뜨게 해주세요. 제 눈뜨게 해주실 이 오직 당신뿐임을 믿으오니 "믿는 대로 되어라." 말씀해 주세요, 당신이여, "나의 빛, 나의 구원"이신 당신이시여!

「선지자 엘리사와 수넴 여인」| (헤르브란트 반 덴 데크하우트)

이 그림은 수넴 성읍에 사는 여인이 갑자기 아들이 죽자 왼쪽 귀퉁이에 그려진 암나귀를 타고 꽤 먼 이곳 카르멜 산속까지 급히 달려 엘리사를 찾아와 무릎 꿇고 선지자의 두 발을 붙잡고 '왜 내게 아들을 주어서 이런 고통을 겪게 하느냐'고 하소연하고 있다. 이 아들은 엘리사가 수넴 여인을 갸륵히 여겨 갖게 해준 아들이다. 선지자의 종 게하지가 이 여인을 밀어내려고 하고, 엘리사는 한 손으로 게하지의 손목을 잡고 다른 한 손을 들어 게하지를 말리고 있다. 그림은 여기까지지만, 엘리사가 여인의 집에 가 죽은 아이를 살리는 해피엔딩 이야기이다. 생사를 주관하시는 하느님께 대한 엘리사의 확신과 하느님께서 아들을 주셨으니 다시 살릴 것으로 믿은 수넴 여인의 믿음이 실체로 이루어진 것이다.

예수님께서는 눈먼 사람 둘의 믿음을 보시고 "너희가 믿는 대로 되어라." 하시며 눈을 뜨게 해주셨다. 오늘도 우리에게 믿음만이 치유와 구원에 이르는 길임을 깨우쳐 주고 계시다.

새끼손가락 꼬옥 걸고

大巧無巧術 用術者乃所以爲拙
(대교무교술 용술자내소이위졸)

'참으로 큰 재주는 별로 교묘한 재주가 없다. 묘한 재주를 부리는 것은 곧 졸렬한 까닭이다'는 말은 『채근담』에 나와요. 사랑도 육적 할 례처럼 사랑을 확신하는 표징으로 팔에 하트 문신을 새기는 게 아니라 마음 할례처럼 가슴 깊이에 영원한 생명의 참사랑을 각인해야 하지 않을까요? 헌데 참으로 큰 사랑과 달리 졸렬한 사랑일수록 사랑을 확신할 표징을 드러내 주기 원하지요.

예수님께서, 복음을 듣고도 믿지 못하고 회개하지 않고 자기들이 원하는 확실한 표징을 보여 달라는 "악한" 군중들에게, "이 세대가 표징을 요구하지만 요나 예언자의 표징밖에는 어떠한 표징도 받지 못할 것이다."라고 말씀하셨어요. 믿음은 표징의 확인에서 비롯되는 것이 아니라, 주님과의 만남에서 비롯되기에 주님 말씀 듣고 따르며 새 생명으로 거듭나라는 말씀이지요.

빛이요 사랑이신 당신, 옛 일본 유녀들은 사랑의 표징으로 새끼손가락 한 마디를 잘라주었대요. '유비키리'라는 이 풍습에서 새끼손가락 걸고 약속하는 풍습이 비롯했대요. 요새는 이것도 못 미더워 새끼손가락 건 채 엄지를 맞대며 도장 찍고, 검지로 손바닥에 서명까지 하지요. 당신이여, 더 확실한 표징 아니고는 사랑도 못 믿는 이 불행이 "악한 세대"의 표징이 아닐까요?

「기드온의 양털」| (니콜라 드프르)

이 그림은 미디안과의 전쟁에서 승리를 약속하시며 싸움에 나서라 하신 하느님께 그 언약이 말씀대로 이루어질 것을 확증하는 표징을 보여 달라며 기드온이 양털을 펼쳐 놓은 채 무릎 꿇고 하늘의 천사를 올려보고 있는 장면이다. 기드온은 우선 이 양털에만 이슬이 맺히고, 다른 땅은 모두 마르게 해 달라고 한다. 과연 이튿날 아침에 양털을 짰더니 물이 한 그릇 가득히 나왔다. 그는 여기에서 그치지 않고 이번에는 양털은 마르게 하시고, 그 주변의 땅은 이슬로 젖게 해달라고 한다. 이 역시 그대로 이뤄진다. 하느님의 확실한 표징을 보고 믿게 된 그는 전쟁에 나서고, 3,000 군사로 미디안 대군을 격파한다.

오늘도 우리는 '나를 낫게 해주시면 믿겠다.'느니 하며 기드온의 양털처럼 하느님께 표징을 원하고 있다. 허나 지나간 날 "내가 너와 함께 하리라."는 약속을 지키셨듯이 앞날도 함께 해주실 것을 믿고 성령의 인도하심을 구하면 삶의 전쟁터에 우리를 '용사'로 서게 해주실 것이다.

하늘의 은사

恬筆倫紙 鈞巧任釣(염필륜지 균교임조)

'진(秦)나라 장수 몽염(蒙恬)은 대나무대롱에 토끼털을 매어 붓을 만들고, 후한(後漢) 때 환관 채륜(蔡倫)은 종이를 만들고, 삼국시대 위 (魏)나라 마균(馬鈞)은 기술이 뛰어나 각종 기계를 발명하고, 전국시대 임(任)나라 공자(公子)는 3,000근이나 되는 갈고리로 낚싯대를 만들었다.'는 말은 『천자문』에 나와요. 각자 하늘이 베푸신 은사로 세상을 유익케 한 공을 세웠다는 거예요.

예수님께서는 어떤 귀족이 종들에게 화폐 한 미나씩 나눠주고 길 떠났다 돌아와 셈해 보니 어느 종은 이윤을 남겼지만 어느 종은 수건에 싸서 보관했다며 한 미나를 내놓자 "악한 종"이라 나무라며, 그 한 미나마저 빼앗았다는 비유를 드셨어요. 누구든지 주님께서 주신 능력을 재량껏 잘 활용하면 "가진 자는 더 받고", 활용 못하면 "가진 것마저 빼앗길 것이다." 하셨어요.

빛이요 사랑이신 당신, '카리스(은총)'로부터 받은 능력과 소명이 '카리스마'라면, 넘치게 베풀어 주신 이 은사를 사랑의 원칙에 따라 다섯 배, 열 배 불려야겠지요. 길이 남을 열매를 맺어야겠지요. 당신이여, 그러려면 당신 사랑으로 저를 채워 주시고, 당신의 풍요로운 마음을 송두리째 거름으로 주시고, 당신의 따사로운 입김을 훈풍처럼 불어주셔야지요. 그래 주실 거지요?

「매정한 종의 비유」| (빌렘 드로스트)

　이 그림은 만 달란트를 빚 진 종을 가엾게 여겨 부채를 탕감해 주었더니, 풀려난 종이 백 데나리온을 빚진 동료를 가엾게 여기지 않고 감옥에 가두자, 주인이 그 종을 다시 불러들여 "내가 너에게 자비를 베푼 것처럼 너도 네 동료에게 자비를 베풀었어야 하지 않느냐?" 하며, 그 종을 고문 형리에게 넘겨 감옥에 가두었다는 예수님의 비유를 그린 것이다. 이 '달란트' 비유는 '미나' 비유와 유사하다. '달란트' 비유가 하느님으로부터 용서받았으면서도 형제를 용서 못함을 지적하는 비유라면, '미나' 비유는 하느님으로부터 받은 능력을 재량껏, 힘껏, 성심껏, 그렇게 활용하지도 않고 실천하지도 않음을 지적하는 비유이다.

　예수님께서는 이웃을 용서하고 사랑하며 하느님께서 주신 은사로 세상을 유익케 하면 "누구든지 가진 자는 더 받고", 용서하지도 않고 사랑하지도 않으며 하느님께서 주신 능력을 힘껏 활용하지 못하여 세상에 무익하면 "악한 종"과 같아서 "가진 것마저 빼앗길 것이다." 하셨다.

오늘, 바로 지금 당장

不索何獲(불색하획)

'찾지 않고 무엇을 얻을 것인가?'라는 말은 『좌전』에 나와요. 찾으려는 적극적인 행동 없이는 원하는 바를 얻을 수 없다는 말이지요. 위신과 체면 등 자신을 깡그리 버린 채 오로지 갈망 하나로 자신의 부족을 극복하며 앞질러 달려가고, 얼른 응답하며, 기쁘게 맞아들일 때 하늘이 비로소 인간이 원하는 바를 준다는 말이에요. 줄탁동시(啐啄同時) 해야 한다는 뜻이지요.

예수님께서는 예리코에서 키 작은 자캐오가 세관장으로서의 위신과 체면을 버리고 오로지 예수님만 보려는 갈망 하나로 "앞질러 달려가" 돌무화과나무 위에 올라간 것을 보시고 "자캐오야, 얼른 내려오너라. 오늘은 내가 네 집에 머물러야 하겠다." 하시자 자캐오는 얼른 내려와 예수님을 기쁘게 맞아들였지요. 이로써 자캐오는 예수님께서 내려주시는 구원을 받았대요.

빛이요 사랑이신 당신, 보잘것없고 게다가 죄 많은 저를 내치지 마시고 당신 사랑하는 열망 하나로 저를 둘러싸고 있는 알껍질을 쪼아[啐]댈 때 저의 진실한 사랑 하나만 보시고 껍질을 깨고 나올 수 있게 함께 쪼아[啄]주세요. 당신이여, "얼른 내려오너라. 오늘은 내가 네 집에 머물러야 하겠다." 하시며 함께 쪼아 주세요. 당신을 기쁘게 맞아들이며 새 삶 살도록 할게요.

「돌무화과나무 위에서 예수님이 지나가시기를 기다리는 자캐오」

(제임스 티소)

　　이 그림은 예리코의 세관장인 키 작은 자캐오가 예수님을 보고 싶지만 군중에 가려 볼 수가 없자 많은 사람들을 "앞질러" 서둘러 "달려가" 돌무화과나무로 올라간 것을 예수님께서 보시고 "자캐오야, 얼른 내려오너라. 오늘은 내가 네 집에 머물러야 하겠다." 말씀하신 내용을 그린 것이다. 그렇다면 이 그림 이후에는 어떤 일이 벌어졌을까? 자캐오는 예수님 말씀대로 "얼른" 내려와서 "기쁘게" 예수님을 자신의 집으로 "맞아들였다."고 한다. 그리고는 많은 사람들 앞에서 "일어서서" 단호하게 "보십시오."라며, 신앙 고백하듯 "주님!"을 부르며, "제 재산의 반을 가난한 이들에게 주겠습니다."고 말한다. 그러자 예수님께서 "오늘" 당장 "이 집에 구원이 내렸다" 하시며 파격적인 구원선언을 하신다.

　　예수님께서는 오늘 우리에게 구원을 내려주시겠다고 하신다. 조건 없이 사랑하시겠다고 하신다. "사람의 아들은 잃은 이들을 찾아 구원하러 왔다."고 하시며 우리를 기다리신다.

자캐오처럼

得飴以養老 得飴以開閉(득이이양로 득이이개폐)

'(어진 이는) 엿을 얻어 노인을 공양하고, (도척 같은 도둑은) 엿을 얻어 닫힌 문을 소리 없이 여는 데 쓴다.'는 말은 『여씨춘추』에 나와요. 도척(盜跖)은 춘추시대에 세상을 휘젓던 도둑우두머리인데, 그의 어진 형인 유하혜(柳下惠)와 달리 엿을 얻으면 도둑질하는 데 썼을 거라는 말이에요. 그러니까 같은 물건이라도 사람에 따라 쓰임의 선악이 각각 다르다는 말이지요.

예수님께서 자캐오에게 "오늘은 내가 네 집에 머물러야 하겠다." 하시자, 사람들은 "저이가 죄인의 집에 들어가 묵는군." 하고 투덜거렸대요. 그러나 자캐오는 "재산의 반을 가난한 이들"에게 주겠고 "횡령하였다면 네 곱절로 갚겠습니다." 하였고, 예수님께서는 "오늘 이 집에 구원이 내렸다." 하시며 "사람의 아들은 잃은 이들을 찾아 구원하러 왔다" 하셨어요.

빛이요 사랑이신 당신, 내려주신 것을 받는 이 있고 안 받는 이 있고, 받아도 쓰임이 선한 이 있고 그렇지 않은 이 있지요. 도척(盜跖)은 공자의 타이름도 마다하고 도둑질로 삶을 마치고, 자캐오는 죄인이면서도 쓰임이 선한 새 삶을 살았다 하지요. 당신이여, "얘야, 얼른 내려오너라." 저를 불러주시면 당신을 기쁘게 맞아들이고, 제가 좋아하는 자캐오처럼 그렇게 살게요.

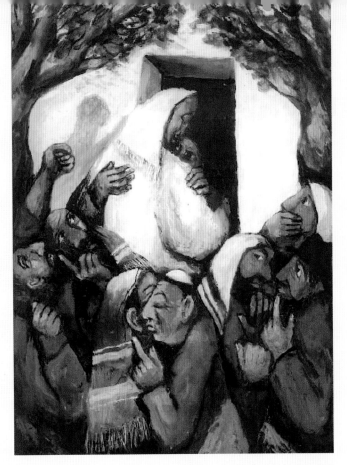

「자캐오의 집에 들어가시는 예수님」|(지거 쾨더)

이 그림은 예수님을 보려고 앞질러 달려가 돌무화과나무로 올라간 자캐오를 보신 예수님께서 자캐오에게 "자캐오야, 얼른 내려오너라. 오늘은 내가 네 집에 머물러야 하겠다." 하시자, 자캐오는 예수님을 기쁘게 맞아들이며 감격하여 예수님을 부둥켜안고 두 눈을 커다랗게 뜨고 예수님을 응시하고 있는 모습을 그린 것이다. 그러자 사람들은 "저이가 죄인의 집에 들어가 묵는군." 하고 투덜거리고 쑤군거리고 귀엣말을 하고 있다. 눈을 흘기고, 기막혀 입 막고, 손가락을 머리에 대고 머리가 돌았나 봐 흘겨보기도 하고, 주먹 불끈 쥐고 분노하기도 한다. 그러나 자캐오는 이들에 아랑곳 안 하고 자신을 받아들여 주신 예수님께 자기 재산의 절반을 가난한 이들에게 주고, 다른 사람 것을 횡령했다면 네 곱절로 갚겠다고 말씀드린다. 그러자 예수님께서 이르셨다. "오늘 이 집에 구원이 내렸다."고.

예수님께서는 죄 많은 우리를 찾아 조건 없이 구원을 내려주시고자 한다. 오늘! 지금! 당장!

마음에 빛이 있다면

上天之載 無聲無臭(상천지재 무성무취)

'하늘이 하는 일은 소리도 없고 냄새도 없다.'는 말은 『중용』에 나오는데, 『시경』의 글을 인용한 거예요. 천명은 보이지도, 들리지도 않는 중에 우리 가운데서 행해지고 있다는 말이에요. 보이지도, 들리지도 않는 이 뜻과 이 이치를 좇아 행하는 것이 인간이 당연히 밟아야 할 '도'이기에 천명으로부터 이탈한 것은 이미 참다운 도가 아니라는 것이 『중용』의 가르침이에요.

예수님께서는 "하느님의 나라는 눈에 보이는 모습으로 오지 않는다." 하시며, "하느님의 나라는 너희 가운데에 있다." 하셨어요. 당신께서 이미 우리 가운데 머무시고 계시다 하신 거지요. 이미 우리 가운데 계신 당신의 부드러운 시선으로, 당신의 따뜻한 마음으로 보고 느낄 때 사랑이 보이고 사랑이 느껴지면서 사랑을 공유하면 이 세상이 바로 천국이라고 하신 거예요.

빛이요 사랑이신 당신이여, '우리들 마음에 빛이 있다면'이라는 동요 「파란 마음 하얀 마음」을 저는 좋아해요. 이 동요처럼 마음의 빛이 따스하면 모든 것이 따스하게 보일 것이고, 모든 것을 따스하게 해줄 수 있겠지요. 당신이여, 보이지 않게 들리지 않게 시나브로 이 가슴에 스며든 당신의 따스한 사랑의 빛, 그 빛으로 제 안은 눈부시게 아름다운 천국이에요.

「쾌락의 정원」| (히에로니무스 보스)

이 그림 「쾌락의 정원」은 세 폭 제단화다. 왼쪽 날개 그림은 하느님께서 아담
으로부터 하와를 막 창조하신 지상낙원이다. 헌데 뱀이 서린 나무, 새 부리에 물
고기 몸통을 한 악마가 도사린 연못, 악을 경계하는 올빼미와 탐욕을 상징하는
토끼를 함께 그림으로써 실낙원의 위험을 경계하고 있다. 중앙 화폭 그림은 벌
거벗은 인간들이 탐욕과 쾌락에 빠져 있는 현생이다. 헌데 유리구슬 속에서 육
욕을 탐하는 남녀를 그림으로써 즐거움은 쉽게 깨진다고 경계하고 있다. 오른쪽
날개 그림은 죗값을 치르고 있는 불 뿜는 지옥이다. 헌데 칼에 꽂힌 두 귀를 그림
으로써 귀가 있는 자들은 생전에 주님 말씀을 잘 듣고 따르라고 경계하고 있다.

예수님께서는 "하느님의 나라는 너희 가운데에 있다." 하시며, 아직 그 나라가
완성되지 않았으니 사람들이 '보라, 저기에 계시다.' 또는 '보라, 여기에 계시다.' 하
더라도 나서지도 말고 따라가지도 말고 당신 말만 듣고 따르며 그 나라가 이뤄질
것을 바라고 견디라 하셨다.

제5장 사랑의 밧줄

미련 때문에

非無安居也 我無安心也(비무안거야 아무안심야)

'편히 지낼 곳이 없는 게 아니라, 편한 마음이 없기에 편히 거할 수 없는 것이다'라는 말은 『묵자』에 나와요. 마음이 편치 못한데 어디에 편히 지낼 곳이 있겠느냐는 말이에요. 마음이 어디에 얽매이면 미련을 못 버리고, 미련을 버리지 못하면 자유롭지 못하고, 자유롭지 못하면 새로운 것을 추구하지 못하고, 그러면 고이고, 고인 것은 썩으니 편히 지낼 곳이 없겠지요.

예수님께서 "나를 따라라." 하시자 누구는 "먼저" 이걸 하고, 누구는 "먼저" 저걸 하고, 그런 후에 따르겠다고 했대요. 그러자 "쟁기에 손을 대고 뒤를 돌아보는 자는 하느님 나라에 합당하지 않다."고 하셨어요. 세상사 미련을 단호히 버리고 하느님 자비에 모든 걸 맡긴 채 하늘나라의 의미를 어떤 가치관보다 최우선시하며 열정적으로 당장! 서둘라고 하신 거예요.

빛이요 사랑이신 당신, 미련 때문에 쟁기를 놓지 못하고, 미련 때문에 뒤돌아보고, 미련 때문에 세상 어디까지든 따르겠다 할 뿐 세상 너머 당신 뜻에 따라 머무를 영원한 그곳까지는 따라나서지 못하니 안타까워요. 한 알의 밀알이 죽어야 싹이 돋고 자라듯, 당신이여, 미련 때문에 미련한 저이지만 당신 품에서 죽어 당신 사랑 흠뻑 머금으며 새싹으로 새로 나게 해주실래요?

「빵을 많게 하는 엘리사」 | (틴토레토)

이탈리아 베네치아 색채주의 회화의 거장으로 평가받는 틴토레토의 이 그림은 엘리사가, 바알 살리사에서 온 사람이 가져온 만물로 만든 보리빵 스무 개와 자루에 담은 햇곡식 이삭으로 100명이나 되는 사람들을 배불리게 먹인 기적을 그린 것이다. 엘리사는 열두 겨릿소를 앞세우고 밭을 갈고 있을 때, 주님께서 "엘리사에게 기름을 부어 네 뒤를 이을 예언자로 세워라." 하신 말씀에 따라 찾아온 엘리야가 엘리사 곁을 지나가면서 자기 겉옷을 걸쳐 주자, 겨릿소를 잡아 제물로 바치고, 쟁기를 부수어 그것으로 고기를 구운 다음 사람들에게 주어서 먹게 한 다음 일어나 엘리야를 따라나서서 그의 시중을 들었던 분이다. 소도 쟁기도 자신의 모든 것을 미련 없이 버린 채 주님의 말씀을 따른 것이다.

예수님께서는 오늘도 우리에게 "쟁기에 손을 대고 뒤를 돌아보는 자는 하느님 나라에 합당하지 않다." 하시며 이런 이유, 저런 핑계로 세속에 미련두지 말고 당신을 따르라고 하신다.

찰거머리처럼

呑刀刮腸(탄도괄장)

'칼을 삼켜 장을 깎다'는 말은 『남사(南史)』에 나와요. 영욕의 더러움을 덜어내려면 미적대지 말고 칼을 삼키듯 단호히 행동으로 실천하라는 말이에요. 세상의 세력이나 권리나 이익을 위해서는 영악하리만치 갖은 재주와 갖은 꾀를 다하며 설치면서 영욕을 정화하고 개심하여 영원한 생명을 얻는 데는 단호하지도, 날렵하지도, 온힘을 다하지도 않는 세태를 질타한 말이에요.

예수님께서는, 주인 재산을 낭비한 집사가 쫓겨나게 되자 주인에게 빚진 이들에게 환심 사면 이들이 자신에게 잘 해주리라는 잔꾀로 주인의 빚 문서를 날조해 빚진 이들의 부담을 덜어주었는데 주인은 그 "불의한 집사"를 탓하기는커녕 영리하게 앞가림했다며 칭찬하였다, 라고 비유하시고 "세상의 자녀들이 저희끼리 거래하는 데에는 빛의 자녀들보다 영리하다." 하셨어요.

빛이요 사랑이신 당신, 네잎클로버는 '행운'을, 세잎클로버는 '행복'을 뜻한다지요? 행운은 인간 노력을 초월하여 우연히 오는 이운(利運)이라면 행복은 인간 노력에 맞갖게 하늘이 베푸는 필연의 상덕(上德)이 아닐까요? 당신이여, 저는 행운보다 당신으로부터 행복을 한 아름 받을래요. '세상의 자녀'처럼 죽기 살기로 당신께 매달릴 테예요. 찰거머리처럼 안 떨어질래요.

「봄」| (산드로 보티첼리)

이 그림 속 식물 500여 종, 꽃송이 190여 가지는 로렌초 별장에 서식하는 것이다. 비너스 뒤 월계수(Lurentius)는 '로렌초(Lorenzo)'의 영광의 상징이다. 오른쪽 꽃의 여신 '플로라'는 로렌초의 도시 '플로렌스'가 꽃처럼 만개할 것을 상징한다. 왼쪽 메르쿠리우스는 로렌초의 젊은 시절 얼굴이면서 로렌초에 의해 새 시대가 열린다는 뜻이다. 배경의 오렌지나무(학명에 'medica'가 붙음)도 로렌초의 메디치(medici) 가문의 번영을 나타낸다. 왜 이렇게 로렌초를 노골적으로 드러내며 그렸을까? 굶어 죽을 정도로 궁핍해졌을 때 로렌초가 지원해 주었기 때문이다. 보티첼리('술통'이라는 뜻)는 말년에 술도 끊고, 도미니코회 수도사 설교에 감동되어 그의 작품을 태워 버리고, 모든 재산을 성당과 수도원에 기부하여 궁핍해진 것이다.

예수님의 "세상의 자녀들이 저희끼리 거래하는 데에는 빛의 자녀들보다 영리하다." 하신 말씀처럼 그는 영원한 생명을 위해 단호하게 영육을 정화하는 데에 온 힘을 다한 화가였다.

늘 깨어 당신 기다리며

時難得而易失(시난득이이실)

'좋은 기회란 얻기는 힘들지만 잃기는 쉽다.'는 말은 『사기』에 나와요. 얻기 힘든 좋은 기회를 얻으려면 늘 마음의 눈을 뜨고 깨어 있어야겠지요. 마음을 활짝 열고 기회를 염원하고 기다리며 그 희망으로 깨어 있어야겠지요. 그리고 잃기 쉬운 기회를 잃지 않으려면 손에 쥔 행복을 움켜쥘 게 아니라 이웃과 나누며 사랑해야겠지요. 늘 깨어 늘 '지금' 늘 사랑해야겠지요.

예수님께서는 "너희는 허리에 띠를 매고 등불을 켜 놓고" 주님을 기다리는 마음으로 가득 차 있으라고 하셨어요. 온유한 마음으로 늘 기다리며 진리에 눈을 뜨고 깨어 주님의 평화를 갈구하라 하셨어요. 그러면 주님의 사랑이 우리 영혼을 넘치도록 채워 주실 것이라 하셨어요. 까닭에 늘 행복하리라 하시며 "행복하여라, 주인이 와서 볼 때에 깨어 있는 종들!"이라 하셨어요.

빛이요 사랑이신 당신, 오늘은 비긋는 다리쉼으로 툇마루에 앉아 듣던 대나무 소리가 또렷이 들려요. 오늘은 가시에 숨어 핀 탱자 꽃도 선하게 보여요. 오늘은 하늘 아래 모든 것이 신비로운 당신 모습으로 보여요. 당신이여, 오늘은 행복해요. 세속의 굴레에서 벗어나 다리쉼 하며 귀 열고 눈 뜨고 늘 깨어 당신 그리며 당신 기다리니, 당신 사랑하는 이 종은 마냥 행복해요.

「긴 잠」|(브리튼 리비에르)

이 그림은 개와 인간의 '공감'을 주제로 많은 그림을 남긴 브리튼의 작품 중 하나다. 홀로 사는 사냥꾼 노인이 잠에 빠져 있다. 개 두 마리가 뛰어오르기도 하고 노인의 무릎에 앞발을 올리고 노인의 얼굴에 입을 맞추기도 하는데 노인은 깰 기미가 안 보인다. 그저 깊은 잠일까, 아니면 그림의 제목처럼 슬프고도 불길한「긴 잠」일까? 여하간 우리를 '공감'으로 일치시키는 따뜻하고 정겨운 그림이다. '동정'은 동화이며 동화는 자기 것으로 만들기에 나도 너도 없이 우리만 있는 것이라면, '공감'은 공유이며 공유는 우리 안에 나도 있고 너도 있는 상호 존재의 존중을 바탕으로 하기에 소통과 배려가 존재하며, 감정을 교감하는 나눔이 존재하며, 까닭에 '공감'은 스스로 이겨내게 해주는 힘의 원천이 된다.

허섭스레기

'좋은 일을 하려고 애쓰지 않아도 복이 오고, 오래 살 것을 바라지 않아도 자연이 오래 살게 된다.'는 말은 죽림칠현의 한 분인 혜강(嵇康)의 말로『동의보감』에 나와요. 명예와 재물, 기뻐하고 성냄, 음란과 음욕, 탐식, 정신을 약하게 하고 정기를 흩어지게 하는 것, 이 다섯 가지만 가슴속에서 없애고 평상심으로 일상에 충실하면 복을 누리고 오래 살 수 있다는 말이에요.

예수님께서는 사람의 아들의 날에도 "노아 때와 같은 일", "롯 때와 같은 일"이 일어날 것이라 하시며, 사람의 아들은 예고 없이 들이닥칠 터이니 평상심을 가지고 일상에 충실하면서 진리와 계명, 선과 정의만을 늘 좇으면서 뒤돌아보지 말고, 늘 깨어 기도하며 일상에 충실하면서 구원을 위한 준비를 철저히 하고 사람의 아들이 오실 것을 기다리라고 하셨어요.

빛이요 사랑이신 당신, 당신을 제 집에 모시려니 이 꼴로 사는 걸 보이기 부끄러워 치우려니 치울 게 많고 챙기려니 챙길 게 많아요. 이러다 당신께서 느닷없이 오셔서 챙길 건 안 챙기고 버릴 건 안 버리고 허섭스레기뿐이구나 하시면 어쩌나 싶어요. 당신이여, 이 집을 송두리째 뒤바꿔 주시면 새 집에서 당신 뜻 따라 일상에 충실하면서 당신 오실 날 기다릴게요.

「소돔을 떠나는 롯과 그의 가족」| (피터 폴 루벤스)

이 그림은 천사들의 인도로 롯이 가족과 함께 소돔을 떠나는 장면을 그린 것이다. 성 안은 유황과 불이 퍼부어져 활활 타고 있다. 이 불은 머잖아 온 들판과 성읍과 그 성읍의 모든 주민, 그리고 땅 위에 자란 것들을 모두 멸망시키고, 오래토록 마치 가마에서 나는 연기처럼 그 땅에서 연기가 솟아오를 것이다. 다급해진 천사가 앞장서서 저 앞의 산을 가리키며 빨리 달아나자고 재촉한다. 하지만 롯과 그의 가족 얼굴에는 미련이 역력히 드러나 있다. 롯의 아내는 아예 얼굴을 돌려 뒤를 돌아보며 애석해하고, 그런 롯의 아내를 천사 하나가 등을 밀며 재촉한다. 그러나 롯의 아내는 버릴 수 없어서 뒤를 돌아보다가 소금 기둥이 되고 만다.

그래서 예수님께서는 "사람의 아들의 날에도…… 롯 때와 같은 일이 일어날 것이다." 하시며, "너희는 롯의 아내를 기억하여라."고 하셨다. 하느님의 심판은 까마득히 멀리 있는 것이 아니고 갑자기 들이닥칠 것이니, 뒤를 돌아보며 남겨둔 것에 연연하지 말라고 경고하신 것이다.

제5장 사랑의 밧줄

철부지

'먹줄은 나무가 굽었다 하여 같이 휘어지지 않는다.'는 말은 『한비자』에 나와요. 인간이나 시대가 지어낸 왜곡이나 은폐나 거짓 등 인위적 불순을 따르지 않고, 오로지 하늘 이치를 슬기롭게 헤아리며 하늘이 주신 기개를 잃지 않으며 하늘 뜻에 순종하는 철부지 같은 삶이 먹줄처럼 사는 것이라는 말이에요. 참 지혜와 슬기, 참 경륜과 용맹, 참 어짊과 경외의 삶이지요.

예수님께서 "성령 안에서 즐거워하며" 세속적으로 지혜롭고 슬기로운 자들에게는 하느님의 신비가 감추어져 있다고 하셨어요. 세속적으로 바보 같고 "철부지" 같아 보이지만 하느님의 영에 열려 있는 자에게서만 그 신비가 드러난다 하시며, 이 모든 것을 아버지께서 당신께 넘겨 주셨다 하셨어요. 그리고는 제자들에게 "너희가 보는 것을 보는 눈은 행복하다."고 하셨어요.

빛이요 사랑이신 당신, 이 세상을 초월하는 참 지혜와 참 용맹과 참 어짊은 천리와 천도와 천명을 따르는 것이며 그러면 어찌 미혹되고, 어찌 두려우며, 어찌 근심되겠냐는 말이 『논어』에 나와요. 당신이여, 당신 사랑 좇으며, 당신 길 함께 걸으며, 당신 말씀 따르며 참 지혜, 참 용맹, 참 어짊으로, "철부지"처럼 당신 안에서 "즐거워하며" 살 수 있다면 얼마나 좋을까요?

「이중자화상」 | (에곤 실레)

에곤 실레의 「이중자화상」에는 두 명의 '나'가 그려져 있다. 그런데 두 얼굴이 사뭇 다르다. 아래쪽 '나'의 눈동자는 분노에 이글거리고 있다. 자기 파괴든 타인 공격이든 무서운 마력이 소용돌이치고 있는 눈동자다. 당장 폭발할 것 같다. 아래쪽 '나'의 머리에 얼굴을 대고 위로하는 위쪽 '나'의 눈동자는 연민에 차 있다. 저렇게 감싸고 다독이는 처연한 눈동자에 무수한 언어를 담고 있다. 눈동자를 굴릴 때마다 그 침묵의 언어에 우리를 이끌어 들이는 것 같다. '나' 안에 또 다른 '나'가 있는 건 에곤 실레뿐일까? 찢겨진 영혼의 빛, 병들고 붕괴된 육체의 빛, 온갖 고통의 흔적들의 빛들을 그려낸 화가, 스스로를 '영원한 아이'라 했던 그의 그림은 원초적 에로티즘 안에 천진난만함이 깃들어 있다. 철부지에게 하느님의 신비가 드러난 까닭일까?

예수님께서는 세속적으로 지혜롭고 슬기로운 자들에게는 하느님의 신비가 감추어져 있다고 하셨다. 예수님께서 오늘도 우리에게 "너희가 보는 것을 보는 눈은 행복하다."고 하실 것 같다.

짐승보다 못한 인간

虎狼仁也(호랑인야)

'호랑이나 이리도 어질다'는 말은『장자』에 나와요. 성질 사나운 짐승도 제 자식을 사랑하는데, 사람이 제가 사랑하는 것만 사랑한다면 이런 짐승보다 나을 게 뭐 있겠는가, 라는 뜻이에요. 사람이라면 모름지기 뭇 피조물을 사랑하는 마음을 가져야 하고, 그렇게 사랑하는 모습을 보고 모든 이들이 사람다운 참사람이라며 배우고 따르게 해야 마땅하고 옳은 일이라는 말이지요.

예수님께서는, 아버지가 시키는 일을 '싫다' 하였다가 생각을 바꾸어 그 일을 한 맏아들과 '하겠다' 하고는 안 한 둘째아들의 비유를 드신 후 요한이 의로운 길을 가르칠 때, "세리와 창녀들"은 맏아들처럼 회개하여 올바른 삶의 길로 들어섰으니, 늘 사랑을 외치며 경건하다고 자처하는 둘째아들 같은 유다지도자들과 달리 "보다 먼저 하느님의 나라에 들어간다." 하셨어요.

빛이요 사랑이신 당신, 호랑이나 이리도 제 자식 사랑하는데 사람 주제에 제 것만 사랑할 뿐인 가련한 이들, 나락에 빠져 고통당하는 이들을 몰라라 하면 짐승보다 못한 인간이겠지요. 당신이여, 늘 사랑을 외치며 경건한 척하면서 제 것 아닌 것에 냉혹한 짐승보다 못한 제게 당신의 참된 사랑의 빛을 따라 진실한 사랑의 삶을 살 수 있게 하시고 강생의 은총을 베풀어 주세요.

「군중에게 세례를 주는 세례자 성 요한」| (니콜라 푸생)

이 그림은 사람들이 요르단 강에서 요한에게 세례를 받는 모습을 그린 것이다. 화면 중앙에 낙타털옷을 걸치고 가죽 띠를 두른 요한이 보인다. "여자에게서 태어난 이들" 중 가장 위대하다는 요한이다. 요한 앞에 무릎 꿇고 세례 받는 이들이 있고, 그 왼쪽에는 세례 받으려고 세속의 옷을 벗는 이들과 이미 세례 받은 이들이 있다. 화면 오른쪽에는 아기 안은 여인들이 차례를 기다리고, 강 건너 많은 이들은 배 타고 강 건너 와 세례 받으려고 서두른다. 군중은 남녀부터 늙은 이와 아가, 그리고 말 탄 군사까지 성별과 나이와 신분이 다양하다. 화면에 훌륭한 옷 입은 유다지도자가 보이듯 군중 중에는 세리나 창녀도 끼어 있을 것이다.

예수님께서는 요한이 의로운 길을 가르칠 때, "세리와 창녀들은 그를 믿었다." 하셨다. 그런데 유다지도자들은 끝내 요한을 믿지 않았으니 "세리와 창녀들이 너희보다 먼저 하느님의 나라에 들어간다." 하셨다. 회개하고 믿으면 하늘나라의 주인이 되고 세상의 빛이 될 것이라 하셨다.

받은 사랑 많은 만큼

但行好事 莫問前程(단행호사 막문전정)

'다만 좋은 일을 행할 뿐 앞길은 묻지 말라.'는 말은 『선유문(善誘文)』에 나오는 송나라 조변(趙抃)의 말이에요. 좋은 일을 하여 모두에게 좋으면 그것으로 충분한 보답인데, 앞날에 더 큰 보답 있을까 하는 허튼 생각일랑 하지 말라는 뜻이지요. 그저 지금 이 순간 하늘의 뜻을 따르며 사랑과 선과 정의를 성심껏 다 이루려는 것만이 영원한 생명에 이르는 삶이라는 말이에요.

예수님께서는 예상치 못한 날, 짐작치 못한 시간에 주인이 올 때, 주인의 뜻을 알고도 그 뜻대로 하지 않은 종은 매를 많이 맞을 것이고, 주인의 뜻을 모르고서 매 맞을 짓을 한 종은 적게 맞을 것이라 하시며, "많이 주신 사람", "많이 맡기신 사람"에게는 그만큼 더 많이 요구하신다고 하셨어요. 받은 것, 맡은 것이 많으면 더 베푸는 삶, 더 책임지는 삶을 살라는 거지요.

빛이요 사랑이신 당신, '앉으나 서나 당신 생각 / 떠오르는 당신 모습 / 피할 길이 없어라'는 가요가 있어요. 국화 노란 꽃망울에서 당신 얼굴 보아요. 바람에 구르는 낙엽에서 당신 목소리 들어요. 앉으나 서나 떠오르는 당신 모습, 자나 깨나 들리는 당신 목소리, 정녕 피할 길 없는 당신, 오! 당신이여, 받은 사랑 많은 만큼 더 많이 사랑하며 당신께 제 몸과 맘 다 맡겨요.

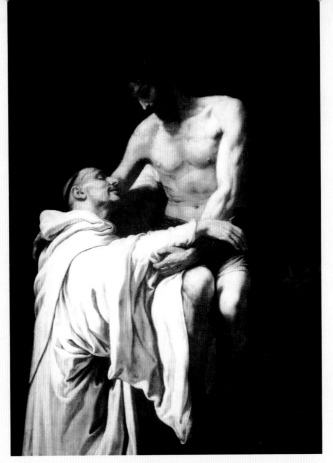

「성 베르나르도를 감싸 안은 그리스도」 | (프란치스코 리발타)

이 그림은 '빛나는 골짜기'라는 뜻의 '클레르보'에 시토회 수도원을 세우고 'Ad quid venisti(너 무엇 때문에 여기 있느냐?)'라는 패 앞에서 늘 명상하면서 철저한 무소유, 엄격한 규율, 고된 고행을 실천했던 성 베르나르도가 십자가에 못 박히신 예수님을 묵상할 때 예수님께서 양팔을 내려 성인을 끌어안아 주시는 그림이다. 이 순간 성인은 눈을 감고 주름진 입가에 미소를 머금은 채 행복해하고 있다. 육신의 눈을 감고 영혼의 눈으로 예수님과 교감하며 황홀경에 빠진 채 예수님 팔에 두 팔을 얹고 몸과 맘을 온통 내맡기고 있다. 절망적인 순간, 어둠에 갇힌 순간, 예수님께서 부재중이다 싶게 여겨지는 순간에도 예수님께서는 '여전히' 우리와 함께하고 계심을 그림으로써 우리를 주님께 안겨 황홀경에 빠지게 한다.

예수님께서는 오늘도 주님 뜻에 따라 살라 하신다. 많이 받은 것만큼 많이 베풀며 살라 하신다. 목자를 따르는 어린 양처럼 텅 빈 마음으로 몸과 맘 다 맡기고 오롯이 따르라 하신다.

옆집에 사는 성인

生年不滿百 常懷千歲憂(생년불만백 상회천세우)

'살아도 백세를 못다 살면서 언제나 천세의 근심을 가슴에 품는구나.'는 말은 『고문진보』에 나와요. 내일 일을 지레 걱정하며 오늘을 어렵게 사는 것이 바람직할 리 없지요. 내일의 환상을 위해 오늘을 헛되이 허비하는 것도 바람직할 리 없지요. 그러기에 오로지 오늘에 '충실'함으로써 내일의 행복을 오늘의 삶 안에서 느끼고 맛보며 기뻐하고 즐거워하라는 말이에요.

예수님께서는 마음이 가난하고 슬퍼하며 온유한 이, 의롭고 자비롭고 마음이 깨끗하며 평화를 이루는 이, 의로움 때문에 박해를 받는 이, 이들은 행복하다고 하셨어요. 이들은 주님께만 의지하며 주님을 절실하게 찾으며 주님 뜻에만 따르기에 "하늘나라가 그들의 것"이며, "하늘에서 받을 상이 크다." 하시며 오늘 이 시간, 이 자리에서 "기뻐하고 즐거워하여라." 하셨어요.

빛이요 사랑이신 당신, 프란치스코 교황께서는 기뻐하고 즐거워하면서 소박하게 성덕의 길을 가는 사람들이 성인 같은 사람들이라 하시면서 이들을 '옆집에 사는 성인들'이라고 하셨다지요? 당신이여, 당신 안에서 늘 기뻐하고 즐거워하면서 오늘의 소박한 일상을 그저 마음을 다하며 살게요. 옆집 성인 같은 삶은 언감생심일망정 당신과 소박한 일상을 함께 하고 싶어요.

「연옥」| (루도비코 카라치)

이 그림 「연옥」의 상단은 천국이며, 하단이 연옥이다. 연옥에 있는 이들은 하늘나라에서 천사들과 함께 아기예수님을 안고 계신 성모님 곁에서 영원한 행복을 누리고 있는 이들과 마찬가지로 하느님의 은총과 사랑 안에서 세상을 떠난 이들이다. 다만 완전히 정화되지 못하고 잠벌을 미처 보속하지 못한 이들이기에 벌겋게 타오르는 불길에 휩싸여 있다. 이 불에 태워지고 정화되어 '거룩함'을 얻는 '과정'이 연옥이며, 이로써 그림에서와 같이 천사의 손에 이끌려 천사가 가리키는 하늘나라에 들어가게 된다는 것이 이 그림의 내용이다.

'거룩함'은 오늘의 삶에서 얻을 수 있다고 하시며, 예수님께서는 주님께 순종하며, 진정으로 마음을 가난하게 갖고, 주님의 의로움이 드러나기를 갈망하며, 자비로우신 주님처럼 자비를 베풀며, 소박하게 일상을 성덕의 길로 살면 하늘로부터 주어질 상이 크다 하셨다. "하늘나라가 그들의 것"이며, 참된 행복을 누릴 터이니 오늘 순간을 "기뻐하고 즐거워하라"고 하셨다.

알사랑

有大物者 不可以物物(유대물자 불가이물물)

'큰 것을 가진 자는 다른 것은 물건으로 여기지 않는다.'는 말은 『장자』에 나와요. 많은 것을 가진 이들이 허접한 것조차, 좀스러운 것조차 탐해도 그것들은 허접하고 좀스러울 뿐이기에 허기를 다 채울 수 없어 행복하지 않지요. 허나 큰 것을 가진 자는 작은 것을 가지려고 마음이 흔들리지 않지요. 나눠 줘도 작아지지 않는 영원한 가치를 이미 가졌기에 늘 행복해하지요.

예수님께서는 "모든 탐욕을 경계하여라. 아무리 부유하더라도 사람의 생명은 그의 재산에 달려 있지 않다."고 하시면서 "자신을 위해서는 재화를 모으면서 하느님 앞에서는 부유하지 못한" 어떤 부자 이야기를 비유 들으셨어요. 가난한 이에게 사랑을 나누며 하늘나라에 보물을 쌓아 영원한 생명을 누리는 사람, 마음이 가난한 행복한 사람이 되라고 하신 말씀이지요.

빛이요 사랑이신 당신, 참마음, 참사랑, 참가치 있는 참으로 큰 것은 돈으로 살 수 없지요. 오로지 빈 몸으로, 맨몸으로, 그렇게 허울을 다 벗은 태초의 순수 그 자체의 알몸인 채 참마음, 참사랑, 참가치 있는 참으로 큰 것을 다 줄 때 비로소 얻을 수 있는 거겠지요. 당신이여, 당신의 영원한 소유인 저의 알마음, 알사랑 다 드릴게요. 당신께서도 알마음, 알사랑 다 주실래요?

「수전노의 죽음」
(히에로니무스 보스)

보스(보쉬)의 이 그림은 저승사자가 문을 열고 악마가 득실대는 방안에 들어서며 한 사내를 데려가려는 죽음의 순간을 담은 것이다. 화면 앞쪽에 화려한 의복과 투구가 널브러져 있는 걸 보면 사내는 부와 명예를 누렸던 것 같다. 돈궤에 금화를 담는 인물은 평소의 이 사내 모습이다. 허리에 묵주까지 찼지만 금화만 쌓으려 했지 이웃에게도, 하느님에게도 인색했기에 곁에 아무도 없이 홀로 죽음을 맞고 있다. 그러나 마지막 순간까지 수호천사는 사내를 부축해 왼쪽 창에 있는 십자가 고상(苦像)을 보게 하려고 한다. 창에서 한 줄기 밝은 빛이 구원의 빛처럼 비추고 있다. 하지만 사내는 이 순간까지도 커튼 사이로 한 악마가 건네는 돈주머니를 잡으려고 손을 내밀고 있다. 이 수전노는 이렇게 지옥의 나락에 빠지고 있다.

예수님께서는 "자신을 위해서는 재화를 모으면서 하느님 앞에서는 부유하지 못한" 우리에게 말씀하신다. "모든 탐욕을 경계하여라. 사람의 생명은 그의 재산에 달려 있지 않다."고.

제5장 사랑의 밧줄

사랑의 반석

有基無壞(유기무괴)

"바탕이 있으면 무너지지 않는다.'는 말은 『좌전』에 나와요. 바탕이 확고하고 밑동이 튼튼하고 밑천이 든든하고 뿌리가 깊은데 무너질까, 쓰러질까, 망할까, 가뭄 탈까, 절대 그렇지 않다, 그런 뜻이지요. 모래 위에 지은 집은 비가 내려 강물이 밀려오고 바람이 불어 휘몰아치면 완전히 무너지고 말지만 반석 위에 지은 집은 결코 그렇게 무너지지 않는다는 말이지요.

예수님께서 "나에게 '주님, 주님!' 한다고 모두 하늘나라에 들어가는 것이 아니다. 하늘에 계신 내 아버지의 뜻을 실행하는 이라야 들어간다." 하셨어요. 말씀대로 실행하는 사람만이 하늘나라에 들어갈 수 있고, 또 그런 사람만이 어떤 고난에도 흔들리거나 무너지지 않고 굳건히 영원한 삶을 누릴 수 있다고 하셨어요. 이런 사람이 곧 "슬기로운 사람"이라고 하셨어요.

빛이요 사랑이신 당신, 좁은 길, 좁은 문은 모랫길, 모래 위에 세워진 문이 아니라 반석의 길이요 문, 바로 당신께 이르는 길이요 문이 아닐까요? 당신이여, 그 길과 문이 비록 좁고 험하더라도 당신의 사랑반석에서만 제가 굳건해지고 슬기로워지고 행복해질 테니 '사랑해요, 사랑해요!' 말만 하지 않고 겸허한 영혼으로 끝내 당신께 이르러 당신의 사랑반석에 둥지 틀게요.

「겸손의 마리아」 | (마솔리노 다 파니칼레)

이 그림은 "천주의 어머니의 위엄이 아니고 겸손의 어머니이며, 신이 아니라 인간 마리아를 강조한 그림"이라고 알려진 것이다. 성모님께서 수수한 옷차림으로 바닥에 앉아 아기예수님께 모유를 먹이고 계시다. 권좌에 앉은 화려하고 위엄에 찬 천주의 성모가 아니다. 성모님께서는 손으로 유방을 받쳐 아기예수님이 젖을 잘 빨게 해주며 먹이신다. 아기예수님은 흡족한 듯 살짝 고개를 돌려 우리를 쳐다보며 느긋하게 먹고 있다. 참으로 인간적 모성애가 정겹게 그려진 그림이다! 참으로 하느님 말씀의 육화(肉化)가 살갑게 그려진 그림이다! 그래서 '모유 먹이는 마리아' 즉 '마돈나 델 라테(Madonna 'del Latte)'는, 희망의 양식, 사랑의 양식, 생명의 양식이다. 겸손만이 구원의 양식이 됨을 일러주고 있다.

예수님께서는 "주님, 주님!" 말만 하지 말고 완전히 발가벗은 겸손한 영혼으로 말씀을 실행해야 하늘나라에 들어갈 수 있다고 하신다. 반석 위에 자기 십자가를 세우라 하신다.

빛 고운 당신의 사랑 안에서

眞言必違衆(진언필위중)

'진리의 말은 속인에게 이해되기 어렵다'는 말은 『포박자』에 나와요. 세상일조차 이해 못하는 속인이 어찌 하늘 일을 이해할 수 있겠냐는 말이에요. 속된 이를 죽이고 성스러운 이로 새로 태어나야 진리의 말을 이해할 수 있고, 어둠이 아닌 빛의 길을 걸을 수 있고, 이로써 자기와 더불어 둘레를 애틋이 사랑함으로 참된 자유와 영원한 생명을 누릴 수 있다는 말이에요.

예수님께서는 니코데모에게 말씀하셨대요. "사람의 아들도 들어 올려져야 한다."고요. 세상을 사랑하시기에 모세의 "구리뱀"처럼 십자가의 희생은 이뤄져야 한다는 말씀이에요. 이를 통해서만이 "누구나 멸망하지 않고 영원한 생명을 얻는다."고 하시면서, 이는 "세상을 심판하시려는" 것이 아니라 사랑하는 아들의 죽음을 통해 세상을 "구원하시려는" 뜻이라고 하셨어요.

빛이요 사랑이신 당신, 당신 빛만 따르게 하여 어둠 속에서는 꽃잎을 앙다무는 그런 꽃으로 살게 해주세요. 당신 사랑만 따르게 하여 사랑 안에서는 설령 그 누가 알아주지 않는다 하여도 그 누구를 위해 고통과 슬픔을 껴안은 채 기꺼이 피어나는 그런 꽃으로 살게 해주세요. 빛 고운 당신의 사랑 안에서 "불뱀"을 이겨내며 당신과 언제나, 영원히 함께 하게 해주세요.

「구리뱀을 들어올린 모세」| (안토니 반 데이크)

데이크는 거장 루벤스의 '가장 훌륭한 제자'다. 그의 이 그림에는 구리뱀이 매달린 기둥이 보인다. 이집트를 탈출한 사람들이 광야의 고통을 모세에게 불평하자 주님께서 불뱀을 보내 사람들을 물려 죽게 하셨고, 그러자 모세는 기도를 통해 불뱀에 물렸어도 구리뱀을 쳐다보면 살아나리라는 주님 뜻에 따라 기둥에 구리뱀을 매단 것이다. 그림 속 하늘에 불뱀들이 난무한다. 구리뱀을 바라본 이들의 몸에서 풀려난 불뱀들이다. 모세 앞에는 뱀에 온몸이 칭칭 감긴 이가 살려달라며 애원하고 있고, 흰 옷 입은 여인은 머리를 치켜세워주는 이와 옷을 잡아 일으켜주는 이의 도움으로 구리뱀을 바라보고 있다. 곧 한 세상의 생명으로 살아날 것이다.

예수님께서는 구리뱀을 상기시키시며 "사람의 아들도 들어 올려져야 한다."고 하셨다. 십자가를 통해 구원이 이뤄지리라고 하신 것이다. 십자가는 한 세상의 생명을 살리는 것이 아니라 영원한 생명을 얻게 하는 것이기에, 우리에게 십자가를 바라보며 살라고 하신 말씀이다.

새벽별

'안다는 자는 지나친 자요 어리석다 하는 자는 미치지 못하는 자다'라는 말은 『중용』에 나와요. 생각이 미치지 못하면 어리석다 하겠지만 모르기에 알려 들면 알게 될 테니 어리석다 할 수 없고, 알지 않아도 될 것을 알려 하여 심판하려 들거나 아는 것만 안다 우기며 편견에 사로잡히거나 안다 하여 알려 들지 않는 것도 다 지나친 것이며 어리석고 잘못된 거래요.

예수님께서는 "너희는 땅과 하늘의 징조는 풀이할" 통찰력과 세상일에는 밝으면서 정작 중요한 자신의 구원과 관련된 "이 시대는 어찌하여 풀이할 줄 모르느냐?"고 하셨어요. 눈앞에 다가오는 하느님의 나라를 알아보지 못하는 것은 마음을 열지 않고 완고한 까닭이니 "위선자"라고 하셨어요. 그러니 지금 당장 해야 할 주님의 일을 하고, 지금 당장 사랑하며 화해하래요.

빛이요 사랑이신 당신, 새벽별은 새벽에 뜨는 별이 아니라, 박노해는 시에서, '뭇별들이 지쳐 돌아간 뒤에도 끝까지 돌아가지 않는 별'이라 했어요. 당신이여, 어둠이 가실 때까지 곁을 지키며 새벽별처럼 제 영혼의 어둠을 희망의 빛, 사랑의 빛으로 밝혀 주신 당신이여, 이제야 겨우 당신이 새벽별임을 알았지만 이제라도 당신 빛에 기대어 고요를 얻음이 마냥 행복해요.

「엘리시온 들판 곁을 흐르는 레테의 물」 | (존 로댐 스펜서 스탠호프)

이 그림은 죽은 자들이 강을 향해 걷고, 강에 이르러 강물을 마시고, 강을 건너 들판을 향해 가고 있는 여정을 그린 것이다. 이 강은 '레테 강'이다. 이 강물을 마셔야 이생의 미련과 기억과 번뇌를 잊게 된다는 '망각의 강'이다. 그런 후에야 숲이 우거지고 빛이 찬란하며 환희에 찬 들판에 이를 수 있다. 이 들판이 '엘리시온'이다. 망각함으로써 속박에서 풀려나 진정한 자유의 파라다이스, 축복의 땅에 이를 수 있다는 것이다.

예수님께서 "네가 마지막 한 닢까지 갚기 전에는 결코 거기(감옥)에서 나오지 못할 것이다."라고 하셨다. 죄를 회개하고, 지은 죄로 상처받은 이들과 화해하고, 받은 은혜에 감사하며 보답하지 않고는 결코 속박에서 벗어나 진정한 자유를 얻을 수 없다고 하신 말씀이다. 그런데 "땅과 하늘의 징조는 풀이할" 줄 알면서 구원의 표징을 "어찌하여 풀이할 줄 모르느냐?"고 하셨다. 보속의 삶을 통해 망각의 은혜를 받음으로써 지금 당장 엘리시온의 삶을 살라 한 것이다.

제6장

사 랑 의

십

자

가

내 발을 씻겨 주세요

小狐汔濟 濡其尾 无攸利(소호흘제 유기미 무유리)

'어린 여우가 강을 건너다 꼬리 적시니 이로울 바 없다'는 말은 『역경』에 나와요. 여우는 강을 건널 때 꼬리가 젖으면 빠져 죽겠구나 하고, 건너지 않는대요. 이를 '허물없다[无咎]' 하지요. 『주역』64괘 중 63번째 괘예요. 헌데 아직 어린 여우가 겁 없이 나섰다가 꼬리 적셨네요. 이를 '큰일났다[无攸利]' 하지요. 64괘 중 64번째 괘예요. 앞일을 예비하며 겸손해야겠지요.

예수님께서 수난 하루 전날, 제자들 발을 씻어 주시고, 그 발에 입 맞춤해 주셨대요. 그리고는 "내가 너희에게 행한 것 같이 너희도 행하라"고 하셨어요. 당신처럼 겸손을 행하라는 말씀이지요. 사랑을 행하라는 말씀이지요. 환난은 겸손하게 예비하고 끝까지 견뎌내며, 좋을 때는 그럴수록 꼬리 젖지 않게 몸 낮추고 더욱 '섬기는 자세'를 지키라는 가르침이지요.

빛이요 사랑이신 당신, 저는 좀 잘 나간다 하면 우쭐대며 뵈는 게 없다는 듯 우세 떨어요. 그러다 꼬리 젖은 여우처럼 물에 빠져 허우적대며 후회해요. 한두 번 이런 게 아닌 걸 보면 제 바탕이 잘못된 거 같아요. 당신이여, 제 발을 씻어 주세요. "발만 아니라 손과 머리" 그리고 제 알몸과 바탕까지 몽땅 씻기시어 저도 이웃의 발을 씻어줄 줄 아는 참인간이 되게 해주세요.

「제자들의 발을 씻는 예수 그리스도」 (틴토레토)

이 그림은 최후의 만찬을 들기 전에 예수님께서 겉옷을 벗고 허리에 수건을 두르시고 무릎 꿇고 제자들의 발을 씻겨 주시는 장면을 그린 것인데, 이 순간은 베드로의 발을 씻겨 주시는 순간이다. 베드로가 머리를 앞으로 한껏 내밀어 예수님 얼굴을 마주보며 무언가 얘기를 나누고 있다. 사양하는 베드로에게 예수님께서 "내가 하는 일을 네가 지금은 알지 못하지만 나중에는 깨닫게 될 것이다. 내가 너를 씻어 주지 않으면 너는 나와 함께 아무런 몫도 나누어 받지 못한다" 라고 하시자 베드로가 "주님, 제 발만 아니라 손과 머리도 씻어 주십시오."라고 말하고 있는 순간이다. 예수님께서는 제자들의 발을 다 씻어 주신 뒤 "내가 너희 에게 행한 것 같이 너희도 행하라"고 말씀하신다. 겸손을 행하고 사랑을 행하라 는 말씀이다.

예수님께서는 우리에게 너희도 '기름부음'을 받았으니 겸손과 사랑으로 우 리의 삶을 봉헌하라고 하신다. 이 새로운 창조와 은총의 세상에 부응해야 한다 고 하신다.

가지치기

無使滋蔓(무사자만)

'풀이 무성하도록 버려두지 말라.'는 말은 『좌전』에 나와요. 비록 하찮은 풀이라도 얼기설기 무성하게 덩굴진 다음에는 감당할 길이 없으니 어지러이 퍼지기 전에 손보지 않으면 종내는 속수무책의 지경에 이른다는 뜻이지요. 작은 습관도, 작은 죄도 마찬가지겠지요. 별거 아니다 방관하는 사이 습관은 굳어지고 죄는 커져서 손쓸 수 없게 될 테니까요.

예수님께서 최후의 만찬 때 "사람의 아들은 자기에 관하여 성경에 기록된 대로 떠나간다."고 하셨어요. 하느님 아버지의 구원 계획과 뜻에 순종하신다는 말씀이지요. 그러나 "불행하여라, 사람의 아들을 팔아넘기는 그 사람!"이라고 하세요. 그러자 예수님을 팔아넘길 유다가 "스승님, 저는 아니겠지요?" 하고 묻지요. 유다는 마지막 회개의 기회마저 저버리지요.

빛이요 사랑이신 당신, 바늘 도둑이 소 도둑이 되듯이 돈주머니에서 푼돈을 훔쳐내던 유다는 결국 서른 닢 은전에 예수님을 팔게 되지요. 우리에게 주신 사랑의 선물인 자유의지도 잘못 쓰면 우리도 유다처럼 된다 하셨지요? 당신이여, 안락과 욕심을 좇는 마음이 무성해지기 전에 당신께서 가지치기해 주세요. 순명의 십자가 길을 따라 걸을 수 있게 항상 이끌어 주세요.

「최후의 만찬」 | (필립 드 샹페뉴)

　필립 드 샹페뉴는 포트 로열 수도원의 얀센파 교도들과의 만남을 통해 깨달은 바가 있어 엄숙한 생활을 한 화가란다. 그의 딸 카트린이 이 수도원에 수녀로 들어가 마비된 다리가 낫는 기적이 일어나자, 이 수도원 제단화 장식을 위해 이 성찬식 장면을 그렸다고 한다. 예수님께서는 이 최후의 만찬에서 "나를 팔아넘길 자가 지금 나와 함께 이 식탁에 앉아 있다. 사람의 아들은 정해진 대로 간다. 그러나 불행하여라, 사람의 아들을 팔아넘기는 그 사람!"이라고 하신다. 예수님께서는 이미 다 알고 계신다. 그러나 그의 자유의지에 맡기며 불행한 자라고 측은지심을 가지신다. 헌데 화면 우측 마지막에 등을 보이고 앉은 유다는 "스승님, 저는 아니겠지요?" 하고 묻는다. 유다는 예수님께서 마지막으로 주신 회개의 기회마저 끝내 저버린다.

　우리는 죄의 싹을 잘라야 하고, 무성해지면 자라는 대로 가지치기해야 하고, 마지막 회개의 기회를 놓쳐서는 안 되고, 순명의 십자가 길을 따라야 한다, 이런 뜻을 담은 그림이다.

제6장 사랑의 십자가

사랑의 미혹

'재난은 사랑하는 사람에 의해서도 일어난다.'는 말은 『한비자』에 나와요. 사랑 받을수록 버릇없이 불손해지기 쉽고, 점점 바라는 바가 많아지면서 충족하지 못해 원망하게 되고, 가까워질수록 사랑의 실체가 기대에 미치지 못해 실망하게 되는 사랑의 세속적 속성 때문이지요. 자기본위의 세속적 사랑의 미혹에 갇히면 결국 배반하게 되고 재난을 일으키지요.

예수님께서는 최후의 만찬 때 "너희 가운데 한 사람이 나를 팔아넘길 것이다." 하시며 빵을 적셔 시몬 이스카리옷의 아들 유다에게 주시며 "네가 하려는 일을 어서 하여라." 하셨어요. 유다는 세속적 사랑의 미혹에 갇혀 어둠에서 벗어나지 못했어요. 이어 베드로에게 "너에게 말한다. 닭이 울기 전에 너는 세 번이나 나를 모른다고 할 것이다." 하셨어요.

빛이요 사랑이신 당신, 유다도 베드로도 배신했고 예나 지금이나 무수한 인간들이 그랬듯, 저 같이 나약한 영혼은 더 쉽사리 어둠의 세력에 굴복하고 세속의 유혹에 휩쓸려 참사랑의 길에서 멀어져 사랑의 미로를 헤맬 때가 많아요. 당신이여, 미혹과 미로에서 건져 주세요. "네가 하려는 일"이 아니라 당신께서 하시려는 일을 따르고 당신께서 하라 하시는 일을 하게 해주세요.

「유다의 입맞춤」| (카라바조)

이 그림은 화가 특유의 화풍대로 빛과 어둠이 극명하다. 어둠에 싸인 키드론 골짜기 건너편, 등불과 횃불에 성전 경비병들의 갑옷이 유난히 빛으로 번쩍이는 가운데 유다가 예수님께 입맞춤을 한다. "내가 입 맞추는 이가 바로 그 사람이니 그를 붙잡으시오." 하는 신호다. "스승님, 안녕하십니까?" 하고 입을 맞추는 유다를 예수님께서는 거부하지 않으신다. 사랑으로 입맞춤을 받아주신다. 배신과 용서, 죄악과 사랑이 대립하면서 공존하는 기막힌 순간이다. 모든 제자들이 이미 도망쳤듯 제자 요한도 겁에 질려 두 손을 치켜들고 겉옷을 휘날리며 황급히 도망치고 있다. 등불을 치켜들고 있는 이는 화가 자신인데, 이 모든 것을 지켜보고 있다. 그래서 카라바조는 이 그림 안에 성과 속, 구원과 심판의 대립과 공존을 함께 그려내고 있다.

예수님께서 유다에게 말씀하셨듯이 우리에게도 "네가 하려는 일"을 하라는 자유를 주신다. 그 자유를 우리가 잘 사용하기를 예수님께서는 바라시며 사랑으로 끝없이 기다려 주신다.

제6장 사랑의 십자가

무궁무진한 생명력

'산 위로 바람이 부니 산 위의 나무가 점점 자란다.'는 이 괘(卦)는 『역경』의 53번째 괘예요. 될성부르지 않은 어린 싹이 그저 묵묵히 자라 드높은 하늘을 찌르는 거목이 되고, 될성부르지 않은 어린 새가 둥지를 떠나 드넓은 창공을 비상하는 그 자유로움도 하루아침에 얻은 게 아니잖아요. 하늘과 땅이, 햇살과 물과 바람이 이들 생명체의 무궁무진한 생명력을 키워낸 거지요.

예수님께서는 베드로에게 "닭이 울기 전에 너는 세 번이나 나를 모른다고 할 것이다." 라고 예고하셨는데, 과연 예수님께서 붙잡혀 끌려가셨을 때, 베드로는 닭이 울기 전에 세 번이나 자기는 예수님 제자가 아니라고 부인해요. 그러나 베드로는 "내 양들을 돌보아라."는 사명을 다 하고 순교하지요. 될성부르지 않은 이도 성령께서 무궁무진한 생명력을 키워간 거예요.

빛이요 사랑이신 당신, 자기 목숨 살리겠다고 도망치고 부인하던 될성부르지 않은 이도 성령께서 무궁무진한 생명력을 키워 주시어 사명을 다 하게 해주셨듯이, 당신이여, 될성부른 기미가 눈곱만큼도 없다 할지라도 저를 내치지 말아주세요. 당신 사랑으로 어린 새처럼 조금씩 눈을 뜨고, 산 위의 나무처럼 조금씩이나마 자라게 무궁무진한 생명력을 키워 주세요.

「베드로의 부인」|(안톤 로버트 라인베버)

　이 그림은 예수님께서 붙잡혀 한나스 집에 끌려갔을 때, "당신도 저 사람의 제
자 가운데 하나가 아니오?" 하는 물음에 베드로가 세 번이나 부인하고는 울음을
터뜨리는 모습을 그린 것이다. 그림 속 타고 있는 불은 성전 경비병들이 숯불을
피워 놓은 것으로 베드로는 이 불을 쬐며 이들 곁에 서 있다가 예수님을 두 번째
로 부인한다. 그림 속 닭은 "닭이 울기 전에 너는 세 번이나 나를 모른다고 할 것
이다."라고 예고하신 예수님 말씀처럼 베드로가 예수님을 세 번째 부인할 때 울
던 닭이다. 베드로는 예수님을 팔아 먹은 유다와 다를 바 없이 예수님을 배반한
것이다. 그러나 유다는 후회하면서도 하느님의 은혜를 구하지 않고 목매어 죽지
만 베드로의 후회는 회개로 이어지고 마침내 사명을 다하고 순교한다.
　예수님께서는 우리에게 죄를 단순히 후회할 것이 아니라 베드로처럼 애통하
게 회개하고 믿음으로써 주님의 은혜로운 용서와 회복을 구하면 무궁무진한 생
명력을 주실 것이라 말씀하신다.

진정한 이김의 비법

柔能勝剛 弱能勝强(유능승강 약능승강)

'부드러운 것이 능히 굳은 것을 이겨내고, 약한 것이 능히 강한 것을 이겨낸다.'는 말은 『십팔사략』에 나와요. 예수님께서는 "나는 너희에게 말한다. 악인에게 맞서지 마라." 하셨어요. 보복과 앙갚음으로 맞서지 말고, 인내하고 용서할 때 극복될 수 있다는 말씀이지요. 그렇다고 악에 굴복 당하여도 안 된다는 말씀이에요. 선으로 악을 굴복시키라는 말씀이에요.

예수님께서 평소에 "그 여우"라 부르시던 헤로데 왕과 그의 군사들에게 조롱 당하신 후 빌라도 총독관저에 끌려가 또 모욕 당하셨어요. "가시나무로 관을 엮어 그분 머리에 씌우고 오른손에 갈대를 들리고서는, 그분 앞에 무릎을 꿇고 '유다인들의 임금님, 만세!'하며 조롱하였다."고 해요. 그러나 예수님께서는 침묵으로 저항하셨어요. 굴복하지 아니하시고 이겨내신 거예요.

빛이요 사랑이신 당신, 굳은 것에 굳은 것으로, 강한 것에 강한 것으로 맞서며 질세라 발악했지만 진정 이겨보지 못했어요. 미련해 보이고[樸鈍], 비천해 보이는[樸陋], 그런 유약(柔弱) 속에 이김의 비법이 숨겨져 있음을 몰랐던 거예요. 인내와 용서만이 악을 굴복시킬 수 있음을 몰랐던 거예요. 당신이여, 어쩜 저는 이렇게 살아왔을까요? 당신 뵙기가 항상 부끄러워요.

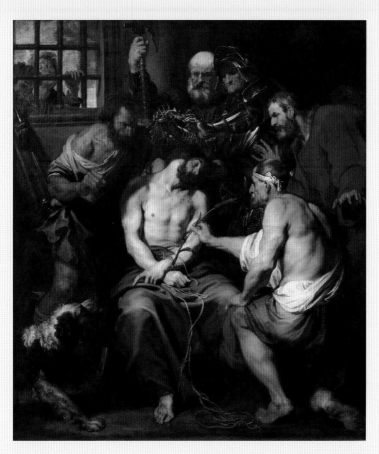

「그리스도를 모욕함」 | (안토니 반 다이크)

이 그림은 예수님께서 결박 당하신 채 조롱 당하시고 모욕 당하시는 모습을 그린 것이다. 흉기를 든 인간들, 가시관을 씌우려는 자, 갈대를 쥐어주려는 자, 그리고 이 처참한 모습을 보려는 호기심 찬 눈들이 쇠창틀에 매달려 있다. 화면은 온통 완악한 인간들로 꽉 차있다. 강아지마저 예수님을 물어뜯을 듯 으르렁댄다. 예수님만 말이 없으시다. 유혈이 낭자한 얼굴을 모로 늘어뜨리신 채 밧줄에 묶인 두 손을 반쯤 벗겨진 옷 위에 얹고 계시다. 예수님께서 총독관저에서 조롱 당하실 때 입혀진 옷은 자주색([마태]는 "진홍색"이라 하였다)이었다는데, 화면에는 푸른 옷이다. 이제 십자가에 못 박으러 끌고 갈 참인 걸 그린 것이다.

예수님의 자주색 옷은 참사랑의 빛이며, 머리의 가시관은 생명의 화관이며, 손의 갈대는 영원한 진리의 길로 이끄는 이정표이다. 온통 하늘나라의 누룩이다. 예수님 수난은 우리 안에 사랑을 발효시키는 누룩이다. 우리 안에 용서를 발효시키는 누룩이다.

대나무그림자, 달그림자

竹影掃階塵不動(죽영소계진부동)

'대나무그림자 섬돌을 쓸어도 티끌은 일지 않는다.'는 말은 『채근담』
에 나와요. 바람에 대나무 흔들린다고 대 그림자가 섬돌의 티끌을 쓸어
낼까요? 월륜천소수무흔(月輪穿沼水無痕)이라, 달그림자 못을 뚫은들
물에 흔적이 남을까요? 그림자가 아니라 실체를 따라 실천하는 참된 생
명의 삶, 사랑과 용서의 삶을 살라는 말이에요. 이런 마음에 증오가 남
아 있을 리 없겠지요.

예수님께서는 끌려 가시어 '해골'이라 하는 곳에서 십자가에 못 박
히셨어요. 그때에 예수님께서 놀라운 말씀을 하셨어요. "아버지, 저들
을 용서해 주십시오. 저들은 자기들이 무슨 일을 하는지 모릅니다."라
고요. 그리고 함께 매달린 죄수 하나가 "예수님, 선생님의 나라에 들
어가실 때 저를 기억해 주십시오." 하자 "너는 오늘 나와 함께 낙원에
있을 것이다." 하셨어요.

빛이요 사랑이신 당신, 용서의 '서(恕)'는 '여(如)'와 '심(心)'으로 이뤄
진 글자이듯이 나와 네가 '같은 마음', '한마음'이 되어야 비로소 참용
서가 이루어진대요. 마음에 앙금 남기지 말고 철저히 풀어놔야 비로
소 참용서가 이루어진대요. 당신이여, 용서할 수 없다 여기는 마음이
곧 그림자 허상이니 이를 벗어나 참용서로 이 풍진(風塵)의 삶이 참된
생명의 삶이 되게 해주세요.

「우리 구세주가 십자가에서 내려다본 것은」 | (제임스 티소)

　티소의 이 그림은 예수님 처형 장면을 그린 것인데 십자가도 예수님도 안 보인다. 화면 제일 앞 가운데에 십자가에 매달린 예수님 발이 보일 뿐이다. 조감도처럼 예수님께서 내려다보고 계신 그림이기 때문이다. 예수님께서는 발밑에 긴 머리 늘어뜨리고 엎드려 오열하는 막달레나, 그 뒤에 계신 푸른 옷의 성모님과 이모와 글로바, 그리고 화면 왼쪽에 주저앉아 있는 키레네 사람 시몬과 "정녕 이 사람은 의로운 분이셨다"고 한 백인대장을 보고 계신다. 사랑의 마음으로 보고 계신다. 그리고 "제비를 뽑아 그분의 겉옷을 나누어 가졌다."는 자들, 십자가 못 박히심을 "서서 바라보고 있었다."는 자들, 자신도 구원해 보라며 "빈정거렸다."는 지도자들과 화면 오른쪽 앞에 신포도주 그릇과 해면을 꽂은 갈대를 갖고 "너 자신이나 구원해 보아라."며 "조롱하였다."는 자를 보고 계신다. 용서의 마음으로 보고 계신다. "아버지, 저들을 용서해 주십시오. 저들은 자기들이 무슨 일을 하는지 모릅니다."라고 하시며. 사랑과 용서가 담긴 그림이다.

따뜻한 사랑 깊은 정

愛親者不敢惡於人(애친자불감오어인)

'부모를 사랑하는 사람은 감히 남을 미워하지 않는다.'는 이 말은 '부모를 공경하는 사람은 감히 남을 업신여기지 않는다.'는 말과 함께 『효경』에 나오는 말이에요. 애경(愛敬)하고 경친(敬親)하는 이는 부모로부터 인륜을 배우며 자랐고, 바탕이 따뜻한 사랑과 깊은 정을 지녔고, 자기 잘못이 부모를 욕되게 함을 알기 때문에, 남을 미워하거나 업신여기지 않는다는 말이에요.

예수님께서는 십자가에서 숨을 거두시기 전에 어머니에게 "여인이시여, 이 사람이 어머니의 아들입니다." 말씀하신 후 어머니 곁에 선 사랑하시는 제자에게 "이분이 네 어머니시다." 말씀하셨대요. 고통 중에서도 이토록 애경(愛敬)하시고 경친(敬親)하신 분이시지요. 이토록 따뜻한 사랑과 깊은 정을 지니셨기에 우리를 구원하시려고 십자가 죽음을 기꺼이 당하신 거지요.

빛이요 사랑이신 당신, 저의 사랑은 따뜻하지 않고 저의 정은 깊지 않아서 사랑과 정을 주기보다 받으려만 하기에, 누구로부터 받은 고통보다 제가 누구에게 준 고통으로 마음 아플 때가 많아요. 왜 어려움 중에서도 사랑으로 순종하며 베풀지 못하며 사는지 많이 후회돼요. 당신이여, "당신은 저의 사랑!"이시니, 이 사무친 사랑의 절정에 오르게 이끌어 주시고 품어 주세요.

「칠고의 성모님」|(아드리안 이센브란트)

이센브란트는 플랑드르의 브루게 출신 화가다. 이 작품은 『Our Lady of the Seven Sorrows』이다. 중앙에 7가지 큰 고통을 겪으신 성모님께서 검은 옷을 입고 슬픔에 잠겨 앉아 계신다. 성모님 배경에 그려진 7개의 작은 그림들이 성모칠고(聖母七苦)를 그린 것이다. 성모님 왼쪽 맨 아래쪽부터 시계바늘 돌아가는 방향으로 보자. ① 당신 마음이 칼에 찔린 듯 아플 것이라는 시메온의 예언이다. ② 헤로데의 영아살해 때 아기예수님과 이집트로 피신하심이다. ③ 성전에서 소년예수님을 잃고 애태우심이다. ④ 골고타에 오르시는 예수님을 만난 당신의 고통이다. ⑤ 예수님께서 죽으실 때 십자가 밑에 당신께서 서 계심이다. ⑥ 예수님을 십자가에서 내려 당신께서 아들 시신을 안으심이다. ⑦ 예수님께서 무덤에 묻히심이다. 그래서 성모님께서는 슬퍼하고 계신다. 그러나 모든 고통을 이겨내셨기에 우리 고통도 이겨내도록 도와주실 것임을 우리는 믿으며 성모님께 간구하며, 이 기도를 외면하시지 않을 것이다.

사랑의 십자가

莫之爲而爲者天也(막지위이위자천야)

'인력으로 아무것도 하지 않더라도 자연히 성취되는 것은 하늘이 그렇게 하기 때문이다.'라는 말은 『맹자』에 나와요. 사람이 가지가지 꾸민들 하늘의 뜻이 아니면 이루어지지 못하고, 사람이 손짓하지 않더라도 스스로 오는 것은 천명이 그렇게 하기 때문이라는 말이지요. 그러니 세상사 인위로 조작하려 하지 말고 겸손히 하늘 뜻에 맡기며 성실히 할 바를 하라는 말이에요.

십자가에 못 박히신 예수님께서 "엘리 엘리 레마 사박타니?", 즉 "저의 하느님, 저의 하느님, 어찌하여 저를 버리셨습니까?"라시며 괴로워하셨지만 '십자가 위에서 하신 일곱 가지 말씀[架上七言]' 중 마지막 말씀은 "다 이루어졌다."라는 말씀과 "제 영을 아버지 손에 맡깁니다."라는 말씀이셨어요. "제 뜻대로 마시고 아버지 뜻대로 하소서"라며 순종하신 거예요.

빛이요 사랑이신 당신, 저는 당신 뜻 여쭤본 적 없어요. 제 뜻이 이러니 당신 뜻도 이러려니 하고 제 뜻에 당신께서 함께 해달라고 해왔고, 당신께서는 그렇게 해주셨어요. 고통의 십자가를 사랑의 십자가로 만드시며 저를 끝내 내치지 아니하셨지요. 그걸 당연한 줄 알고, 사랑받을수록 더 설쳐댔지요. 당신이여, 이제껏 당신 맘 제 맘 되어 살지 못한 걸 깊이 뉘우쳐요.

「십자가에 달린 성 요한의 그리스도」 | (살바도르 달리)

달리의 이 그림은 십자가에 매달리신 예수님을 그린 것인데, 여느 그림과 달리 앙각(仰角)이 부각(俯角)으로 그린 것이다. 그러니까 인간을 사랑하시기에 대속의 제물로 죽음으로써 "다 이루어졌다" 하신 아들을 내려다보시는 아버지 시점(視點)으로 그린 것이다. 머리를 아래로 떨구신 예수님 어깨근육과 다리근육은 고통으로 경직되어 있는데, 그런 중에도 예수님의 생명의 빛이 구름을 꿰뚫고 고기잡이배와 어부가 있는 갈릴리 호수를 평온하게 비추고 있다. 인간의 일상적 삶과 구원의 원동력이 되는 빛이다. 그림의 제목이 「십자가에 달린 성 요한의 그리스도」인 까닭은 스페인 화가이면서 수도사로 평생을 십자가의 주님만 묵상하였다 해서 '십자가의 성 요한'이라 불렸다는 성 요한이 그린 그림을 바탕으로 그린 것이기 때문이다. 달리는 '고문 속의 임종'처럼 고통의 예수님 대신 지극히 아름다운 예수님을 그리겠다는 생각으로 "제 영을 아버지 손에 맡깁니다." 하신 예수님의 순종과 사랑을 아버지 시점으로 그린 것이다.

사랑의 샘물, 생명의 샘물

惻隱之心 仁之端也(측은지심 인지단야)

'측은한 마음은 어짊의 단서이다'라는 말은 『맹자』에 나와요. 측은히 여기는 마음이 자비와 긍휼과 사랑의 실마리라는 말이에요. 견딜 수 없이, 참을 수 없이, 그렇게 애끓는 자애이기에 이를 '생물지심(生物之心)', 즉 만물을 생성시키는 힘을 지닌 마음이라고 하지요. 너랑 나랑 다 살리는 생명의 샘물 같은 마음인 거지요. 용서의 샘물, 사랑의 샘물 같은 마음인 거지요.

십자가에 매달리신 예수님께서 숨지신 것을 보고 창으로 그분의 옆구리를 찔렀대요. 그러자 곧 피와 물이 흘러나왔대요. 측은지심으로 우리를 위해 십자가 제물이 되신 지극하신 사랑이 피와 물로 샘을 이루신 거예요. 용서해 주시고, 구원해 주시는 사랑의 샘물을 이루신 거예요. 새사람으로 태어나게 해주시고, 영혼을 치유해 주시는 생명의 샘물을 이루신 거예요.

빛이요 사랑이신 당신, 당신 몸속 피와 물을 몽땅 쏟아내어 제 영혼 구원해 주시는 당신의 끝없는 사랑! 제 온갖 죄 용서해 주시고 새롭게 태어나게 해주시는 당신의 높고 깊은 사랑! 당신이여, 그 사랑의 샘물, 그 용서의 샘물, 그 생명의 샘물이 저를 구원해 주시고 저를 용서해 주시고 저를 새롭게 해주셨듯이 저를 통해 제 이웃과 제 둘레 골골샅샅까지 퍼져나가게 해주세요!

「예수의 옆구리를 꿰뚫는 창」| (프라 안젤리코)

　이 그림은 로마병정 론지노(론기누스)가 예수님의 죽음을 확인하기 위해 창으로 예수님 옆구리를 찌르자 피와 물이 쏟아지며 십자가 밑 바위까지 흘러내리고 있는 장면을 그린 것이다. 론지노 옆 붉은 망토 입은 이가 아리마데의 요셉이고, 십자가 아래 무릎 꿇고 기도하는 검은 수도복 입은 이가 화가 자신이다. 화면 우측에서 십자가를 등지고 우는 이가 막달라 마리아이며, 이를 위로하시는 이가 성모님이시다. 이 창을 성창(聖槍, Sainte Lance)이라 한다. 전하는 말에 따르면 론지노는 예수님을 찌르는 순간 눈이 멀었는데, 이 성창에 흐르는 예수님 피로 눈을 씻고 회복되어 세례를 받고 성창으로 병자들을 고쳐주곤 했는데, 후일 카파도키아의 카이사레아에서 수도생활을 할 때 치아가 모두 뽑히고 혀가 잘리는 고문을 당하다가 목이 잘려 순교했다고 한다.

　예수님이 흘리신 피와 물은 생명을 살리는 생명 샘물이며 용서의 샘물이며 사랑의 샘물이다.

왜 진즉 몰랐을까

忘親易 使親忘我難(망친이 사친망아난)

'어버이를 잊으려 하면 잊을 수 있어도, 어버이로 하여금 나를 잊으라 하기는 어렵다.'는 말은 『장자』에 나와요. 자식의 어버이 사랑은 어버이의 자식 사랑에 미치지 못한다는 말이에요. 그래서 어버이가 죽으면 땅에 묻고 배우자가 죽으면 하늘에 묻고 세월 가면 잊을지언정 자식이 죽으면 어버이는 자식을 가슴에 묻고 가슴을 치며 영영 잊지 못하여 괴로워한다고 하지요.

예수님께서 십자가에서 숨 거두실 때, 낮 열두 시쯤 되자 어둠이 온 땅에 덮여 오후 세 시까지 계속 되었대요. 해가 어두워진 거예요. 그때 성전 휘장 한가운데가 두 갈래로 찢어졌대요. 그러자 몰려들었던 군중도 모두 그 광경을 바라보고 가슴을 치며 돌아갔대요. 군중이 그럴진대 성모님 가슴은 얼마나 아프셨을까요? 칼에 가슴 찔려 피 흘리시는 고통이셨겠지요.

빛이요 사랑이신 당신, 왜 당신 사랑 진즉 몰랐을까요? 제 죄 때문에 가슴 아파하시며 우시던 당신 눈물을 왜 그리 몰랐을까요? 늘 제 곁에서 제 허물 용서하시고 제 두려움 잠재우시며 옳은 길로 저를 이끄시던 당신 긍휼을 왜 이토록 몰랐을까요? 몰라줘도 좋다 하시며 끝없이 사랑주시고, 하염없이 눈물 흘리시고, 지침 없이 긍휼 베푸신 당신이여, 오! 당신이여.

「십자가에서 내려지시는 예수님」|(로히르 반 데르 웨이덴)

이 그림 중앙은 예수님을 비롯해 예수님 시신을 내리는 일꾼과 예수님 시신을 수건으로 감싸고 있는 니코데모가 있다. 화면 좌측에는 성모님을 비롯해 혼절하신 성모님을 부축하며 눈물 흘리는 요한과 울고 있는 두 여인, 즉 예수님 이모와 클로파스의 아내 마리아가 있다. 화면 우측에는 아리마태아 사람 요셉, 이 그림을 주문한 성당사제, 그리고 울고 있는 마리아 막달레나가 있다. 이제 예수님과 성모님 모습을 보자. 예수님 시신은 가시관을 쓴 피투성이 머리는 꺾여 있고 상체가 거의 60도로 굽은 채 길게 늘어져 있다. 성모님께서는 끔찍한 충격으로 쓰러져 계신데, 눈물로 얼룩진 얼굴은 돌아가신 예수님보다 더 창백한 채 길게 늘어져 있다. 성모님의 늘어진 왼팔과 예수님의 축 처진 오른팔은 닿을 듯 안타깝게 닿지 않고 있다.

슬픔에 잠긴 성모님, 통고의 성모님, 어찌 우리가 이 애상(哀傷)을 다 헤아릴 수 있을까! 그러나 비탄의 성모님께서는 우리의 고통을 다 헤아리시어 전구(轉求)해 주신다 하셨다.

돌무덤

'짧은 두레박줄로는 깊은 우물물을 풀 수 없다'는 말은 『순자』에 나와요. 옅은 생각으로 어찌 심대함과 원대함을 알겠느냐는 뜻이에요. 우리는 짧은 두레박줄에 불과한 현세의 기준과 우리 시간으로 하늘나라를 재려 하고, 하늘나라의 '영원한 현재'를 알려고 하지요. 짧은 두레박줄을 늘어뜨리고 우물물을 풀 수 없다고 우물 깊이 물이 없다고 단정한다면 얼마나 어리석을까요?

여인들이 향료를 갖고 예수님 무덤으로 가니, 무덤을 막았던 돌, 인봉한 후 병사들이 지키고 있던 돌이 이미 굴러져 있고, 안으로 들어가 보니 예수님 시신이 없었대요. 그래서 당황하고 있는데, 눈부시게 차려 입은 남자 둘이 나타나 "어찌하여 살아 계신 분을 죽은 이들 가운데에서 찾고 있느냐?" 하고는 "두려워하지 마라." 하며 예수님 부활을 "가서 전하여라." 하였대요.

빛이요 사랑이신 당신, 저는 허구한 날 돌을 쌓아요. 불신과 절망의 돌들, 미움과 증오의 돌들, 죄에 물든 돌들, 향락의 돌들, 고집불통의 단단한 돌들, 그야말로 온갖 잡된 돌들을 쌓아 스스로 돌무덤을 만들어요. 단단히 인봉까지 해요. 당신이여, 프란치스코 교황께서 '부활은 돌을 치우는 축제'라 하셨는데, 돌을 치워야 하는 걸 모르지 않으면서도 안 되니 어쩌지요?

「부활하신 그리스도와 무덤에 있는 여인들」 | (프라 안젤리코)

이 그림은 향료를 손에 든 여인들, 즉 마리아 막달레나와 요안나 그리고 야고 보의 어머니 마리아가 예수님 무덤으로 갔지만 예수님 시신이 없어 당황해하자 천사가 "어찌하여 살아 계신 분을 죽은 이들 가운데에서 찾고 있느냐?" 말하고 있는 장면을 그린 것이다. "나는 부활이요 생명이다."고 말씀하셨던 예수님께서 는 한 손에 붉은 십자가가 그려진 부활의 승리깃발을 드시고 한 손에 종려나뭇가 지를 드시고 여인들을 굽어보고 계신다. 그런데도 여인들은 석관 안만 들여다보 며 죽은 이들 가운데에서 찾고 있을 뿐 살아 계신 분을 보지 못하고 있다.

부활은 짧은 두레박줄로 길어 올릴 수 있는 것이 아니다. 깊디깊은 우물물을 현세의 기준과 우리 시간으로 퍼 올릴 수 없는 것이다. 부활은 죽은 후 미래에 이 뤄지는 것이 아니라 '영원한 현재'에 이미 시작되었으며 또 이뤄지는 것이다. 다 시 말해서 지금, 바로, 여기서, 부활의 삶을 살아야 한다는 것이다. 복음을 깨닫고 복음을 믿고 복음을 실천해야 한다는 것이다.

열정의 절제

跨者不行(과자불행)

'성큼성큼 내딛는 자는 멀리까지 계속 가지 못한다.'는 말은 『노자』에 나와요. 장거리 뛰기를 단거리 뛰듯 하면 안 되겠지요. 뜀박질이 그렇듯 사랑도 열정만으로 내달리면 안 되겠지요. 사랑하는 이의 가슴에 기대어 사랑의 고동을 듣고 사랑의 향기 맡으며 열정의 절제를 통하여 영적 일치를 이루어야 비로소 사랑받고 있음에 감사하며 사랑을 그만큼 나눌 수 있을 거예요.

마리아 막달레나가 예수님 무덤에 갔다 돌아와 사도들에게 "누가 주님을 무덤에서 꺼내갔습니다. 어디에 모셨는지 모르겠습니다."라고 말하자 요한은 베드로와 함께 무덤으로 달려갔어요. 요한은 사랑의 열정으로 달려 무덤에 먼저 다다랐지만 베드로를 기다려 무덤에 따라 들어가 보고 부활을 믿었대요. 열정의 절제로 '사랑의 사도'가 되고, '부활의 증거자'가 된 거예요.

빛이요 사랑이신 당신, 저는 요한처럼 불끈하기 잘 하고 고집불통이고 편협하고 무정하고 배타적이며 교만하고 외골수예요. 허나 저는 요한과 달리 담대함과 용기와 결단력과 통찰력, 그리고 특히 열정적 사랑이 부족하고, 그 열정의 자제력이 없어요. 당신이여, 출렁대는 사랑의 열정보다 열정의 절제를 통해 영적 일치를 이루게 하시어 '사랑의 사도'로 키워 주세요.

「부활의 아침에 무덤으로 달려가는 제자들」| (외젠 뷔르낭)

이 그림은 예수님 무덤을 찾아갔다가 시신이 없어진 것을 안 마리아 막달레
나가 사도들에게 돌아와 이를 알리자 베드로와 요한 두 사도가 무덤으로 달려
가는 장면을 그린 것이다. 어렴풋한 노란 빛으로 동이 트고 있는 아침에 들판을
가로질러 뛰는 그들 마음이 얼마나 다급한지 머리카락이 온통 흩날리고 옷자락
이 날리고 있다. 베드로는 한 손으로 가슴을 움켜쥐고, 요한은 두 손을 모아 쥐고
뛰고 있다. 그들의 눈빛은 근심과 애절함과 설렘과 열정이 가득한데 오로지 한
곳만 응시하며 뛰고 있다. 요한은 예수님께서 '천둥의 아들'이라는 별명을 붙여
주실 정도로 화끈한 성격인데, 앞서 달려 무덤에 먼저 다다랐건만 베드로를 기
다려서 그가 무덤에 들어가자 따라 들어가 아마포와 예수님 얼굴을 싸고 있던
수건이 개켜 있는 것을 보고 부활을 믿게 될 정도로 벅찬 열정을 자제함으로써
'사랑의 사도', '부활의 증거자'가 된 것이다. 열정의 절제를 할 줄 아는 사랑, 더없
이 아름다운 사랑, 그런 사랑을 오늘 묵상해 본다.

완전한 사람

肫肫其仁 淵淵其淵 浩浩其天
(순순기인 연연기연 호호기천)

'자상하고 자상한 그 어짊, 깊디깊은 그 인품, 넓디넓은 그 하늘같은 덕'이라는 말은 『중용』에 나와요. '하늘의 덕', 즉 '천덕'을 완전히 갖춘 이의 모습이 이러하다는 말이에요. 하늘의 덕은 악인이나 선인을 가리지 않고 해가 떠오르게 하고, 의로운 이나 불의한 이를 가리지 않고 비를 내려주듯 자상한 어짊, 깊은 인품, 넓은 덕을 갖추어야 완전한 사람이 된다는 뜻이에요.

마리아 막달레나가 예수님 무덤 밖에서 울고 있을 때 예수님께서 "여인아, 왜 우느냐? 누구를 찾느냐?" 하고 물으셨대요. 울음을 달래주는 이 자상한 한 마디 말씀, 얼마나 기막힌 말씀인가요? 마리아는 그분을 정원지기로 생각하고, 당신이 예수님 시신을 옮겼다면 어디에 모셨는지 말씀해 주면 "제가 모셔 가겠습니다." 하고 말하였대요. 이 또한 얼마나 갸륵한 말인가요?

빛이요 사랑이신 당신, 슬퍼하는 이에게 "왜 우느냐?"라며 살가운 말 한마디 건넬 줄 아는 사람은 얼마나 아름다운 사람일까요? 사랑하는 이를 "제가 모셔가겠습니다." 하고 목숨 바칠 각오하는 사람은 또 얼마나 아름다운 사람일까요? 당신이여, 하늘의 덕을 닮아 자상한 어짊, 깊은 인품, 넓은 덕을 갖게 해주시어 저를 완전한 사람, 아름다운 사람이 되게 해주세요.

「놀리 메 탄게레」 | (브레히트 뒤러)

뒤러의 이 그림은 부활하신 예수님께서 인부 모자를 쓰시고 삽을 메시고 마리아 막달레나의 이마를 향해 손을 뻗으시며 '놀리 메 탄게레(Noli me tangere)', 즉 '나를 붙들지 말라'고 말씀하고 계시는 모습을 그린 것이다. 마리아는 무덤에서 예수님 시신이 없어진 것을 알고 주저앉아 예수님 시신을 닦아드리려고 준비한 향유 항아리 위에 왼손을 얹고 울고 있다. 울고 있는 마리아에게 예수님께서 "여인아, 왜 우느냐? 누구를 찾느냐?" 하고 물으시자 마리아는 그분을 예수님이라 생각 못하고 정원지기로 생각한다. 그래서 화면의 예수님께서 인부 모습을 하고 계신다. 그래서 정원지기 당신이 예수님 시신을 옮겼다면 어디에 모셨는지 말씀해 달라고 한다. 그러면 "제가 모셔가겠습니다."고 말한다. 사랑의 진심이 담긴 놀라운 말이다. 그런 마리아이기에 훗날 마리아는 참회와 고행으로 여생을 보내다 죽는다. 그리고 전승에 따르면 마리아 유골에는 예수님께서 손 댄 그 부분만 썩지 않았다고 한다. 완전한 신앙인의 모습이다.

제6장 사랑의 십자가

사랑으로만 당신을

若藥不瞑眩厥疾不療(약약불명현궐질불료)

'눈이 아찔할 만큼 강한 약이 아니면, 그 병은 치유되지 않는다.'는 말은 『맹자』에 나와요. 강한 충격일 때 효과가 좋다는 말이지요. 큰 고난을 겪은 후에야 비로소 일상의 평안이 귀하다는 것을 알게 되듯이요. 죽음과 죄의 굴레에 갇힌 데에서 해방되고 자유로워지듯이, 사랑속에 있으면서도 사랑을 잊으며 사는 우리가 비로소 다시 사랑을 깨우치게 되듯이요.

마리아 막달레나가 예수님 시신이 무덤에서 없어진 것을 알고 무덤 밖에 서서 울고 있을 때 예수님께서 "마리아야!" 하고 부르셨대요. 눈이 아찔할 만큼 충격적인 이 부르심을 듣고 마리아는 돌아서서 히브리 말로 "라뿌니!" 하고 불렀대요. 이는 '스승님!'이라는 뜻이래요. 그러자 예수님께서 "내가 아직 아버지께 올라가지 않았으니 나를 더 이상 붙들지 마라." 하셨대요.

빛이요 사랑이신 당신, 제가 슬픔에 빠졌을 때 제 이름을 불러 주세요. 눈이 아찔할 만큼 강한 약이 되어 제 슬픔이 한순간 사라질 거예요. 저는 그만 감격하여 온갖 말을 잊은 채 오로지 "라뿌니!", 이 한마디만 외치며 슬픔의 눈물이 아니라 사랑의 눈물을 흘릴 거예요. 당신이여, 사랑으로만 당신을 뵐 수 있음을 깨닫게 해주세요. 나의 당신, 나의 '라뿌니'이신 당신이여!

「나를 만지지 말라」 | (베첼리오 티치아노)

티치아노의 그림 속 예수님께서는 마리아 막달레나가 부활하신 예수님을 정원지기인 줄 알았다는 성구를 표현하기 위해 호미를 들고 계신다. 예수님께서 "마리아야!" 부르시자 깜짝 놀란 마리아는 "라뿌니(스승님)!" 부르며, 금발을 늘어뜨리고 기듯이 다가가며 손을 뻗어 예수님 옷자락을 만지려 한다. 그러자 아마포를 망토처럼 목에 두르시고 아랫도리는 로인클로스만 걸치신 예수님께서 옷자락을 거머쥐시며 "내가 아직 아버지께 올라가지 않았으니 나를 더 이상 붙들지 마라." 하신다. '놀리 메 탄게레(Noli me tangere)', 즉 '나를 붙들지 말라' 하신 것이다. 예수님 뒤로 '강한 신앙심의 상징'이라는 떡갈나무와 양떼가 보인다. 성(聖)의 세계다. 그러나 주름이 많은 풍성한 흰옷에 진한 붉은 치마를 받쳐 입은 마리아 뒤로는 집들과 개와 사람들이 보인다. 속(俗)의 세계다. 마리아는 예수님 승천 후 프로방스로 건너가 그곳 동굴에서 30년 동안 참회의 고행을 한다. 마리아가 그랬듯 이 그림은 우리를 속(俗)에서 성(聖)으로 이끈다.

진정한 평안

樂處樂非眞樂(낙처락비진락)

'즐거움 가운데에서 즐거운 마음을 지니는 것은 참다운 즐거움이 아니다'는 말은 『채근담』에 나와요. 괴로운 중에서도 즐거운 마음을 얻어야만 비로소 진정한 즐거움이요 진정한 평안이라는 말이에요. 참을 수 없는 극한을 참고 이겨내어 얻는 즐거움이어야 진정한 즐거움이요 진정한 평안이라는 말이에요. 무사안일에서 즐거움이나 평안을 찾지 말라는 가르침이지요.

빈 무덤을 확인한 여인들이 두려우면서도 크게 기뻐하며 "서둘러" 예수님 부활의 소식을 제자들에게 전하러 "달려갔다"지요. 그러던 중에 부활하신 예수님을 만났대요. 예수님께서 "평안하냐?" 말씀하시고는 "두려워하지 마라. 가서 내 형제들에게 갈릴래아로 가라고 전하여라. 그들은 거기에서 나를 보게 될 것이다." 하셨대요. 진정한 평안을 약속하신 거예요.

빛이요 사랑이신 당신, 당신은 매일 밤 저에게 평안히 자라 하시고 매일 아침 평안하냐고 물으시지요? 당신이여, 제 맘 깊은 곳에 "나를 보게 될 것이다."는 확신을 주세요. 당신께서 바라시는 평안이 무사안일이 아닐진대 당신의 확신 없이는 고통 중에도 참된 즐거움과 참된 인내를 찾지 못하여 평안하지 못할 테니까요. 진정 평안 자체이신 당신, 당신을 보게 해주세요.

「예수께서 거룩한 여성에게 나타나시다」 | (제임스 티소)

　이 그림은 세 여인이 빈 무덤을 확인한 후 두려우면서도 크게 기뻐하며 예수님 부활의 소식을 제자들에게 전하러 옷자락이 흩날리도록 서둘러 달려가는 중에 예수님을 만나는 장면을 그린 것이다. 예수님께서는 못 자국이 선명한 두 손을 치켜드시고 여인들에게 "평안하냐?" 말씀하신다. 비틀어 굽은 나무 저편에는 잎이 무성한 나무들이 숲을 이루고 있다. 두려움과 기쁨, 죽음과 생명, 절망과 희망의 대비를 통해 갈릴래아에서 "나를 보게 될 것이다."는 약속을 하신다. 세 여인은 제자들에게 말할 것이다. "저는 주님을 뵈었습니다."라고.

　예수님을 사다새(펠리컨)에 비견한다. 사다새는 자신의 옆구리 살을 스스로 쪼아 그 상처에서 나온 피로 죽은 새끼 새를 살린다는 전설을 지닌 새다. '십자가의 피로써 인간을 구원하는 그리스도를 상징'하는 새다. 오늘도 진정 평안 자체이신 예수님께서는 사다새처럼 당신의 살을 쪼아 우리에게 먹이시고 흘리는 피를 마시게 하시며 우리에게 물으신다. "평안하냐?"고.

제6장 사랑의 십자가

타오르는 마음

不憤不啓(불분불계)

'열정이 없는 자에게 진리는 열리지 않는다.'는 말은 『논어』에 나와요. 거룩한 진리는 인간의 지혜로 깨치지 못하기에 하늘이 친히 열어 보여주시지요. 이를 계시(묵시)라 하지요. 그러면 누구에게 하늘이 열어 보여주실까요? 열정이 있는 자에게 열어 보여주신대요. 삿되고 속된 열정이 아니라 천진난만한 열정에 마음이 뜨겁게 타오르는 자에게 열어 보여주신다는 말이에요.

엠마오 가는 길을 제자들은 예수님과 같이 걸으며 말을 나누지만 "눈이 가리어" 알아보지 못해요. 예수님 부활은 전혀 생각도 못한 채 예수님 시신이 없어졌다는 말을 하며 절망에 빠진 심정을 토로해요. 그러다 엠마오에 도착하여 예수님께서 사라지신 후에야 그들은 서로 말해요. "길에서 우리에게 말씀하실 때…… 우리 마음이 타오르지 않았던가!"라고요.

빛이요 사랑이신 당신, 계시는 우리의 눈을 열게 함으로 이뤄진다지요? 그러기 위해 눈을 뜨려는 분심(憤心)이 필요하다지요? "우리 마음이 타오르지 않았던가!" 했던 그 북받쳐 타오르는 열정이요, 바로 분심이지요. 당신이여, 제 안에도 순수하면서 뜨거운 열정이 타올라 가리어진 눈이 열리며 당신을, 당신 사랑을, 당신 뜻을 이제라도 알아보고 느낄 수 있으면 좋겠어요.

「엠마오 가는 길」 | (로버트 준드)

이 그림은 예수님 제자 중 클레오파스와 또 하나의 제자, 이렇게 두 사람이 엠마오로 가는데, 부활하신 예수님께서 "가까이 가시어 그들과 함께 걸으셨다."는 성구를 주제로 한 것이다. 엠마오는 '따뜻한 샘'이라는 뜻을 가진 시골이다. 그래서인지 엠마오 가는 황톳길이 따뜻하다. 야들야들 새순이 돋는 숲길은 포근하다. 그런데 그들은 "눈이 가리어" 예수님을 알아보지 못하고, 부활도 전혀 생각 못한 채 예수님 시신이 없어진 사실을 말한다. 그러자 예수님께서 한 손을 들어 하늘을 가리키시며 "믿는 데에 마음이 어찌 이리 굼뜨냐? 그리스도는 그러한 고난을 겪고서 자기의 영광 속에 들어가야 하는 것이 아니냐?" 하신다. 그래도 그들은 알아채지 못하다가 뒤늦게 동행한 분이 예수님이신 걸 깨닫고 서로 말한다. "길에서 우리에게 말씀하실 때…… 우리 마음이 타오르지 않았던가!"라고요. '타오르는 마음', 이 얼마나 놀라운 열정인가!

이런 열정이 있어야 부활하신 예수님께서 매순간 우리를 찾아오신다는 걸 알려주는 그림이다.

사랑의 빵

良馬有策 遠道可致(양마유책 원도가치)

'좋은 말도 채찍이 있어야 먼 길을 갈 수 있다'는 말은 『위료자(尉繚子)』라는 병법서에 나와요. 사람도 사람을 잘 만나야 큰 뜻을 천하에 펼칠 수 있다는 뜻이지만, 성심껏 노력하는 사람도 곁에서 편달(鞭撻)해 주면 더 매진(邁進)하게 된다는 말이에요. 그래서 사랑의 채찍질, 사랑의 매질은 육신을 살리는 사랑의 꿀이요 영혼을 살리는 사랑의 빵 같은 거지요.

부활하신 예수님과 함께 엠마오로 가며 말을 나누면서도 제자들은 "눈이 가리어" 예수님을 알아보지 못했지만, 엠마오에 도착하여 예수님께서 빵을 들고 찬미를 드리신 다음 그것을 떼어 나누어 주시자 그제야 그들의 "눈이 열려" 예수님을 알아보았대요. 사랑의 빵을 받아든 순간 예수님을 알아본 거예요. 그들은 그 밤으로 다시 예루살렘까지 달려가 이 사실을 알렸대요.

빛이요 사랑이신 당신, 좋은 말도 채찍이 있어야 먼 길을 갈 수 있다는데, 게을러터진 저에게 채찍이 없으면 한밤중에 오던 길 다시 돌아 그 먼 예루살렘까지 달려갈 열정이 생겨날 리 없겠지요. 당신의 채찍질[鞭]과 매질[撻]은 참된 생명으로 살리는 사랑의 빵이오니, 당신이여, 사랑의 빵 조금만 떼어 주시어 제 눈 열려 당신 보게 해주시고 조금이나마 사람답게 해주세요.

「엠마오의 저녁식사」 | (카라바지오)

이 그림은 두 제자가, 엠마오로 오는 길을 온종일 함께 걸으며 말을 나누었던 분이 부활하신 예수님임을 깨닫는 순간을 그린 것이다. "눈이 가리어" 알아보지 못하던 그들은 엠마오에 이르자 예수님을 모시고 식탁에 앉는데, 이때 예수님께서 빵을 들고 찬미를 드리신 다음 그것을 떼어 그들에게 나누어 주시는 순간 그들의 "눈이 열려" 예수님을 알아본다. 식탁에 앉은 두 제자 중 왼쪽의 클레오파스는 너무 놀라 벌떡 일어설 듯 하며 엉거주춤하고, 옷에 조개 매단 오른쪽 제자는 놀라서 두 팔을 활짝 펴고 있다. 식탁 위 빵과 포도주는 예수님 몸과 피의 상징이요, 석류는 가시관을, 사과와 무화과는 원죄의 상징이다. 헌데 예수님 피의 상징인 포도가 담긴 과일바구니는 식탁 끝에 아슬아슬 떨어질 듯 걸쳐 있다. 왜 그럴까?

예수님께서 이 순간 사라지신다. 그러자 두 제자는 서로 말한다. "길에서 우리에게 말씀하실 때…… 우리 마음이 타오르지 않았던가!"라고. 예수님께서는 우리에게도 이 열정을 바라신다.

제6장 사랑의 십자가

평화가 너희와 함께

平生之志 不在溫飽(평생지지 부재온포)

'평상시의 뜻이 따뜻하고 배부른 데 있지 않다'는 말은 『소학』에 나오는 말로 왕증(王曾)이 한 말이래요. 생활이 넉넉해야겠지만 너무 안락만 추구해도 안 되고 부자유스러움이 없이 평안해야 된다는 말이지요. 그러니까 평안이나 평화는 그저 생활이 넉넉하고 잘 먹고 안락하고 아무 탈없이 지내는 것이 아니라 사랑과 기쁨과 자유가 충만하게 지내는 것이지요.

엠마오에서 예수님을 만난 두 제자는 그날 밤 곧바로 멀고 먼 예루살렘까지 되돌아 달려가 열한 제자와 동료들이 모여 있는 데에서 예수님께서 되살아나심과 예수님과 함께 있을 때 겪은 일과 빵을 떼실 때에 그분을 알아보게 된 일을 이야기했대요. 그들이 이런 이야기를 하고 있을 때 예수님께서 나타나시어 그들 가운데 서시어 "평화가 너희와 함께!" 하고 말씀하셨대요.

빛이요 사랑이신 당신, 배부르고 등 따스하고 무탈하면 뭐한대요. 배부르지만 마음이 고프고 등 따스하지만 가슴이 시리고 무탈하지만 영혼이 묶이면 뭔 소용이겠어요. 당신이여, 당신 주시는 사랑으로 제 영혼을 채워 주세요. 당신 주시는 기쁨으로 제 가슴 녹여 주세요. 당신 주시는 자유로 제 영혼 풀어 주세요. 그래서 참된 평화를 당신과 함께 누리고 싶어요.

「제자들에게 나타난 예수」 | (안토니오 콘치올리)

이 그림의 배경은 멀리 바다처럼 큰 호수가 보이는 갈릴래아 어느 산이다. 시간은 뭉게구름이 떠 있는 하늘이 푸르고 맑은 어느 낮이다. 예수님께서 손발의 못자국과 창에 찔린 옆구리 상처가 선명한 몸으로 부활하시어 제자들에게 "평화가 너희와 함께!"라고 말씀하고 계신다. 바람에 머리카락이 흩날리는데 긴가민가하거나 아예 못 믿겠다는 듯 등을 돌린 이도 있다. 그런데도 예수님께서는 왼손으로 호수에 떠 있는 배를 가리키신다. 배는 '교회'를 상징한다. 부활을 증언하고 복음을 전하고 세례를 주고 교회 공동체를 이루라고 말씀하시는 것이다. 노란 망토를 걸치고 무릎을 꿇은 베드로 손에 열쇠가 쥐어져 있다. '하늘나라의 열쇠'다. 매고 푸는 권한, 교회를 다스리는 권한, 이를 상징하는 열쇠. 하늘에는 영광, 땅에는 평화를 주는 열쇠. 이 열쇠는 예수님께서 우리에게 주시는 약속의 징표이다.

우리도 부활을 증언하며, 역경을 이기고 서로 사랑하면 평화가 함께 할 것을 약속하셨다.

매일을 기쁘게 사는 것

樂夫天命 復奚疑(낙부천명 부해의)

'천명을 즐기면 어찌 의심하겠는가!'라는 말은 도연명의 <귀거래사 (歸去來辭)> 마지막 시구예요. 고결한 성품의 도연명이 한갓 몸의 노예로 사느니 산수와 더불어 노닐며 주어진 천명을 마음껏 즐기면 여기에 다시 무엇을 의심하고 주저하겠냐면서 현령 벼슬을 버리고 고향 전원으로 돌아가며 읊은 시예요. 하늘의 뜻을 즐겨 따르며 매일 기쁘게 사는 것, 그걸 바란 거예요.

부활하신 예수님께서 나타나시자 제자들은 너무나 무섭고 두려워 유령을 보는 줄 알았대요. 예수님께서 "왜 놀라느냐? 어찌하여 너희 마음에 여러 가지 의혹이 이느냐?" 하시며, 당신 손발을 만져보게 하시고 먹을 걸 달라 하시어 구운 물고기 한 토막을 그들 앞에서 잡수시고는 "그리스도는 고난을 겪고 사흘 만에 죽은 이들 가운데에서 다시 살아야 한다."고 하셨어요.

빛이요 사랑이신 당신, 하늘의 뜻은 따라야만 하고, 즐겨 따르면 의심하고 주저할 것이 없겠지요. 그리고 이를 통해 새로운 희망과 사랑의 빛을 온몸, 온 마음으로 받아들이게 될 터이니 어찌 기쁘지 않겠어요. 당신이여, 당신 뜻 따르며 당신 사랑하며 매일을 기쁘게 살게요. 이 환희의 삶이 저를 통해 제 이웃에게도 이뤄지도록 저를 당신의 도구로 써주시지 않으실래요?

「부활」|(델 파슨)

　이 그림은 부활하신 예수님께서 제자들 가운데 서 계신 모습을 그린 것이다. 제자들이 유령인 줄 알고 무서워하고 두려워하자 예수님께서는 "왜 놀라느냐? 어찌하여 너희 마음에 여러 가지 의혹이 이느냐?" 하시며, "유령은 살과 뼈가 없지만, 나는 너희도 보다시피 살과 뼈가 있다." 하시고는 당신의 손발을 만져보게 하신다. 그러자 예수님 발의 상처를 만져보는 제자도 있다. 빛이 머리 위로부터 쏟아지기에 이 제자의 그림자는 엉덩이 밑에 깔려 있다. 항아리 밑에도 그림자가 있다. 예수님 발치에도 그림자가 있다. 육신을 지니신 예수님의 부활을 실증하는 그림이다. 예수님께서는 먹을 걸 달라 하시어 그들 앞에서 잡수시기까지 하신다. "사흘 만에 죽은 이들 가운데에서 다시 살아야 한다."는 하늘의 뜻이 이루어진 것이다. 제자들이 예수님 곁에 다가서 부둥켜안고 만지며 새 희망과 사랑의 빛 속에서 기뻐하고 있다.

　우리도 하늘의 뜻을 따르며 부활을 증언해야 한다. 그것은 곧 매일을 기쁘게 사는 것이다.

정녕 행복한 사람

以疑決疑 決必不當(이의결의 결필부당)

'의심 품고 의심 가는 것을 풀려면, 결코 합당하게 풀지 못한다.'는 말은 『순자』에 나와요. 이미 의심으로 굳어 있으면 어찌 옳게 판단하여 의심을 풀 수 있겠느냐는 말이에요. 악마가 사랑에 장애를 심으면 오히려 장애를 이겨내려고 서로 더 아끼며 더 사랑하지만 불신을 심으면 서로 의심하여 다투다 헤어진다는 말이 있듯이 의심 품지 않는 이는 정녕 행복한 사람이에요.

예수님 제자 토마스는 제 눈으로 직접 보고 제 손으로 만져보지 않고는 예수님 부활을 믿을 수 없다 하자 예수님께서는 그에게 그렇게 하라, 그리고 "의심을 버리고 믿어라." 하셨어요. 사실 마음속에는 의심보다 더 큰 믿음을 품고 있던 그는 "저의 주님, 저의 하느님!"이라며 놀라운 고백을 하고, 예수님께서는 "보지 않고도 믿는 사람"은 정녕 행복한 사람이라 하셨어요.

빛이요 사랑이신 당신, 불행한 이는 잃은 걸 헤아리며 불평과 의혹에 살지만 행복한 이는 얻은 걸 헤아리며 감사와 믿음에 산다지요? 당신이여, 믿음의 거름으로, 포용의 햇빛으로, 사랑의 지지대로 제 마음이 감사로 충만하며 행복의 열매로 풍성하면 좋겠어요. 당신 사랑 안에서 당신 사랑을 믿으며 행복하면 모든 이들이 저를 '오, 정녕 행복한 사람!'이라 할 거예요.

「성 토마스의 의심」| (마르텐 드 보스)

이 그림은 부활하신 예수님께서 나타나시자 제자들이 수런거리며, 두런거리며, 아예 엉뚱한 곳을 보며 두려워하고, 혹은 상처를 가리키기도 하고, 어쩐 일이냐는 듯 모두 놀란 손짓을 하고 있는 가운데 토마스가 "나는 그분의 손에 있는 못 자국을 직접 보고 그 못 자국에 내 손가락을 넣어 보고 또 그분 옆구리에 내 손을 넣어 보지 않고"는 결코 믿을 수 없다 하자 예수님께서 한 손을 활짝 펼치시어 못에 찔린 상처를 보여주시면서 다른 손으로는 그의 팔을 잡으시고 창에 찔리신 옆구리 상처를 만지게 하시며, "보아라. 그리고 의심을 버리고 믿어라." 하신다. 그는 한 손의 검지와 중지로 상처를 만지면서 다른 한 손은 놀랍고 두렵다는 손짓을 한다. 그는 무릎을 꿇고 "저의 주님, 저의 하느님!"이라는 놀라운 고백을 한다.

예수님께서는 토마스에게 말씀하셨듯이 우리에게도 말씀하신다. "보지 않고도 믿는 사람은 행복하다"고. 우리도 의심 없는 믿음으로 "저의 주님, 저의 하느님!"이라 고백하기를 원하신다.

함께 즐겨야지요

弓張而不弛(궁장이불이)

"활을 팽팽하게 당기고 늦추지 않는다.'는 말은 『묵자』에 나와요. 정번(程繁)이라는 자가 묵자에게 '말을 수레에 맨 채 풀어주지 않음은 활줄을 잡아당기기만 하고 놓지 않는 것 같으니 혈기 있는 사람으로서 할 수 없는 일이 아닌가?'라고 묻자 묵자는 '만사를 느슨하게 하는 적 없이 줄곧 팽팽하게만 해도 안 되지만 그렇다고 느슨하게만 해서도 안 된다'고 했어요.

부활하신 예수님께서 제자들과 함께 물고기를 구워 드시면서 성육신의 증거를 드러내보여 주시면서 결코 사역을 서둘러 권하지 아니하시고, 잠시 느슨하게 늦추시면서 제자들과 일상의 삶으로 돌아와 예전처럼 즐기셨지요. '부활을 목격한 제자들의 경이로움'을 일상의 삶으로 되돌리는 한편 장차 활줄을 팽팽히 당기며 '복음을 증언하는 삶'을 살아야 한다는 묵언이시지요.

빛이요 사랑이신 당신, 부활을 어떻게 증언하고 어떻게 고백해야 하나요? 당신께서는 '일상의 삶'으로 증언하고 고백하라 하셨지요? 활을 팽팽히 당기지만 말고 그저 당신 말씀에 따라, 당신과 함께 '일상의 삶'을 즐기라 하신 거지요? 당신이여, 만사 지나치지 않되 오로지 빛과 기쁨, 진실과 정의로써 온갖 세속 욕망에서 벗어나 당신과 함께 '일상의 삶'을 즐기게 해주세요.

「호숫가의 아침」| (지거 쾨더)

이 그림의 배경은 티베리아스 호숫가이다. 부활하신 예수님을 이미 만났지만 여전히 어디로 가야 할지, 무엇을 해야 할지 몰랐던 그들은 고기잡이 일상의 삶으로 되돌아가 있었는데, 예수님께서 나타나신다. 요한이 곧바로 알아보고 "주님 이십니다." 하자 베드로는 벗었던 옷을 겉에 두르고 호수로 뛰어들어 예수님께 다가온다. 예수님 손이 베드로를 붙들어 주시려고 뻗고 있다. 다른 제자들은 작은 배로 고기가 든 그물을 끌고 온다. 뭍에는 숯불이 있고 그 위에 물고기가 놓여 있고 빵도 있다. 예수님께서 그들에게 "와서 아침을 먹어라." 하시며, 다가가셔서 빵을 들어 그들에게 주시고 고기도 그렇게 주신다. 이렇게 해서 예수님께서는 제자들과 '일상의 삶'을 예전과 같이 즐기신다. 그러나 물고기를 주심으로써 "내가 너희를 사람 낚는 어부로 만들겠다."는 약속을 잊지 않게 각인시키신다. 장차 사람들을 위로하고 치유하며 '복음을 증언하는 삶'을 살라고 말 없으신 중에 말씀하고 계신 것이다.

세상 끝 날까지 언제까지나

處無爲之事 行不言之敎(처무위지사 행불언지교)

'일의 처리에도 무위(無爲)로써 하고 불언(不言)으로써 가르침을 행한다.'는 말은 『노자』에 나와요. 성스러운 이는 인위적으로 일하지 않고 말로써 가르치지 않는다는 뜻이지요. 그저 한 송이 꽃으로 피어나 꽃향을 퍼뜨리듯 인간성을 초월하는 위대한 힘이 저절로 배어 나오면서 행하는 바 하나하나가 많은 이를 감화시키고 동화(同化)시켜 하나 되게 한다는 말이에요.

부활하신 예수님께서 제자들을 베타니아 근처까지 데리고 가신 다음, 손을 드시어 그들에게 강복하시며 그들을 떠나 하늘로 올라가셨대요. 그들은 예수님께 경배하고, 기뻐하며 예루살렘으로 돌아와 "줄곧 성전에서 하느님을 찬미"하며 지냈대요. "내가 세상 끝 날까지 언제나 너희와 함께 있겠다."는 말씀이 참된 자유를 준 거예요. 동화시키고 그들도 부활시킨 거예요.

빛이요 사랑이신 당신, 가시 많은 탱자 같은 제 안에 오목눈이와 굴뚝새 깃들게 해주실 분 오직 당신뿐이에요. 하얀 탱자 꽃향 흩날리며 호랑나비 앉게 해주실 분 오직 당신뿐이에요. 말없이 곁에 있어만 주셔도 저를 우주와 하나 되게 동화시킬 분 오직 당신뿐이에요. 당신이여, 동화될 때만이 '온갖 것과 시시각각으로 부활'될 터이니 세상 끝 날까지 곁에 있어 주세요.

「예수의 승천」| (안드레아 만테냐)

이 그림은 이탈리아 피렌체의 우피치미술관에 소장된 병풍처럼 접을 수 있는 「우피치 삼면화」 중 「동방박사의 경배」와 「할례를 받는 예수」와 함께 그려진 것이다. 그림의 배경은 베타니아 근처의 산이며, 때는 예수님께서 부활하신 지 40일 되는 날이다. 산이 워낙 황량하여 승천하시는 예수님과 이별하는 제자들과 성모님 모습이 한없이 애처롭게 보인다. 두 손을 치켜드신 성모님과 무릎 꿇은 제자나 서서 손을 모아 쥐고 있는 제자들이나 모두 슬퍼 보이지만, 예수님께서는 한 손에 승리의 깃발을 드시고 한 손을 드시어 그들에게 강복하시며 천사들에 에워싸이신 채 뭉게구름 떠 있는 푸른 하늘로 올라가신다. 비로소 그들은 크게 기뻐하며 예루살렘으로 돌아온다. 이제 그들은 성전에서 하느님을 찬미하며 지낼 것이며, 장차 세상에 나아가 세상 끝 날까지 언제나 함께 계실 예수님과 사역할 것이다. 우리도 세상 끝 날까지 언제까지나 함께 계실 예수님과 우리 소명을 다 해야 할 것을 느끼게 해주는 그림이다.

제6장 사랑의 십자가

마음에 새겨주심

心勿忘 勿助長也(심물망 물조장야)

'마음에 새겨둠을 잊지 말되 조장도 하지 말라'는 말은『맹자』에 나오는 말이에요. 세상사 다 그렇듯 사랑도 그러하여 잊어서는 안 될 사랑, 잊을 수 없는 사랑이란 게 있지요. 허나 결코 스스로 마음에 얽매여 두지도 말아야 하지만 결코 다른 이에게도 조장하거나 강요하거나 억지를 부리지 말라는 말이에요. 때가 이르면 자연히 마음에 새겨주심이 이뤄질 거라는 말이지요.

부활 후 50일째 날에 성령이 강림하셨어요. 갑자기 하늘에서 거센 바람이 부는 듯한 소리가 나더니, 온 집안을 가득 채웠대요. 그리고 불꽃 모양의 혀들이 나타나 갈라지면서 각 사람 위에 내려앉았대요. 그들은 성령으로 가득 차, 성령께서 표현의 능력을 주시는 대로 다른 언어들로 말하기 시작하였대요. 때가 이르러 성령께서 마음에 새겨주심이 일으킨 기적이에요.

빛이요 사랑이신 당신, 사랑은 상상 못할 새 삶으로 자신은 물론 둘레를 함께 변혁시키는 신비로운 힘이지요. 도대체 이 심오한 사랑은 언제, 어디로부터 오는 걸까요? 때가 이르렀을 때에 성령께서 마음에 새겨주심이 아닐까요? 당신이여, 마음에 새겨주심이 '서로의 생명을 받아들임'이라면, 저는 당신과 사랑에 빠질래요. 당신 생명 받아들인 제 삶은 기적 같을 테니까요.

「성령 강림」| (장 레스투)

이 그림은 예수님의 이름으로 모인 성모님과 여인들과 제자들에게 성령이 강림하는 순간을 그린 것이다. 부활하신 예수님께서 오시어 제자들에게 숨을 불어 넣으며 "성령을 받아라." 하셨던 적이 있듯이 부활 50일째 날인 오순절에 성령이 강림한 것이다. 갑자기 하늘에서 거센 바람이 부는 듯한 소리가 나더니, 불꽃 모양의 혀들이 나타나 갈라지면서 각 사람 위에 내려앉았고, 그들은 모두 성령으로 가득 차, 성령께서 표현의 능력을 주시는 대로 다른 언어들로 말하기 시작하였다고 한다. 이 소리를 듣고 몰려온 많은 사람들이 이를 보고 화면 아래와 같이 어리둥절해 멍하니 있거나 놀라워해 도망치려 하거나 어쩔 줄 몰라 손사래 치거나 신기하게 여기며 "도대체 어찌 된 영문인가?" 하고 서로 말하였단다. 물론 더러는 "새 포도주에 취했군." 하며 비웃기도 했단다. 이제 이들은 예수님 이름으로 세상에 나아가 역사할 것이다.

우리도 성령의 마음에 새겨주심에 따라 사랑의 열정으로 삶의 소명을 다해야 할 것이다.